# 20世纪初德语文学中的暴力书写

马 嫽 著

同济大学出版社·上海
TONGJI UNIVERSITY PRESS · SHANGHAI

**图书在版编目(CIP)数据**

20世纪初德语文学中的暴力书写 / 马嫽著. -- 上海：同济大学出版社，2024.12

ISBN 978-7-5765-1112-3

Ⅰ. ①2… Ⅱ. ①马… Ⅲ. ①德语－文学研究 Ⅳ. ①I106

中国国家版本馆CIP数据核字(2024)第065945号

**20世纪初德语文学中的暴力书写**

马 嫽 著

**出品人** 金英伟 **责任编辑** 戴如月 **助理编辑** 刘 慧

**责任校对** 徐逢乔 **封面设计** 潘向蓁

**出版发行** 同济大学出版社 www.tongjipress.com.cn

(地址：上海市四平路1239号 邮编：200092 电话：021-65985622)

**经　　销** 全国各地新华书店、网络书店

**排版制作** 南京展望文化发展有限公司

**印　　刷** 苏州市古得堡数码印刷有限公司

**开　　本** 890 mm×1240 mm 1/32

**印　　张** 8.125

**字　　数** 150 000

**版　　次** 2024年12月第1版

**印　　次** 2024年12月第1次印刷

**书　　号** ISBN 978-7-5765-1112-3

**定　　价** 58.00元

本书得到北京科技大学中央高校基本科研业务费专项资金资助(FRF-BR-23-07B),在此深表感谢。

# 总　序

如果我们按照德国社会学家马克斯·韦伯(Max Weber)的定义,把文化理解为人为自己编织的一张"意义网",那么,文化学的意义正是在于探究这张网的不同节点乃至整个体系,探究它的历史生成、运作机制及对人的塑造功能,探究它如何影响了历史中的人对自身以及世界的理解。

诚然,探究这样一个网络的整个体系,或者用德国文化学倡导者的话说,人的"所有劳动与生活形式"这样一个宏大工程,对于一个个体来说,是无法完成的事情。因此,从文化学所统领的跨学科的视角出发,探究这张网在不同历史阶段的具体节点,或者说一个文化体系的具体侧面,则可揭示其运作方式并为观察整个文化体系提供有益的启发。

如果我们尝试用一两个关键词笼统概括20世纪后半叶以来德语文学研究范式的转换,那么在20世纪50年代占据主导地位的是"文本""形式",60年代是"社会"

"批判",70年代是"结构""接受",80年代是"话语""解构",90年代至今便是"文化"。

而任何笼统的概括,都有掩盖发展本身所具有的复杂性的嫌疑。因为涌动在这些关键词之下的是历史进程中的一系列对话、碰撞、转换机制。正是这一发展促成了所谓"文化学转向"。经过三十多年的发展,对文化的研究已经成为研究领域的一种基本范式。尽管对文化问题的关注与探讨,在它被称为"文化研究"的英美国家与被叫作"文化学"的德语国家有着不同的历史语境与出发点——在社会等级与种族问题较为突出的英美国家主要针对的是所谓高雅与大众文化的差异和种族文化差异问题,而在殖民主义历史负担相对较轻、中产阶级占主导地位的德国主要侧重学科的革新,其核心标志是对中心主义视角秩序的颠覆与学科的开放。

以瓦解主体中心主义为目标的后结构主义赋予了他者重要的建构意义,这种"外部视角"将研究的目光引向了以异质文化为研究对象的人类学或民族学。美国文化人类学重要代表人物克利福德·格尔茨(Clifford Geertz)提出的"深描"文化阐释学,尝试像解读文本一样探索文化的结构,突出强调了对文化理解过程具有重要意义的语境化。将"文化作为文本"[①]来解读也就构成了

---

① Doris Bachmann-Medick (Hg.): *Kultur als Text. Die anthropologische Wende in der Literaturwissenschaft*. Frankfurt a. M.: Fischer Taschenbuch Verlag 1996.

文化研究的关键词。这一做法同时为以文本阐释见长的文学研究向文化领域的拓展提供了新的路径，成为福柯(Michel Foucault)影响下关注“文本的历史性与历史的文本性”①的新历史主义的文化诗学纲领。

那么，对于文学研究而言，文学的虚构性与文化的建构性之间是怎样的关系？将文学文本与文化文本等同起来，是否恰恰忽略了文学的虚构性？作为文化体系组成部分的文学，一方面选材于现实世界，另一方面又摆脱了现实意义体系的制约，通过生成新的想象世界而参与文化的建构。相对于现实世界，文学揭示出另一种可能性、一种或然性，通过文学形象使得尚无以言表的体验变得可见，从而提供新的经验可能。正是基于现实筛选机制，文学作品提供了丰富的历史材料来源。有别于注重“宏大叙事”的政治历史考察的传统史学，文学作品以形象的方式承载了更多被传统历史撰写遮蔽或边缘化的日常生活史料，成为丰富的历史与文化记忆载体。

在历史观上，法国编年史派以及后来的心态史派，对德国文化学的发展起了重要的推动作用。20 世纪 30 年代，编年史派摆脱了大一统的以政治历史为导向的史学研究，转向了对相对长时间段中的心态（观念、思想、情

---

① Louis Montrose："Die Renaissance behaupten. Poetik und Politik der Kultur". In：*New Historicism. Literaturgeschichte als Poetik der Kultur*. Hg. von Moritz Baßler. Frankfurt a. M.：Fischer Taschenbuch Verlag 1995，S. 67f.

感)变化的考察。[①] 对法国新史学的接受强化了德国的社会史与日常史的研究。20世纪80年代中期,历史人类学在德国逐渐形成。相较于传统的哲学人类学,它所关心的不再是作为物种的抽象的人,而是历史之中的人及其文化与生存实践。研究的着眼点不是恒定的文化体系,而是在历史进程中对人及其自身理解起到塑造作用的变化因素。

文化学发展的一个重要动因,是关于人文科学在社会中的合理性问题的讨论。由于学科分化的加剧,人文科学的存在合理性遭到质疑,因此人文科学讨论并尝试对此作出回应。争论的焦点是人文科学的作用问题:它究竟是仅仅起到对自然科学与技术的发展所造成的损失进行弥补的作用,还是对社会发展具有导向功能。代表弥补论一方的是德国哲学家乌多·马克瓦德(Udo Marquard)。他发表于1986年的报告《论人文科学的不可避免性》认为:“由实验科学所推进的现代化造成了生存世界的损

---

① 如马克·布洛赫从比较视角出发对欧洲封建社会的研究:Marc Bloch: *Die Feudalgesellschaft*. Frankfurt am Main/Wien: Propyläen 1982 (zuerst 1939/1940);吕西安·费弗尔从多学科视角出发对信仰问题的研究:Lucien Febvre: *Das Problem des Unglaubens im 16. Jahrhundert: die Religion des Rabelais*. Mit einem Nachwort von Kurt Flasch. Aus dem Franz. von Grete Osterwald. Stuttgart: Klett-Cotta 2002 (zuerst 1942);菲力浦·阿利埃斯对童年、死亡与私人生活的研究:Philippe Ariès: *Geschichte der Kindheit*. Übers. von Caroline Neubaur und Karin Kersten. München: Hanser 1975 (zuerst 1960);Philipe Ariès: *Studien zur Geschichte des Todes im Abendland*. München/Wien: Hanser 1976; Philippe Ariès/Georges Duby (Hg.): *Geschichte des privaten Lebens*. Frankfurt a. M.: S. Fischer 1991。

失，人文科学的任务则在于对这种损失进行弥补。”[①]所谓弥补就是通过讲述而保存历史。[②] 另一方则要求对人文科学进行革新，通过对跨学科问题进行研究来统领传统的人文科学。针对马克瓦德为人文科学所做的被动辩解，在20世纪80年代末期，联邦德国科学委员会和校长联席会议委托康斯坦茨大学和比勒费尔德大学成立人文科学项目组，对人文科学的合理化与其未来角色的问题进行了调研。德语文学教授、慕尼黑大学校长弗吕瓦尔德，接受理论主要代表人物姚斯，著名历史学家科泽勒克等五名重要学者于1991年发表了上述项目的结项报告《当今的人文科学》。报告认为：“人文科学通过研究、分析、描述所关涉的不仅仅是部分文化体系，也不仅仅是迎合地、‘弥补性地’介绍自己陌生的现代化进程，它的着眼点更多地是文化整体，是作为人类劳动与生存方式总和的文化，也包括自然科学的和其他的发展，是世界的文化形式。”[③]因此，他们建议放弃传统的“人文科学”概念，以“文化科学”取而代之。在某种程度上，可以把该书看成是要求整个人文科学进行文化学转向的宣言。

---

① Odo Marquard: “Über die Unvermeidlichkeit der Geisteswissenschaften”. Vortrag vor der Westdeutschen Rektorenkonferenz. In: ders.: *Apologie des Zufälligen. Philosophische Studien*. Stuttgart: Reclam 1986, S. 102f.

② Vgl. ebd., S. 105f.

③ *Geisteswissenschaften heute*. Eine Denkschrift von Wolfgang Frühwald, Hans Robert Jauß, Reinhart Koselleck, Jürgen Mittelstraß, Burkhart Steinwachs. 2. Aufl. Frankfurt a.M. Suhrkamp 1996 (1991), S. 40f.

研究视角与对象的变化，也要求打破传统的专业界限，进行多学科、跨学科的研究。这种势态催生了人文研究的所谓“文化学转向”。此中，文学研究摆脱了传统的对文学作家、作品与文学体系的研究范式，转向对文学与文化体系关系的探讨。文化学研究的领域主要涉及：知识的生产传播与文化语境的关联，文化史进程中所生成的自然构想，历史中的人所建构的对身体、性别、感知、情感的阐释模式，记忆的历史传承作用与运作机制，技术发展对文化产生的影响，媒介的文化意义及其对社会产生的影响，等等。①

研究领域的扩大无疑对研究者的能力与知识结构提出了挑战。比如，探讨文学作品中身体、疾病、疼痛的问题，必然要采用相关的医学或人类学等研究成果，探讨媒介、技术、机器等问题，又需要相关的理工科专业的知识，涉及感知、情感等问题时又必须对心理学、哲学等相关专业有所了解。尽管这些问题可以通过跨学科的合作加以解决，但这种合作要求相同的视角与方法基础。鉴于人文科学基于经验积累的特点，研究者遭受着“半吊子”的质疑。

---

① Vgl. Hartmut Böhme, Peter Matussek, Lothar Müller (Hg.): *Orientierung Kulturwissenschaft. Was sie kann, was sie will*. Hamburg: Rowohlt 2000. Kap. Ⅲ; Claudia Benthien, Hans Rudolf Velten (Hg.): *Germanistik als Kulturwissenschaft. Eine Einführung in neue Theorie-konzepte*. Hamburg: Rowohlt 2002, S. 24 - 29; Christoph Wulf (Hg.): *Vom Menschen. Handbuch Historische Anthropologie*. Weinheim/Basel: Belz 1997.

而对作为文化学的文学学的关键质疑仍是方法上的。这一点特别反映在具有代表性的“豪克—格雷弗尼茨论战”中。论战的关键问题在于是坚持文学研究的“自治”还是向文化体系开放。1999年,图宾根大学教授瓦尔特·豪克(Walter Haug)发表了题为《文学学作为文化学?》的论文。他认为,文学研究应当坚守文学所具有的自我反思的特点:文学之所以存在是因为有解决不了的问题,文学存在的意义不是要解决问题,而是要生成并坚守问题意识。因此,文学研究向文化学开放,并不是要转变成为文化学的一部分,而是要强化文学的内在问题、文学“特殊地位”的意识。[①] 而格哈德·冯·格雷弗尼茨(Gerhart von Graevenitz)在其发表在同一期刊的文章《文学学与文化学——一回应》中则否认自我反思是文学独有的特性,认为大众文化也同样表现出了这种特点,因此文学研究应当重视多元化的文化语境。[②] 他认为,豪克坚持文学研究的“内在视角”,忽略了关于文化学的讨论是各学科的普遍结构变化的表达。[③] “文化学”所

① Vgl. Walter Haug: "Literaturwissenschaft als Kulturwissenschaft?" In: *Deutsche Vierteljahrsschrift für Literaturwissenschaft und Geistesgeschichte* 73 (1999), S. 92f.

② Vgl. Gerhart von Graevenitz: "Literaturwissenschaft und Kulturwissenschaften. Eine Erwiderung". In: *Deutsche Vierteljahrsschrift für Literaturwissenschaft und Geistesgeschichte* 73 (1999), S. 107.

③ Vgl. Walter Haug: "Literaturwissenschaft als Kulturwissenschaft?" In: *Deutsche Vierteljahrsschrift für Literaturwissenschaft und Geistesgeschichte* 73 (1999), S. 95.

要探究的是文化的多元性，而被理解为传统的“人文科学”一部分的、以阐释学为导向的文学学则以一统的“精神”为对象。[1]

这场论战所涉及的是研究的基本视角问题，这首先关涉18世纪以来的文学自主性的观点是否还能够成立，被理解为高雅艺术的文学是有修养的市民阶层的建构，抑或是民族主义话语驱动的产物，还是由社会文化与物质媒介发展导致的交往派生物？对此，系统论给出的答案是，它是社会分化的结果。在卢曼影响下的文学系统论代表格哈德·普隆佩(Gerhard Plumpe)、尼尔斯·威尔伯(Niels Werber)认为，18世纪以来的社会分化、人的业余时间的增加导致了消遣娱乐需求的增长，使得文学成为独立的系统，因此文学的功能不再以思想启蒙时期的真或伪的标准来衡量，而以有意思与否为标准。[2] 在这一点上，他们与格雷弗尼茨的消解高雅与大众文化等级的做法不谋而合。

如此，文化学研究的关注点不再是传统的精英文化，而是高雅与通俗文化的复杂体及其相互间的关联。文化产物对不同社会群体所产生的作用，话语语境、文化阐释模式的生成、转换、再生的机制，社会现象被不同的社会

---

① 同第7页注③，第96页。

② Vgl. Gerhard Plumpe/Niels Werber: “Literatur ist codierbar. Aspekte einer systemtheoretischen Literaturwissenschaft”. In: Siegfried J. Schmidt (Hg.): *Literaturwissenschaft und Systemtheorie. Positionen, Perspektiven, Kontroversen*. Opladen: VS Verlag für Sozialwissenschaften 1993, S. 30ff.

群体感知、接受的过程，成了研究的主要任务。在历史的层面，则要重构其文化阐释模式。分析的关键是从这些语境中产生出了哪些理解与误解，人类自己编织的意义网是怎样把人自己套入其中的，这些文化实践是怎样对他们进行编码的。在德语中大多以复数形式出现的Kulturwissenschaften（文化学）称谓反映出的也正是这种对多元化的承认。在研究方法上，文化学也不再要求排他的、放之四海而皆准的理论体系，研究的多种方法并存。如果说后现代的讨论与后工业社会的发展紧密相关，那么文化学的诞生也是多媒体社会挑战的结果。

对此，深受后结构主义影响的弗莱堡大学日耳曼学者弗里德里希·基特勒（Friedrich Kittler）在他发表于1985年的教授资格论文《记录体系1800/1900》①中，要求打破传统的文学研究的界限与做法，摆脱传统的作品阐释，将关注以精神预设的所谓意义为前提的人文科学研究转向媒介研究。② 在他看来，近几百年的人文科学忽略了简单的事实：认识的条件是由技术前提决定的。1800年前后普遍的文字化过程引发的教育革命，并非源自形而上学的知识，而是源自媒介。1900年前后电影、留声机、打字机等数据储存技术的发展，打破了文字的垄断，

① Friedrich Kittler: *Aufschreibesysteme 1800/1900*. München: Fink 1985.

② Vgl. Friedrich Kittler: "Wenn die Freiheit wirklich existiert, dann soll sie heraus. Gespräch mit Rudolf Maresch". In: *Am Ende vorbei*. Hg. von Rudolf Maresch. Wien: Turia & Kant 1994, S. 95 – 129.

形成了媒介的部分组合，催生了心理物理学、心理技术学、生理学等学科。2000年前后“在数字化基础上的媒介的全面融合”[①]带来对数据的任意操控，决定什么是真实的，不是主体或意识，而是集成电路。如此，文化也就是一个数据加工的过程。当今的新媒介的挑战不仅对媒介研究的兴起起到了催化作用，新媒介生成的格局也促使研究重新审视媒介的历史，重构当今与历史的关联。

随着文化学研究的展开，历史的建构特点更加凸显，几乎成为研究界的共识，因此，对历史传承方式的追问，对记忆的运作方式、媒介条件以及个体记忆的社会关联的探讨成为关注的热点。海德堡大学埃及学教授扬·阿斯曼(Jan Assmann)在他发表于1992年的重要论著《文化记忆——早期文明中的文字、回忆与政治同一性》[②]中，对在文化认同上具有重要意义的集体记忆做了“交往记忆”与“文化记忆”的区分：前者依赖于活着的人，主要通过口头形式传承，它构成了个体与同代人的认同感的基础，并建立了与前辈的历史关联；而后者则是“每个社会、每个时代特有的重复使用的文本、图像与仪式的存在”[③]，“那些塑造

① Friedrich Kittler: *Grammophon, Film, Typewriter*. München: Brinkmann & Bose 1986, S. 8.

② Vgl. Jan Assmann: *Das kulturelle Gedächtnis. Schrift, Erinnerung und politische Identität in frühen Hochkulturen*. München: Beck 1992.

③ Jan Assmann: "Kollektives Gedächtnis und kulturelle Identität". In: Jan Assmann/Tonio Hölscher (Hg.): *Kultur und Gedächtnis*. Frankfurt am Main: Suhrkamp 1988, S. 15.

我们的时间与历史意识、我们的自我与世界想象”[①]的经典。“文化记忆”通过生成回忆的象征形象，为群体提供导向和文化认同基础。因此，阿斯曼的研究更加关注文化记忆，即超越交往记忆的机构化的记忆技术。如此，记忆研究的核心问题是探讨个人、群体是怎样通过记忆的中介而建构对自身与世界的理解模式的。这样，记忆研究可以重新建构同时存在的不同时期的回忆过程。

作为表述形式，或者说讲故事，文学是人的存在的基本条件，它不仅述说着人的经验与愿望，阐释着世界与自身，同时也承载着人类的知识与传统。随着文字的发明，储存于人的身体之内的经验、知识、记忆得以摆脱口耳相传这种单一的外化的流传方式，通过文字书写而固定下来。而印刷术的发明不仅为机械复制提供了技术条件，使得远程交往成为可能，同时也导致了知识秩序的重组，感知方式的变化，想象力的提高。以百科全书派为标志的启蒙运动推动了知识的普及，促成了文学发展的高峰。特别是被称为“市民艺术”的小说的发展，不仅迎合了市民随着教育的普及、业余时间的增多而产生的消遣的需求，而且“孤独”的小说阅读促进了人的个性发展。工业化、城市化的进程改变了人的交往方式、空间理解，促使人重新思考人的定位，机器作为新的参照坐标，加入了以

① Jan Assmann：“Das kulturelle Gedächtnis”. In：*Thomas Mann und Ägypten*. München：Beck 2006，S. 70.

上帝、动物为参照的对人的理解模式之中。

把文学作为鲜活生动的文化史料置于历史语境中考察，不仅可以观察文化的建构机制，同时也可以凸显出文学的历史、社会、文化功能。而在如此理解的文化学视角下的文学研究中，文学不再是孤立的审美赏析对象，也不是某种思想观念或社会状况的写照，或者某种预设的意义载体，而是文化体系的重要组成部分，文学以其虚构特点，以其生动直观的表述方式，在与其他话语的交织冲撞中参与着文化体系的建构以及对人的塑造。

20多年来，我们尝试将这种文学研究的范式纳入德语文学研究与研究生教学实践中。可以说，“德国文化学与德语文学研究丛书”所展现的就是这一尝试的成果。这些成果从文化体系的某一个具体问题入手，尝试探究这一问题的历史转换与文学对此的建构作用。这些成果的生产者大多从硕士学习阶段就以文化学研究视角为基本导向开始了研究实践。每周100～200页的文学与理论文本阅读、集体讨论，每学期3～4次的读书报告、十几页的期末论文，不定期的研读会、国内与国际的学术研讨会，使这些论著的作者逐步成长为有见地的研究者。如果说现在流行的“通识教育”大多已沦为机构化的形式口号，那么这些作者则在唯分数、唯学位模式的彼岸，在文化学问题意识的引导下，把思考、探讨、研究变成了一种自觉。问题导向把他们引向了历史的纵深、学科的跨界、方法的严谨、理论的批判与对当今的反思。

希望这些论著的出版在展示文化学研究范式的同时，能够对文学与文化的理解提供有益的帮助，对文学研究的发展起到推动作用。

衷心感谢该系列丛书作者的辛勤劳动，诚挚感谢同济大学出版社的精心编辑。

**王炳钧　冯亚琳**

2025 年 1 月

# 目录

# 导　论

Im Anfang war die Gewalt.[①]

在人类社会的发展历程中，暴力几乎无处不在。或者说，人类的历史本身就是一部暴力的历史。作为一种人类社会的基本现象，暴力直接攻击人的身体，或者进入社会关系，与权力结盟，还可能渗入精神领域，影响人对世界的认识，甚至转化为人的某种精神体验。如此不难理解，为什么文学也会对暴力主题产生如此浓厚的兴趣。在西方文学中，暴力书写的传统十分悠久，从古希腊神话、圣经故事一直到当代文学，有关战争、复仇、征服等暴力题材的描写层出不穷。德国文学中，暴力想象(Gewaltimagination)的文学演示同样由来已久，并呈现出千姿百态的景象，从对战争、死亡、祭献的描写一直到体现

① 此处为《新约·约翰福音》开篇的互文，原文为："太初有道，道与神同在，道就是神。"("Im Anfang war das Wort, und das Wort war bei Gott, und Gott war das Wort.")。

在自然灾害、人的异化、大城市、两性关系主题中的暴力演示：例如英雄史诗《尼伯龙根之歌》(*Nibelungenlied*)和基督教文学中的暴力书写，或者巴罗克文学中对战争与死亡的再现。到了 18 世纪下半叶，文学艺术没有因为启蒙运动对理性的崇尚而告别暴力题材，而是在书写范式上发生了由“书写”(Darstellung)到“表达”(Ausdruck)的转化。[①] 尤其值得一提的是“狂飙突进”时期的文学，暴力想象不再与“普遍秩序和一种和解性的超验”相关，而是“指向书写的主体以及他在社会秩序中所承受的痛苦”[②]。18 世纪末到 19 世纪初，这一倾向得以延伸和强化，文学与道德说教的脱钩无疑进一步释放了暴力想象的潜能，直接导致了“黑色浪漫文学”的登场亮相。德语文学中暴力书写的另一个高潮诞生于 19 世纪末，胡戈·冯·霍夫曼斯塔尔(Hugo von Hofmannsthal)以及早期的托马斯·曼(Thomas Mann)和亨利希·曼(Heinrich Mann)均是这一时期的代表人物。如果说，处于 19 世纪末的暴力演示仍然与颓废和危机意识密切相关，因此展现为一种“对死亡的渴望”(Todessehnsucht)[③]的话，那么 20 世纪初文学中的暴力书写则更加极端和多样化，因此

---

① Vgl. Jürgen Nieraad: *Die Spur der Gewalt. Zur Geschichte des Schrecklichen in der Literatur und ihrer Theorie*. Lüneburg 1994, S. 15 und S. 56ff.

② Ebd., S. 14.

③ Jürgen Wertheimer (hg.): *Ästhetik der Gewalt. Ihre Darstellung in Literatur und Kunst*. Frankfurt a.M. 1986, S. 289.

被称为“我们所处世纪的暴力崇拜”(Gewaltkult)[①]。

德语国家文学研究关注暴力主题的时间则相对较晚，一直到20世纪80年代，对暴力书写的研究才取得一批较为显著的成果：其中包括于尔根·威尔特海姆(Jürgen Wertheimer)编著的《暴力美学——文学艺术中暴力描写》(*Ästhetik der Gewalt — Ihre Darstellung in Literatur und Kunst*)，于尔根·尼拉德(Jürgen Nieraad)所著的《暴力的痕迹》(*Die Spur der Gewalt*)，亚瑟敏·阿克德米尔(Yasemin Akdemir)和克里斯托夫·奥夫·德·霍斯特(Christoph auf der Horst)主编的《审美与暴力》(*Ästhetik und Gewalt*)，汉斯·理查德·布里特纳赫(Hans Richard Brittnacher)以颓废主义时期文学中的暴力描写为研究对象的《衰竭与暴力》(*Erschöpfung und Gewalt*)，等等。在国内，暴力问题研究近年来也成为学界关注的一个热门话题。这一点在影视研究以及影视作品评论中格外引人注目。另外，社会学与政治学在暴力研究方面的兴趣有增无减，陆续有一批与暴力问题研究相关的译著问世。文学研究领域同样开始频繁地关注暴力主题，中国文学研究主要聚焦于对余华和莫言作品中暴力想象的阐释和探讨。近年来，德语文学研究领域对暴力问题研究的主要成果有杨劲对霍夫曼斯塔尔作品中仇恨与谋杀情节的研究，郑萌芽对祭祀中暴力演示的分

---

① 这里指的是20世纪，出处同第2页注释③，第321页。

析，等等。

假如说，文学领域聚焦于暴力话语的历史并不久远的话，从思想史角度看，其他学科关于暴力的讨论却可以追溯到古典时代。柏拉图（Plato）曾将暴力与统治联系起来，他认为，“统治”（Herrschaft）即是暴力的统治。[①]对人类社会的暴力现象思考最多的当属尼采（Friedrich Wilhelm Nietzsche），他从一个“心理学家”的立场出发解释暴力现象，认为暴力因“追求权力的意志”（Die Wille zur Macht）而生，与本能有关，但这一本能不是兽性（Animalität），而是人作为被文明化了的动物摧残自身的道德性（Moralität）。由此可以理解，为何尼采称人是“针对自身最残酷的动物”。[②] 福柯在对暴力现象的思考中将暴力话语与权力话语相结合。在他看来，权力即是权力关系，而后者又可以理解为作用于他人行为的行为方式。他认为“使用权力不仅简单地指称个体或集体伙伴之间的关系，而是某些改变他人行动的影响方式”[③]，正是在这种力图影响他人的权力使用中蕴藏着暴力的潜能。福柯因此强调，只有在权力关系的框架中，暴力才具

① 参见柏拉图：《理想国》，郭斌和、张竹明译，北京：商务印书馆，1996年，第125—128页。

② Vgl. Friedrich Nietzscher: *Menschliches, Allzumenschliches Bd. I*. In: Colli, Georg und Montinari, Mazinno (hg.): *Friedrich Nietzsche, Menschliches, Allzumenschliches I und II, Kritische Studienausgabe*. Berlin/New York 1988, S. 879 - 883.

③ Michel Foucault: *Das Subjekt und die Macht*. In: Michel Foucault: *Analytik der Macht*. Frankfurt a. M. 2008, S. 254.

有压制(repressiv)的功能。[①] 与权力概念的交织使暴力进入政治领域并被赋予了某种改造世界的功能,萨特(Jean-Paul Sartre)在为法农(Frantz Omar Fanon)的著作《全世界受苦的人》(*Les damnés de la terre*)所作的序言中指出,“这种抑制不住的暴力是人本身的重新组成”。[②] 而在他之前,瓦尔特·本雅明(Walter Benjamin)就已经断定,要打破连续进步的历史中具有“立法”和“护法”双重功能的“神话暴力”,必须引入标志着“例外状态”的“神圣暴力”[③],即使后者漂浮于超验层面,但暴力作为对抗手段的强大功能性不断得到一些西方马克思主义理论家或作家的强调[其中包括阿多诺(Theodor W. Adorno)和布莱希特(Bertolt Brecht)[④]]。到了 20 世纪 90 年代,德国兴起的历史人类学在对西方暴力话语历史的反思基础之上建立起阐释暴力现象的一种视角。米歇尔· 维默尔(Micheal Wimmer)、克里斯托夫·乌尔夫(Christoph Wulf)以及贝因哈德·迪克曼(Bernhard Dieckmann)等

---

① Daniel Defert und Francios Ewald unter Mitarbeit von Jacques Lagrange (hg.): *Michel Foucault — Analytik der Macht*. Frankfurt a. M. 1981, S. 12.

② 弗朗兹·法农:《全世界受苦的人》,万冰译,南京:译林出版社,2005 年,第 23 页。

③ 参见瓦尔特·本雅明,《作为生产者的作者》,王炳钧、陈永国等译,郑州:河南大学出版社,2014 年,第 35—78 页。

④ Vgl. Wolfang Lange: *Intellektueller Terrorismus: der Benjamin - Brecht - Pakt*. In: Rolf Grimminger (hg.): *Kunst - Macht - Gewalt: Der ästhetische Ort der Aggressivität*. München 2000, S. 157 - 177.

学者在他们主编的《文明的动物——论暴力的历史人类学》(*Das zivilisierte Tier*)一书的前言中作出论断,认为迄今为止所有关于暴力的理论思考均建立在"历史进步论"的基础之上,由此生发出对他者(动物、自然、女性、他国的人与文化等等)的否定和贬低,导致新的暴力的产生。因此,他们认为,言说暴力问题首先须将人的基本需求(menschliche Grundbedürfnisse)放在首要位置,从而从根本上摒弃暴力存在的任何理由和意义。①

与暴力话语的复杂性相对应的,是对暴力概念定义的难度。正像维默尔等人所说,暴力没有反义词,所有貌似与之相对立的概念,如"理智、真理、公正、自由"等均与它不同程度地纠缠在一起。② 鉴于此,本书将从具有普遍性的暴力概念的定义出发,采用分类和描述法,厘清暴力的本质及其与其他因素之间的关系。可以借鉴的有挪威政治学理论家和和平研究者约翰·加尔通(Johann Galtung)对暴力类型的划分③。由于暴力的类型和其所涉及的文化层面极其广泛,除了加尔通的分类之外,本书还将分别梳理暴力与权力、身体、语言的关系,考察施暴

---

① Michael Wimmer, Christoph Wulf und Bernhard Dieckmann: *Einleitung: Grundlose Gewalt — Anmerkungen zum gegenwärtigen Diskurs über Gewalt*. In: Michael Wimmer, Christoph Wulf und Bernhard Dieckmann (hg.): *Das zivilisierte Tier – Zur historischen Anthropologie der Gewalt*. Frankfurt a.M. 1996, S. 25.

② Ebd.,S. 7.

③ Vgl. Johann Galtung: *Strukturelle Gewalt-Beiträge zur Friedens- und Konfliktforschung*. Hamburg 1975, S. 8 – 10.

者与受暴者的暴力中心体验，探究战争作为暴力展示场所的特殊性，希望借由对暴力分类和本质的讨论，突出它对人的影响。

本书在上述研究的基础之上，选取了 20 世纪初三部在德语文学中具有代表性的暴力书写长篇小说作为研究对象，即弗兰茨·卡夫卡（Franz Kafka）的《失踪的人》（*Der Verschollene*）、恩斯特·荣格尔（Ernst Jünger）的《在枪林弹雨中》（*In Stahlgewittern*）以及阿尔弗雷德·德布林（Alfred Döblin）的《柏林，亚历山大广场》（*Berlin Alexanderplatz*），结合暴力话语的时代特征，探究典型时期典型文学文本中的暴力书写形式、内涵及外延，剖析暴力产生与升级的机制，聚焦暴力对于人的影响，观察它与权力、身体和死亡之间错综复杂的关系，展示不同文学文本中暴力书写的美学旨趣，以透视暴力书写的审美意义和现实意义。

随着资本主义的迅速发展和现代性的成熟，西方文化和文明中的基本矛盾日益明显。这些基本矛盾一方面表现为人的精神危机，从而导致悲观主义、虚无主义等末日情绪弥漫整个欧洲大地。另一方面，它又直接体现在现实生活中，成为社会冲突的基本形态，并最终引发了人类历史上前所未有的暴力大爆发。上述这一切都在这一时期的文学中留下了印记。从文学史的角度看，暴力想象经过了世纪末疲惫、彷徨、无奈和麻木的情绪之后，到了 20 世纪初，呈现出了更加集中和更加多样化的趋势。

此前自恋甚至自虐式的对死亡和毁灭的向往与沉迷逐渐被新的美学姿态所替代。从痛苦的生活经验出发，20世纪初的暴力书写似乎在原始、激烈、强劲的本质中辨认出几个与时代的结合点：书写现代权力关系中的功能化的暴力（《失踪的人》）、书写现代战争经验的崇高化的暴力（《在枪林弹雨中》）以及书写现代城市空间中的教化式的暴力（《柏林，亚历山大广场》）。换句话说，自18世纪以来，文学在美学自治的大前提下释放出来的、在欲念的深渊和暴力的恐怖中发掘出的审美魅力，在19世纪末的暴力想象中达到了高潮。在紧接着的一二十年中，它在延续这种“纲领性”的、“恶的美学”的同时，也就是说，在无视传统形而上学的伦理道德束缚的同时，却又开始转回现实，将目光投向与时代紧密相关的暴力现象。于此意义上，20世纪初的文学暴力书写既是文学自治中暴力想象的延续，又是一种转折。正是这一点造就了该时期暴力书写的多元化视角和多样化的表达方式。

值得注意的是，本书选择的三部作品虽然着眼点各异，叙述方式以及对暴力的演示各具特色，但它们的共同之处都在于将人置于书写和思考的核心位置。换言之，三部作品无一例外地关注了人在经历暴力前后发生的变化。在对作品进行比较透彻的分析中，本书旨在追问暴力对于人及其主体性究竟意味着什么。

本书所指的“20世纪初”，是一个以暴力为标识的新老交替的社会转型时期，时间上大体上从1914年前后延续至20年代末期。这意味着,它是在第一次世界大战的爆发中拉开序幕,经历了威廉二世的旧帝国的灭亡,魏玛共和国痛苦的"诞生的创伤"[①]和德国法西斯的发迹。那是一个战火频仍的、暴力横行的时期,但同时又有着"黄金的20年代"的称誉,狂热又充满魅力。这一切无疑为文学暴力想象提供了最适合的土壤。

需要说明的是,"20世纪初"并非一个德语文学时期(Epoche)的概念,虽然在大部分文学史中,卡夫卡和德布林往往被归于表现主义范畴。但事实上,两位作家无论风格还是审美情趣上均有着很大的区别。卡夫卡所著的《失踪的人》(一译《美国》)是其第一部长篇小说,和他的其他两部长篇小说《诉讼》(*Der Prozess*)和《城堡》(*Das Schloss*)一样,也是一部未写完的残篇,其中的第一章"司炉"曾于1913年作为短篇单独发表。卡夫卡去世之后,其挚友马克斯·布罗德(Max Brod)以"美国"为题整理出版了这部未竟之作。荣格尔的自传体小说《在枪林弹雨中》发表于1920年,其冷静的笔调和文献记录式的写作方式具有"新实际主义时期"文学的特征。德布林的《柏林,亚历山大广场》发表于1929年,是作者基本已经走出表现主义影响之后的作品。小说所尝试的意识流、蒙太奇、内心独白的叙述方式奠定了它在德语文学史上的重

① 参见彼得·盖伊:《魏玛文化——一则短暂而璀璨的文化传奇》,刘森尧译,合肥:安徽教育出版,2005年,第1页。

要地位。在这个意义上，本书以上述三部作品为研究对象，并不是从同一文学思潮或同一种风格出发，而是因为它们各自所具有的不同的美学理念，更能够折射出20世纪20年代前后这一特殊时期暴力想象的历史断面。总体来看，文学暴力书写于20世纪初既有其普遍特征，又带着深深的时代烙印，它一方面仍处于世纪末社会文化危机的阴影中，另一方面又极力试图从这一危机中找到出路，这也是为什么它会有一种爆发的态势。到了20世纪30年代，社会暴力更加显性化，最终在纳粹令人发指的暴行中达到顶峰。引人注目的是，恰恰是现实暴力施虐最甚的时候，暴力想象则在很大程度上陷入了沉默，最终催生了“二战”后文学中的暴力回忆。

总而言之，本书基于文化学的理论框架，借助文化学跨学科的视角和研究成果，以“暴力”作为关键词，参照对象文本产生时代的社会历史和文化背景，仔细阐释作品，分析反映在不同文学文本中的暴力话语，剖析暴力产生与升级的机制，聚焦暴力对于人的影响，分析暴力与权力、身体、死亡之间错综复杂的关系，以期挖掘出文学维度中的“暴力书写”在20世纪初期这一特定历史阶段所彰显出来的特征。

# 第一章　暴力概念

## 一、暴力的属性

米歇尔·维默尔、克里斯托夫·乌尔夫和伯恩哈特·迪克曼在他们《文明的动物——论暴力的历史人类学》一书开篇这样写道："人类的社会化进程是暴力的。"[①]从原始社会的领地和交配对象的争夺到文明社会频繁爆发的战争冲突，人类社会在其几千年的发展历程中几乎很难摆脱"暴力"的影响，甚至可以说，人类的文明史本身就是一部充满腥风血雨的"暴力"史。如同死亡一样，暴力是人类社会不可避免的普遍现象。一方面，暴力的原动力是生物的本能，是"适者生存"与"优胜劣汰"的生存属性，这几乎不可避免地呈现为高度的竞争与冲突；另一方面，人类作为所谓"理性"的社会化群体，受到被弗洛伊

---

① Christoph Wulf：*Die Unhintergehbarkeit der Gewalt*. In：Wimmer, Wulf und Dieckmann（hg.），*Das zivilisierte Tier. Zur historischen Anthropologie der Gewalt*.a.a.O.，S. 77.

德(Sigmund Freud)称为“力比多”(Libido)的野性本能的不断压抑，积累到一定程度，便要寻找“出口”：或向上升华(Sublimieren)为生和积极的创造力，或向下蜕变为死与消极的破坏力。这种生命本源的力量，按照尼采的观点，来自于人自身的欲望潜能，它推动着人类在文明的进程中不断寻找特定的“他者”并对其进行永不停歇的征服活动。暴力在策动人类为满足自身需求而不断进取的同时，又常常引发破坏、反抗和毁灭。于是，在终极范畴上，它既演变为社会演进的某种内在推力，又是社会群体秩序最致命的解构力量。

暴力的这种两面性似乎印证着人类从诞生以来对自己身份的困惑——即在动物与“超人”(Übermensch)之间的摇摆。[①] 或者换句话说，它至少确定了这两极之间“人之所以为人”的范畴。它与人性无限地交织，成为人类渴望解开却不断重复的魔咒。由此，认识暴力的本质成为和“认识我们自己”一样艰难却又诱人的挑战。

由此可以这样认为，暴力研究最重要的是对暴力人类属性的认识。对此，平克(Steven Pinker)在他的鸿篇巨著《暴力——一部新的人类史》(*Gewalt — eine neue Geschichte der Menschheit*)中写道：“对于每一个研究人

① Vgl. Michael Wimmer, Christoph Wulf und Bernhard Dieckmann: *Einleitung: Grundlose Gewalt — Anmerkungen zum gegenwärtigen Diskurs über Gewalt*. In: Wimmer, Wulf und Dieckmann (hg.), *Das zivilisierte Tier. Zur historischen Anthropologie der Gewalt*. a.a.O., S. 25.

的本质的人来说，暴力是天然的题目。”①暴力存在于人性之中（Gewalt ist menschlich），它的属性是人类。在这个意义上，只有人才可能向他者施展暴力，反过来说，也只有人才有可能从他的同类那里遭受暴力。如此，暴力概念只适用于人，它既不适用于动物，也不适用于自然。因为人可以认为自然具有破坏力，指责动物很残暴，但他断然不会用暴力来指称这两者。这里的关键因素显然是“意志”的缺失或者说不在场。大自然的威力释放不是源于某个主宰者的“意志”②，而动物在争抢食物时表现出来的残暴也更多地出自本能。当然，“有意为之”的暴力并不等于理性行为，恰恰相反，潜藏于人身上的暴力倾向往往被视为深藏在我们天性中的原始冲动，被视为人类自身没有被克服掉的兽性。弗朗斯·德瓦尔（Frans de Waal）在《猿形毕露：从猩猩看人类的权力、暴力、爱与性》（*Chimpanzee Politics: Power and Sex among Apes*）一书中通过对大猩猩行为的观察和分析，得出了人类同样具备残酷与慈悲两个面相的结论，就仿佛罗马神话里的双面神，两个脸庞各自朝向一方，有时慈爱如天使，有时又残暴如恶魔。③ 人性之中这两种截然相反的特质一直

---

① Steven Pinker: *Gewalt — eine neue Geschichte der Menschheit*. Frankfurt a.M. 2011, S. 19.

② 此处不涉及宗教信仰。

③ 参见弗朗斯·德瓦尔：《猿形毕露：从猩猩看人类权力、暴力、爱与性》，陈信宏译，北京：生活·读书·新知三联书店，2015 年。

令人类自身感到无比困惑。自启蒙以来，文明的发展便凝聚着人类渴望通过理性对抗和克服这种野蛮和原生本能的努力，推动人作为一个物种完成达尔文意义上的“进化”，从而远离他的“起点”。用道德和理性教化作为手段来克服人身上所谓的“兽性”，从而达到消除暴力目的的努力不仅没有奏效，反而以失败告终。这一点，尤其在恐怖主义威胁频发的当下应该已是不争的事实。实际上，对文明进程是否就一定通向和平的质疑，早就开始了。质疑者之一便是尼采，他从一个“心理学家”的立场出发，很大程度上否定了这种对于“进步”的迷恋：暴力产生的根源在于“追求权力的意志”，即与本能有关，但这一本能不是所谓的兽性，而是人作为被文明化了的动物摧残自身的道德性①，它与其他人类社会特有的现象融合在一起，勾勒出了人类发展历程的每一步。

## 二、暴力的内涵与分类

研究暴力首先需要界定暴力是什么，但回答这一看似简单的问题却恰恰有着它特殊的困难。威廉·海特迈尔(Wilhelm Heitmeyer)和汉斯-格奥尔格·索夫耐尔(Hans-Georg Soeffner)在他们主编的论文集《暴力》(*Gewalt*)里

---

① Vgl. Nietzsche, *Menschliches*, *Allzumenschliches Bd. I.* a.a.O., S. 879 – 883.

专门讨论了“暴力”概念的非确定性(Uneindeutigkeit)。他们认为,历史和现实中展现出来的无穷尽的“破坏的多样性”(Variante der Zerstörung)及其后果使得很难就“什么是暴力”给出一个明确的、经得起推敲的答案,更不用说回答暴力究竟是始于何处这样的问题了。①

暴力概念难以界定的尴尬在德语词 Gewalt 那里表现得更为明显。Gewalt 没有反义词,因此无法通过排除法(ausgrenzen)来确定它的界限。维默尔等人发现:“所有乍看上去似乎可以充当暴力的反义词的概念(比如理性、真理、公正和自由等)都和暴力问题纠缠在一起。”②德语 Gewalt 一词本身的这种矛盾性有其深刻的词源学原因。它的印欧语词根 val 后来演变成为动词 giwaltan 和 waldan,意为“拥有对某物的支配能力”,广义上与“力量”“权力”重合。③ 这种词源上的多义性造成了暴力(Gewalt)一直与权利(Recht)以及由此延伸出去的权力(Macht)、公平、合理性(Gerechtigkeit)相当接近,④而英、法两种语言中都细化出了分别对应 violentia 和 potestas 的词。

---

① Wilhelm Heitmeyer und Hans-Georg Soeffner (hg.): *Gewalt*. Frankfurt a.M. 2004, S. 11.

② Wimmer, Wulf und Dieckmann: *Einleitung: Grundlose Gewalt — Anmerkungen zum gegenwärtigen Diskurs über Gewalt*, a.a.O., S. 7.

③ Peter Imbusch: *Der Gewltbegriff*. In: Wilhelm Heitmeyer und John Hagan (Hrsg.): *Internationales Handbuch der Gewaltforschung*. Wiesbaden 2002, S. 29.

④ Vgl. Wimmer, Wulf und Dieckmann (Hrsg.), *Das zivilisierte Tier. Zur historischen Anthropologie der Gewalt*. a.a.O., S. 39f.

由此而产生的矛盾在杜登大辞典 Gewalt 词条下面的三条释义里也能得到验证，它们分别是：① 权力，权限，控制权；② 强权暴力，武力，强制力；③ 威力，势力。[①] 只不过，此处显示的 Gewalt 一词本身蕴含的合法与非合法性界限不明并不仅仅是一个词义问题，更是一个理论（比如在瓦尔特·本雅明关于暴力作为手段的论述中[②]）和社会现实问题[正像道格拉斯·C.诺思（Douglass C. North）等人所说的："没有一个社会能够以完全消灭暴力的方式来解决暴力问题。"[③]]。

除了词义上的多义和多层次性，定义暴力概念的难度还在于很难找到恰如其分的语言表述。根据普拉特（Kristin Platt）的经验，能找到的语言总是难以实现客观化，"因为言说和讨论暴力的语言的客观化总有融入某种客体意义体系的危险，从而使得暴力行为本身合法化"。[④] 这当然并非意味着意义的客观性值得质疑，值得质疑是暴力讨论意义的客观性。

考虑到上述定义暴力概念的种种困难，下文的论

---

① 参见赵登荣、周祖生（主编）：《杜登大辞典，第一卷》，北京：北京大学出版社，2013 年，第 923 页。

② 参见本雅明：《作为生产者的作者》，见前注，第 40—65 页。

③ 道格拉斯·C.诺思，约翰·约瑟夫·瓦利斯，巴里·R.韦格斯特：《暴力与社会秩序——诠释有文字记载的人类社会的一个概念性框架》，杭行、王亮译，上海：格致出版社，2013 年，第 16 页。

④ Kristin Platt：*Über das Reden, die Redenden und die Gefährlichkeit der Erfahrung von Gewalt — Einleitung*. In：Platt Kristin (hg.)：*Reden von Gewalt*. München 2002. S. 28.

述将尝试采用关联法（Bezugherstellung）和描述法（Beschreibung），从一个宽泛的定义入手，在分析的过程中，尽可能地贴近问题本身，然后通过限定和分类梳理出暴力概念的内涵和外延。

一般而言，暴力被视为一种强制力，它强加于另一个或另一批人的身上，以达到贯彻施暴者自身意志的目的。世界卫生组织对暴力的定义："暴力是指蓄意地运用躯体的力量或权力，对自身、他人、群体或社会进行威胁或伤害，造成或极有可能造成损伤、死亡、精神伤害、发育障碍或权益的剥夺。"[①]除此之外，还有美国实验心理学家史蒂芬·平克（Steven Pinker）将暴力定义为"施加毁灭性、粗暴的力于他人，目的是透过身体或象征两种途径（媒介），达到对他人的宰制"。[②]

为了界定暴力的基本内涵，彼得·尹姆布什（Peter Imbusch）在他关于暴力概念的论述中列举了以下几个核心问题：谁（Wer）是暴力的实施者？暴力实施中发生什么（Was geschieht）？暴力实施的方式（Wie）是什么？暴力针对的是谁（Wem）？为什么（Warum）实施暴力？实施暴力出于什么目的（Wozu）？为何（Weshalb）实施暴力？[③] 尹姆布什对后三个看上去非常相似的问题作出

---

① C.诺思，瓦利斯，R.韦格斯特：《暴力与社会秩序——诠释有文字记载的人类社会的一个概念性框架》，见前注，第 1 页。

② Steven Pinker：*Gewalt — eine neue Geschichte der Menschheit*. Frankfurt a.M. 2011，S. 14.

③ Peter Imbusch：*Der Gewltbegriff*，*a.a.O.*，S. 34ff.

解释:“为什么实施暴力”一方面在一种抽象的意义层面追问暴力的普遍原因,另一方面追问一个暴力行为的具体缘由;“实施暴力出于什么目的”除了追问目的,也追问动机;而“为何实施暴力”则要求回答的是实施暴力的“辩护模式”(Rechtfertigungsmuster)和“合法性策略”(Legitimationsstrategien)的问题。[①]

上述几种对暴力的定义和定位虽然角度和出发点各异,但从中不难总结出四个基本因素:一是一种主被动的关系,也就是说,暴力之所成为暴力,是因为总有一个施暴者和一个受暴者;二是暴力的目的性,对他人的摧毁是以满足自己的需求(掠夺)或实现自己的意志为目的的;三是暴力实现的方法和途径;四是无论暴力的方法和途径是什么,其核心特征都是“强制”(Zwang)性的。

尤其值得关注的是挪威政治学理论家和和平研究者约翰·加尔通对暴力概念的扩展。加尔通总体上把暴力区分为“直接暴力”(direkte Gewalt)和“间接暴力”(indirekte Gewalt)。[②] 所谓的“直接暴力”指对受暴者身体发起攻击并造成直接伤害的暴力,因此又被称作身体暴力(physische Gewalt)。[③] 这种“直接暴力”对人的伤害是显性的,因为它会导致受暴者受伤甚至死亡。

---

① Peter Imbusch: *Der Gewltbegriff*, *a.a.O.*, S. 36.

② Vgl. Johan Galtung: *Strukturelle Gewalt-Beiträge zur Friedens- und Konfliktforschung*. Hamburg: 1975, S. 8–10.

③ Johan Galtung, *Strukturelle Gewalt-Beiträge zur Friedens- und Konfliktforschung*. a.a.O., S. 7.

应当说，加尔通所说的直接暴力是人们对暴力的基本理解，但在作为和平研究者的加尔通看来，仅仅把暴力视为对人的身体伤害这一理解显然太过狭隘。因为除了对身体进行攻击这样的物理暴力外，显然还存在着各种"更加含蓄的压迫形式"[①]，这些压迫形式往往会造成更大范围的群体死亡和贫困。它的后果虽然也是人造成的，但施暴者却不是个体。这种没有直接的施暴者却持续存在的暴力状态即"间接暴力"，它根植于一个社会或者一种体系之中，因此也被加尔通称作"结构性暴力"。[②] 也就是说，"社会系统"是加尔通理论中结构暴力产生和发展所必需的土壤[③]，因此结构暴力或间接暴力与身体或直接暴力不同，它是处于特定时代和历史背景中、不断变化着的暴力现象。作为这样一种动态的暴力现象的判断标准，加尔通在其 1975 年出版的《结构性暴力》（*Strukturelle Gewalt*）一书中首先使用了"实现"（Verwirklichung）这一关键词，以此为基础定义暴力指个体在社会系统中某方面权利的"实现"受到了限制。他认为，"当人的身体和精神受到限制，以至于他们潜在的能力无法实现时，暴力就发生了"[④]。

---

① 斯拉沃热·齐泽克：《暴力：六个侧面的反思》，唐健、张嘉荣译，北京：中国法制出版社，2012 年，第 10 页。

② Vgl. Heitmeyer und Hagan（hg.），*Internationales Handbuch der Gewaltforschung*，a.a.O.，S. 39.

③ 在这个意义上，自然灾害、疾病等即使造成伤害但脱离了上述土壤的现象并不应被包含在他的暴力概念里。

④ Johan Galtung，*Strukturelle Gewalt-Beiträge zur Friedens- und Konfliktforschung*，a.a.O.，S. 9.

在之后的研究中，加尔通又引入了更加具体的“基本需求”(Grundbedürfnisse)这一概念：“暴力是每一种可以避免的对人基本需求以及对普遍意义上的生命的攻击。暴力削弱需求的可能性，将之压抑到最低水平。”①这样，加尔通就将暴力定义中的客体由受暴者转移到了他的基本需求上，进而将其细化为“生存(下去)”(Überleben)、“良好的生活状态”(Wohlergehen)、“身份”(Identität)和“自由”(Freiheit)四个范畴。这四个范畴与他对暴力类型的划分结合起来，即得出下表②所示的不同形式的暴力行为及其后果。

| | 生存(下去) | 良好的生活状况 | 身 份 | 自 由 |
|---|---|---|---|---|
| 直接暴力 | 杀戮 | 致残，围困，制裁，穷困 | 取缔社会融入，重新社会化，二等公民 | 压迫，监禁，驱逐 |
| 结构暴力 | 剥削 A | 剥削 B | 渗透，规范化 | 边缘化，碎片化 |

除了以杀戮、残害、肉体折磨等为特征的“直接暴力”和其性质、形态都必须通过分析和批判才能显露出来的“结构性暴力”之外，加尔通后来还增加了“文化暴力”这

① Johan Galtung: *Gewalt*. In: Christoph Wulf: (hg.): *Vom Menschen — Handbuch Historische Anthropologie*. Weinheim und Basel 1997. S. 913.

② 表格引自：Johan Galtung, *Gewalt*，同上。

一概念，以指称文化中那些能被用来为前两种暴力作辩护从而使之合理化的因素，包括宗教、法制、意识形态、道德伦理以及在后文中将专门论述的语言。

加尔通的"结构性暴力"概念极大地扩展了暴力概念的内涵，也为后来的研究者们带来了灵感。与之交叉的有彼得·因布施(Peter Imbusch)关于个体与集体暴力的区分以及对宏观暴力概念的论述。[1] 除此而外，P.布尔迪约(Pierre Bourdieu)提出的"符号暴力"这一概念在内涵上与"结构性暴力"有一定的重合，它反映的是社会权力结果的专断性等级层次，通过文化机制，社会将等级划分系统强行灌输给每个人。[2] 与加尔通的"结构性暴力"思路接近的还有齐泽克的"系统暴力"，后者从对资本主义的批判立场出发，从"资本的自我驱动的形而上的舞蹈"[3]中瞥见了暴力的身影：

> 这里存在着内在于资本主义的基础性系统暴力。这种暴力比任何直接的、前资本主义的社会意识形态暴力更诡异(uncanny)：我们不能再将这种暴力归咎于任何具体个人和他们的"邪恶"意图，它是一种纯粹"客观的"、系统的、匿名的暴力。[4]

---

① Vgl. Imbusch, *Der Gewltbegriff*, *a.a.O.*, S. 29ff.

② 参见P.布尔迪约，J.C.帕斯隆：《再生产——一种教育系统的理论要点》，邢克超译，北京：商务印书馆，2000年。

③ 齐泽克：《暴力：六个侧面的反思》，见前注，第12页。

④ 同上，第12—13页。

齐泽克(Slavoj Žižek)由此又把暴力区分为主观和客观两类[①]。他认为,“主观暴力”产生于实现意义上的缺失感,最终将以剥削、渗透、分裂等形式外显出来并被感知,与“非暴力”的零层面相反的体验正是它的产物,它被看作是对所谓“正常”的和平状态的扰乱;与之相对,“客观暴力”是隐匿于所谓的“正常”状态之中的,它内化在社会结构里,因此“支撑着我们用以感知与之对立的主观暴力的那个零层次的标准”。[②] 在齐泽克看来,“客观暴力”内化于社会符号(主要是语言)和社会体系两个层面:符号暴力是语言中固有的,语言涉及意义交换,而在其意义层面本身存在着对事物属性的扭曲;而体系暴力则与经济和政治紧密相关,当今资本主义投机行为即为一个典型的例证。当一切以资本为先时,资本强大的自我驱动能力随时都可能引发灾难性的后果,这也就是齐泽克所说的“资本主义的基础性暴力”。[③]

暴力与意识形态和权力的交织虽令人不安,但也使抽象的暴力概念进入了政治领域,它甚至被赋予积极的改造世界的功能。萨特在为法农的著作《全世界受苦的人》所作的序言中指出,“这种抑制不住的暴力是人本身的重新组成”。[④] 事实上,在他之前,面对反犹主义的掌权

---

① 齐泽克:《暴力:六个侧面的反思》,见前注,第2页。
② 同上。
③ 同上,第13页。
④ 乔治·索雷尔:《论暴力》,见前注,第6页。

和第二次世界大战的爆发，本雅明就提出了要引入“神圣暴力”，以打破连续进步的历史中具有“立法”和“护法”双重功能的“神话暴力”①。前者划定和守卫疆界，后者无情地摧毁疆界。本雅明借此强调“及时介入”的重要性，其发生场所，就是以“神圣暴力”为标志的“例外状态”。暴力作为对抗手段，其强大的功能和爆发力也不断得到一些西方马克思主义理论家或作家的认同和强调。正像沃尔夫冈·朗格（Wolfgang Lange）在他的研究中所指出的那样，包括阿多诺和布莱希特在内的知识分子都曾经是以暴抗暴观点的拥护者②。

上述梳理表明，近年来不同理论领域对暴力现象的关注不再局限于经验层面的身体性，而更多聚焦于与之相关的符号和系统意义。这一方面显现出暴力现象在不同历史和社会背景中的独特性，但另一方面也加深了它的“不可感知”（die Nichtwahrnehmung der Gewalt）③。这一点，显然与现代人所处的社会文化环境及其对暴力

① 参见本雅明：《作为生产者的作者》，见前注，第35—78页。

② Vgl. u. a. Wolfgang Lange: *Intellektueller Terrorismus: der Benjamin-Brecht-Pakt*. In: Rolf Grimminger (Hrsg.): *Kunst-Macht-Gewalt: Der ästhetische Ort der Aggressivität*. München 2000, S. 157-177.在这样的语境中，如果还要把暴力定义为“不符合法律和道德规范的力量”就是南辕北辙了。参见拉塞尔·雅各比：《杀戮欲：西方文化中的暴力根源》，姚建彬译，北京：商务印书馆，2013年，第4页。

③ Markus Schroer: *Gewalt ohne Gesicht. Zur Notwendigkeit einer umfassenden Gewaltanalyse* In: Heitmeyer, Wilhelm und Soeffner, Hans-Georg: *Gewalt: Entwicklungen, Strukturen, Analyseprobleme*. Frankfurt a. M. 2004, S. 153.

的敏感密切相关。这也就是说,暴力不再仅仅存在于经验世界,而是更加隐匿于意义世界中。与其他所有的文化现象一样,暴力讨论也有着脱离实体,进入符号层面,即所谓的第二、第三秩序(die dritte Ordnung)[①]的趋势。在这个范畴里,它与特定的社会系统相关并在很大程度上决定着一个社会结构内部自上而下的权力关系,具有"从属于语言本身,从属于某种意义体系的强制性作用"[②]。

韩炳哲(Han Byung-Chul)对暴力话语这种范式转化作了如下概括:

> 作为嗜血社会的独立前现代社会的终结将暴力置于一种谱系学转折之中。[……]它从可视变为不可视,从直接变为隐秘,从物理转为心理,从物质到媒介,从正面变迂回。它的作用方式不再是冲突,而是错合,不是公开的攻击,而是隐蔽的传染。暴力的这种结构转换在当今的暴力现象中越来越占上风。[③]

## 三、暴力的研究谱系

自人类社会产生以来,暴力便伴随着文明与生活的

---

① Markus Fauser: *Einführung in die Kulturwissenschaft. 5., durchgesehene Auflage*. Darmstadt 2011, S. 29.

② 齐泽克:《暴力:六个侧面的反思》,见前注,第 2 页。

③ Byung-Chul Han: *Topologie der Gewalt. Zweite Auflage*. Berlin 2012, S. 15.

发展而不断地丰富、演变。暴力是一个多维度、跨学科的概念,受到文学、心理学、社会学以及政治学等多个学科的共同关注,学者从多个角度和途径来充实暴力的研究谱系,对暴力与文学、心理学、社会学以及政治学等学科之间的关系进行研究。暴力书写具有源远流长的文学历史,折射出创作者对人性的感悟,以及对社会变迁的思考。在前现代社会中,暴力主要以直接的伤害和侵犯为主要形式,其外部特点是武力性、直接性。一些情况下,这一做法被认为是合理的,具有浓厚的血腥色彩。在古老的血亲社会时期,暴力被认为是一种合理的解决冲突和问题的方式,是组成社会交往和社会实践的一部分,甚至象征着统治者的权威:古希腊神话中,暴力是诸神落实其至高权力的基本形式,也与嫉妒、贪婪等一起构成了希腊众神"人性"的脸谱。在古罗马时期,暴力与"强大"的关联更加紧密,身体上的优势同时意味着权力的倾斜。这些被直接暴力行为充斥的时代,反映着人的原始凶残和野蛮。在特定的社会背景下,暴力不仅是一种生存方式,更象征着对自由、力量以及荣耀的追崇。在奴隶社会和封建社会时期,经常出现使用暴力开拓疆土、维护信仰的现象。在如今的社会中,暴力的表现形式越来越多样化,其特征越来越隐蔽、多元。一方面,暴力的种类更加多样,呈现出对个人身体、心理以及社会发展具有损害的形式;另一方面,暴力的表现形式更加多样,除了传统意义的主观形式之外,还衍生出许多看不见的客观形式,隐藏在文明之后，给人一种并不存在的错觉。现代社会中，人们可能会遇到多种形式的暴力，例如战争、恐怖主义等残酷的时代大事件。同时，隐藏在日常生活中的暴力往往捆绑着亲密关系或者内化于社会规则中，涉及更加复杂的结构性问题，例如家庭暴力、青少年暴力或者是职场暴力等。也就是说，在新的社会问题和理论范畴的启发下，暴力这一概念的内涵得到进一步充实，已经变得更加复杂和多元。与此相应，暴力问题的探讨也日趋多样化、学术化，在多学科视角下，暴力研究谱系逐渐丰富。

从马克思主义角度看，暴力可以表现出人类和事物间的压迫关系，人类始终想要压制或者消除某些事物。心理学家斯蒂芬·戴蒙德(Stephen A. Diamond)曾在一项心理研究中得出暴力与感觉自身无能具有关系的结论。他认为，如果一个人无法从内心获得自信，他就会使用暴力来降低这种无能感。因此，暴力的实施与权力感的缺失有非常明显的心理层面的关联。① 乔治·巴塔耶(Georges Bataille)在他的“越界”理论中同样把暴力和性欲看作是人类的动物性本能，是打破色情禁忌的力量。② 它与许多人类的基本情感和冲动混杂在一起，需要调动理性的介入，而所谓现代人的“困境”即来源于理性的过

---

① Vgl. Stephen A. Diamond: *Anger, Madness, and the Daimonic: The Psychological Genesis of Violence, Evil, and Creativity*. New York 1996.

② 参见乔治·巴塔耶:《色情》，张璐译，南京：南京大学出版社，2019年，第2—15页。

度调动与动物本能的反道德本质之间的矛盾。

暴力和政治一直是紧密相关的，在暴力研究中，暴力与政治、与国家机器或者与社会秩序的关联自法国大革命起便成为政治学研究的经典母题，进入20世纪后，两次世界大战的现实也令许多学者加入到了讨论公共领域暴力的介入以及其合法性的行列中。瓦尔特·本雅明在《暴力批判》（*Zur Kritik der Gewalt*）中对革命暴力和合法暴力进行了辩证分析，提出了有关“神圣暴力”的概念[①]，虽然本雅明的犹太身份以及彼时的反犹浪潮是不可忽视的客观现实，也是他如此迫切地找寻对抗纳粹暴力的解决方案的最大驱动力，但引入另一种暴力概念，实际是一种朴素的“以暴制暴”的方法，他在这个问题上的哲学延伸也遭受了猛烈的抨击。另一位犹太思想家汉娜·阿伦特（Hannah Arendt）的一生都将重点放在了暴力和非暴力方面，她对暴力的意义及其与非暴力政治力量之间的联系进行了广泛探讨。她对现实社会中的暴力事件深感忧虑，对那些颂扬暴力、相信暴力可以净化人性的人提出了严厉批判。她在《权力与暴力》（*Macht und Gewalt*）一书中指出，即使是以暴力为工具，也只能产生毁灭，而不会产生自由，她将极权视为一种新的暴力形式。[②] 德国著名的政治思想家卡尔·施密特（Carl Schmitt）从政治这一概

---

① 参见瓦尔特·本雅明：《作为生产者的作者》，王炳钧，陈永国等译，郑州：河南大学出版社，2014年，第35—78页。

② Vgl. Hannah Arendt：*Macht und Gewalt*. München 1981.

念探讨了政治领域中的暴力问题，认为存在一个遵从敌人和朋友界限的协调领域，政治敌意通常会引发暴力冲突。[①]阿斯曼夫妇(Jan Assmann und Aleida Assmann)则认为，神论具有的排他性一直在为暴力的合理性辩护，在有些时候，政治也以“上帝之名”造成了暴力。[②]

当代的西方暴力与主观性暴力不同，对暴力的研究更多地聚焦于更隐蔽的客观性暴力。齐泽克把暴力分为主观性和客观性两类：主观性暴力表现为个体或群体的暴力行为，如人与人之间的冲突、革命、战争等；客观性暴力是以一种无形的、系统性的形式出现。齐泽克对客观性暴力作了如下描述：“存在着内在于资本主义的基础性系统暴力，这种暴力比任何直接的、前资本主义的社会意识形态更诡异：我们不能将这种暴力归咎于任何具体个人和他们的‘邪恶’意图，它是一种‘客观的、系统的、匿名的暴力’，暴力隐藏在社会体系之中，给人一种消失的错觉。”[③]在这个意义上，暴力的“冰山理论”很好地说明了二者的不同，主观性暴力就像是一座暴力冰山的顶端，而客观性暴力就是隐藏在水下的冰山部分。在客观性暴力中，机构性暴力是一个重要组成部分，机构性暴力是组织或雇员的行为造成的伤害，而实施这种伤害的人的行为，要看其在组织环境中的角色。机构既要社会的正常运行，又要

---

① Vgl. Carl Schmitt: *Legalität und Legitimität*. Berlin 1996.

② Vgl. Aleida Assmann: *Sieben Formen des Vergessens*. Göttingen, 2016

③ 齐泽克：《暴力：六个侧面的反思》，见前注，第3页。

用它的权威对个体的自由进行限制，对个体造成损害。宗教、教育以及医疗等组织机构都比较容易引发暴力。体系性暴力是机构性暴力的源头，约翰·加尔通将体系性暴力界定为“某群人遭遇的最广泛意义的不公平与不平等”，其中包含社会、经济、政治等的不公平。机构性暴力和体系性暴力都是对个人进行规训和压制的权力实施关系，体制化将施暴者和受暴者隔开了。齐泽克将体系性暴力的根源归咎于资本主义国家和经济逻辑，并认为体系性暴力贯穿于整个资本主义发展的社会之中，其中包括“一种自动的排外运动”，一些被排除的群体被产出，将某些基于所谓国家利益和阶级利益的体制性暴力合法化。加尔通是一位暴力与和平学研究专家，他在“暴力三角论”中，融合了主观性与客观性暴力。认为暴力是“对人基本需求（主要包括生存、幸福、认同、自由四个维度）更通常是对人生命的凌辱。它将人需求满足的实际水平降低到潜在可能的水平之下。”他把暴力分为直接和间接暴力两种，这与齐泽克提出的暴力的主观和客观区分基本对应。他的开创性是将间接暴力继续细分为结构和文化暴力两种，并与直接暴力形成了暴力三角。加尔通尤其重视这三种暴力之间的辩证关系，直接暴力是由结构暴力和文化暴力决定的，文化暴力则使其他两种暴力形式看似是合法的。①

---

① 加尔通的暴力概念极大地延展了暴力的内涵，将一切对个体所处的物理及心理空间造成挤压的现象都包含在了此概念范畴内。参见 Johan Galtung, *Gewalt*, *a.a.O.*, S. 917。

在当代的哲学与认识论中还有很多其他的客观性暴力形式，但隐藏在这种“变形”背后的，是“暴力”很难被质疑的负面性质，它折射出远古的顽疾，以及新的危机。人们也在不断加深对暴力的认识，暴力研究的实质不外乎就是对生命生存状况的关注。

## 四、暴力关联

通过上文对暴力概念的梳理可以看出，人们对暴力的认识在不断地延伸：由身体延伸到心理，由经验世界走向符号世界。由此带来的，不仅是暴力概念内涵的扩大，同样也是人们对暴力理解维度上的拓展，其中涉及的关联众多。下文将从设定的框架出发，将暴力置于与其他概念的交互关系中，重点讨论它与身体、权力和语言关系，暴力对于施暴者和受暴者意味着什么，以及暴力在战争这样一个特殊的暴力场中又有何特性。

### （一）暴力与权力

在所有与暴力相关的理论论述中，暴力与权力的亲密关系无疑是最为常见的议题。“粗暴的力量、冲击、权力和强迫”[①]是暴力概念最基本的几个重要特征。暴力的

---

① Vgl. Friedrich Kluge：*Etymologisches Wörterbuch der deutschen Sprache*. Berlin/New York 2008，S. 265.

使用往往伴随着权力感的提升，即暴力程度越高，体验到的权力感就越强。这与暴力和权力本身的特性密不可分：暴力即为暴力关系，权力即为权力关系，二者都可以理解为作用于他人行为的行为方式[1]。“使用权力不仅仅是个体或集体伙伴之间的关系问题，而是某些改变他人行动的影响方式。”[2]正是在这种力图影响他人的权力使用中蕴藏着暴力的潜能。福柯强调：只有在权力关系的框架里，暴力才具有压制（repressiv）的功能。[3]

从政治学的角度来讲，统治权意味着暴力的合法性，它的终极形式便是掌控“生死”的权力，“以暴力这种所谓的合法手段为基础的统治”[4]就是国家机器的本质。但在汉娜·阿伦特看来，权力先天属于国家，这是由政治共同体的本质决定的。但暴力并不是，暴力从本质上来讲是“工具性的”，像其他手段一样，它在达到目的的过程中总是需要指引和正当的理由[5]，与国家政权相结合是其依附的一种表现形式。阿伦特认为，暴力可以“摧毁”（vernichten）政权，但它无法“生成”（erzeugen）

---

① Byung-Chul Han, *Topologie der Gewalt. Zweite Auflage*, a.a.O., S. 11.

② Michel Foucault: *Das Subjekt und die Macht*. In: Michel Foucault: *Analytik der Macht*. Frankfurt a. M. 2008, S. 254.

③ Daniel Defert, Francios Ewald und Mitarbeit von Jacques Lagrange (hg.): *Michel Foucault — Analytik der Macht*. Frankfurt a. M. 1981, S. 12.

④ Max Weber: *Wirtschaft und Gesellschaft — Grundriss der verstehenden Soziologie*. Tübingen 1985, S. 67.

⑤ 汉娜·阿伦特等：《暴力与文明：喧嚣时代的独特声音》，王晓娜译，北京：新世界出版社，2013 年，第 1—30 页。

政权①。

加尔通的间接暴力概念体现的也是结构系统中自上而下的权力关系。他指出,这种权力关系的模式是一方的获利和对另一方的不利,而建立起这种模式的核心在于剥削(Ausbeutung):“获利的一方通过剥削为不利一方带来饥饿、疾病甚至死亡。”②值得注意的是,加尔通用“剥削”意义上的“压迫”(Unterdrückung)代替了权力概念。在另一处,他则将暴力表述为“对强迫的运用”(die Anwendung von Zwang),由此可见,对于加尔通来说,暴力似乎已经从一种权力的手段转化成了权力本身。或者也可以说,结构暴力并不指向任何特定的终点,而是广泛地施加“被强迫感”于他人之上,就这一点而言,其本质与权力结构并无差别。除此之外,加尔通还强调这种暴力结构“不仅仅在躯体上,也同样能在思想上”留下痕迹。③

### (二) 暴力与身体

暴力依附权力获得合法性,权力也借助暴力将它自上而下的逻辑写入受暴者的身体。身体是人存在和可被辨认的依据,它确立着人对自己的主权,而它也因此成为

---

① Hannah Arendt: *Macht und Gewalt*. München 1981, S. 4.

② Johann Galtung: *Gewalt, Frieden und Friedensforschung*. In: Dieter (hg.): *Kritische Friedensforschung*. Frankfurt a. M. 1971, S. 9.

③ Ebd.

了“被控制、被规训、被压迫的客体”。[①] 福柯在他的《主体和权力》(*Das Subjekt und die Macht*)一文中写道:“暴力关系附着于身体……使其屈服、破碎甚至毁灭:它扫清了所有其他的可能,只留下完全的被动(Passivität)这一个选择。”[②]福柯这里指的就是所谓的身体暴力:既以人的肢体为主体也以人的肢体为对象的暴力。我们日常语言中对暴力的表述往往指的就是这种情况,如上文所述,在加尔通的理论中,它被称作直接暴力,意指它带来的后果是对身体的直接伤害。

身体在历史人类学的视角中一直是一个很重要的研究对象。一方面,身体具有时间性(Zeitlichkeit)和即逝性(Vergänglichkeit)。[③] 另一方面,它被看作是历史和社会性的,可以成为控制他人和被他人控制的对象。[④] 沃尔夫冈·索夫斯基(Wolfgang Sofsky)这样描述暴力行为中双方的感受,他说:“施暴者获得的是无边无际、不受约束的自由感和控制感,而受暴者获得的则是不幸。”[⑤]在此基础

---

① Johan Galtung, *Strukturelle Gewalt-Beiträge zur Friedens- und Konfliktforschung*, *a.a.O.*, S. 32.

② Michel Foucault: *Das Subjekt und die Macht*. In: Michel Foucault: *Analytik der Macht*. Frankfurt a. M. 2008, S. 254.

③ Christoph Wulf: *Anthropologie. Geschichte, Kultur, Philosophie*. Reinbek bei Hamburg: 2004, S. 250.

④ Vgl. Dietmar Kamper und Christoph Wulf: *Lektüre einer Narbenschrift — Der menschliche Körper als Gegenstand und Gedächnis von historischen Gewalt*. In: Dietmar Kamper und Christoph Wulf (Hrsg.): *Transfigurationen des Körpers — Spuren der Gewalt in der Geschichte*. Berlin 1989, S. 1.

⑤ Wolfgang Sofsky: *Trakt über die Gewalt*. Frankfurt a. M. 1996, S. 69.

上，他指出“暴力带来创伤，它嵌入人的肉体……要宰制他人，没有一种方式比暴力更加可靠，因为受暴者肉体的疼痛是无法忽视的……它将被那些恐惧和痛苦、怀疑和孤独征服，然后被淹没”。[①]

从加尔通的“直接暴力”概念出发，身体是暴力行为攻击的对象。暴力在此指涉的仅仅是肢体暴力，是一种利用躯体力量压制对方的行为。古希腊时期，受刑(Folter)的含义里包含着必要和不可或缺之意，被看作命运中一般不得违抗的自然法则。[②] 与现代社会推崇精神和灵魂不同，嗜血的古希腊文明中，肢体暴力不仅仅是手段，也是人存在的目的。为了争夺基本的生存资料，以古希腊和古罗马为代表的早期人类社会充斥着异常血腥与残酷的征战。对抗意味着单纯的肉搏，身体的强壮则意味着更大的获胜可能，因此，训练和关注肉体的攻击能力显得尤为必要。

随着人类社会的发展，通过强力对人的身体的攻击和伤害更多地演变为惩罚的手段：焚烧、断肢、砍头等，正像福柯讨论的那样，人类社会发明了各种针对身体的惩罚手段。而后来的监视和监禁，则是在此基础上发展而来的通过象征手段对身体进行的规训。[③] 暴力之所以能够奏效，

---

① Wolfgang Sofsky：*Trakt über die Gewalt*. Frankfurt a.M. 1996，S. 70.

② Byung-Chul Han，*Topologie der Gewalt*，a.a.O.，S. 11.

③ Vgl. Michel Foucault：*Überwachen und Strafen: Die Geburt des Gefängnisses. Aus dem Französichen übersetzt von Walter Seitter*. Frankfurt a.M. 1999，S. 12ff.

是因为人的身体本身具有“可伤害性”(Verletzbarkeit),正是在这个意义上,“暴力是一种万能的语言——假如把它理解为物理暴力的话……对于特殊性而言,起关键作用的是它的使用在显示作用方面比其他强制手段更保险、更绝对,也更普遍,它在必要时是优于一切的控制工具和政治上的权力工具。”[①]

### (三) 暴力与语言

暴力与语言的关系表现在很多层面上。暴力经常是在语言缺席的情况下发生的,此时,它就只剩下了赤裸裸的行为。[②] 当今,自杀式恐怖袭击之所以会引发广泛的恐慌,原因之一显然就是恐怖分子是以缄默的方式完成杀戮的。但在另外一个层面上,语言又是属于施暴者一方的。正像索夫斯基在他的《论暴力》(*Traktat über die Gewalt*)中所指出的那样,虽然关于暴力场景的报道并不少见,但“仔细看去,语言大多是围绕着行动和施暴者的。语言更喜欢主动,不喜欢被动,(因此)它聚焦于施暴者”。[③]

---

① Heitmeyer und Hagan (hg.), *Internationales Handbuch der Gewaltforschung*. a.a.O., S. 38.

② 汉斯·费格尔在他的《恐怖与拯救——论另类境况的道德》一文中指出,暴力是沉默的,它一旦发言,说的则是一种诗意的话语。参见 Hans Feger: *Terror und Erlösung. Über die Moral des Anderen Zustands*, In: Hans Feger, Hans-Georg Pott, Norbert Christian Wolf (hg.): *Terror und Erlösung. Robert Musil und der Gewaltdiskurs der Zwischenkriegszeit*. München: 2009, S. 27ff。

③ Wolfgang Sofsky, *Traktat über die Gewalt*, a.a.O., S. 67.

语言对施暴者的偏爱与它自身的形式和结构不无关系，一具被折磨得面目全非的尸体是很难用语言去描述的，同样难以用语言表达的还有受暴者不得不承受的疼痛。齐泽克在他关于暴力的讨论中，更是提出了“语言的先天暴力”这样的命题，他认为，“语言和语言形式之中存在着海德格尔称之为‘我们存在之寓所’的‘符号’暴力”。[①] 他进而以2005年阿拉伯世界爆发的针对刊登在丹麦《日尔兰邮报》(*Jyllards-Posten*)上讽刺伊斯兰教先知穆罕默德的漫画而进行的大规模示威为例，指出“在暴力中爆发的”是一个“基本的语言事实”，其中凝缩的是“西方帝国主义、无神的物质主义、享乐主义和巴勒斯坦人的苦难”在伊斯兰世界所带来的“耻辱和挫败感”。[②] 虽然语言一般被视为“和解与调停的媒介”[③]，但齐泽克看到的则是符号化了的语言秩序本身所蕴含着的“某种暴力的东西”，它甚至是一种“先天”的“客观暴力”，因为它“存在于每一个显而易见的暴力动作之前(vorgelagert)”[④]：“语言简化了被指涉之物，将它简化为单一特征。它肢解事物，摧毁它的有机统一，将它的局部和属性视作具有自主性。它将事物塞进一个最终外在于事物自身的意义场域之中。”[⑤]齐泽克视语言暴力为“每一种具体人类暴力最

---

① 齐泽克：《暴力：六个侧面的反思》，见前注，第2页。
② 同上，第54页。
③ 同上。
④ Byung-Chul Han, *Topologie der Gewalt. Zweite Auflage*. a.a.O., S. 104.
⑤ Ebd., S. 55.

终的依靠”[1]，因此，“当我们处理愤怒的群众攻击并火烧建筑物和汽车，毒打人等场面时，我们永远不要忘记他们的标语和那些支撑和证明其行动合理性的言辞。”[2]齐泽克的这一观点与加尔通关于“文化暴力”的论述有一定的重合，虽然后者并不认为语言本身具有暴力属性。[3] 在由乌尔夫主编的《论人》(*Vom Menschen*)一书中，加尔通对他之前把暴力分为直接和间接两种的划分进行了细化，其中最重要的补充是“文化暴力”。他以文化的定义为基础，得出的结论是：“文化是我们生存的象征层面——通过宗教和意识形态，语言和艺术，诸如逻辑学和数学等经验和形式科学得以实践。”[4]语言和其他文化暴力形式一样，作用之一是齐泽克所说的“合法性”功能，其中一种可能性便是给暴力行为提供价值判断标准，比如一个人为了国家的利益杀了人，他在道德层面便是无可指责的。相反，假如他是出于个人动机杀人，那他则是有罪的。语言的作用之二是“让直接和间接暴力不那么明显，甚至让人感受不到”[5]，这也许就是韩炳哲所说的，语言暴力会让“社会象征暴力以它纯粹的反面形式出现，作

① Byung-Chul Han, *Topologie der Gewalt. Zweite Auflage*. a.a.O., S. 59.

② Ebd., S. 60.

③ 加尔通说：“假如一个潜在的杀人犯叫喊‘杀人是自我实现’，这只能证明德语有可能表达出这样的思想，但并不能证明语言本身就具有暴力特性。”参见 Johan Galtung, *Gewalt*, *a.a.O.*, S. 917.

④ Johan Galtung, *Gewalt*, a.a.O., S. 916f.

⑤ Ebd., S. 917.

为我们生活在其中的环境的自发形式，作为我们所呼吸的空气”[①]。由此可见，语言暴力并非直接作用于身体，但它会作用于人的精神，一方面能对暴力起到维护和掩饰的作用，另一方面对人进行“洗脑”，要求人们在不知不觉中接受暴力，尤其是接受结构暴力强加给他们的东西。

### (四) 暴力美学

20世纪中期，随着科技的飞速发展，西方发达国家步入一个新的发展阶段，这一新发展阶段有不同的称谓，例如：传播媒介社会、信息社会、后工业社会、后现代社会、消费社会。马克思主义理论家詹姆逊(Fredric Jameson)在其著作《文化转向》(*Cultural Turn*)中对这一社会做了深刻论述。他指出，消费社会呈现出的新特征：一是形象即是一种商品，寻求快感的视像文化已从艺术领域中脱离出来，成为公共领域中的一种基本存在方式，慢慢与经济重合，一般由视觉形式殖民的现实与全球性的商品殖民化的现实是一致的；二是在后现代，无论怎样，时间都被转化为空间，历史上过去和现在的各种异质作品都成为在不同的空间和层次上的同时存在的事物。人们逐渐开始重视对“美”的欣赏。[②]

暴力美学在20世纪60年代到80年代广泛流行。在

---

① Byung-Chul Han, *Topologie der Gewalt. Zweite Auflage*, a.a.O., S. 104.

② 参见弗雷德里克·詹姆逊：《文化转向》，胡亚敏译，北京：中国人民大学出版社，2018年，第3—24页。

文艺和美术领域，暴力美作为一种美感形式自古有之。暴力美是一种人们对自己实力的肯定，是对自己本能力量的表现。这股力量集中表现在个人身上时具有破坏力，表现在群体身上时，可能象征的是冲破一切阻碍，勇往直前的力量。随着昆汀·塔伦蒂诺(Quentin Tarantino)和奥利弗·斯通(Oliver Stone)等人的创作，这种风格也进入到了美国的电影工业，进而深入到视觉媒介的领域。

在文学作品中，暴力的表现方式可以分为两种：一是通过社会化改造之后，暴力的攻击性变得柔和，暴力成为被人接受的方式，例如，通过隐匿性描写，一些血腥场面的侵害性被掩盖。再如，在美国的一些作品中，施暴者站在正义的立场，却要受到不公的待遇，这样的角色关系设定，也削弱了暴力侵害的力度。二是更直观地展示暴力和血腥的过程与效果，强调暴力的感官刺激，这一趋势在许多文化行为中都能见到。上述两种表现方式在审美价值和社会效果上都有所差异。中国电影家协会副主席兼理论评论委员会会长、中国文艺评论家协会副主席尹鸿回应了当下“暴力美学”被广泛使用，从而导致“暴力美学”内涵的泛化的时代现象。尹鸿认为，暴力有两种形态：一种是美的形态，也就是隐藏暴力的侵犯性，利用伦理道德和艺术性的方式创造美，其中更多的是理性与情感，这种形态具有很强的隐蔽性，对其进行加工和改造之后，更合理，更美观，更容易被人接受；二是以感官刺激的形态进行展示，对暴力始终进行渲染，这属于显露性表达，但也正是由于它的直观性，其更接近于暴力的自然形式。因此，在这种形式的美丑判断上，人们一直存在争论。这两种表达形式的差异主要体现在表现和再现方面。暴力美学是一种趋向于形式表现的方式。因此，从广义上说，暴力美学是一种体现人类自我力量和攻击性本能的审美范式。①

从上述分析可以看出，暴力美学的特征在于作者对暴力形式之美的表达与探寻。暴力美学作品中体现了暴力与美的和谐统一。它们并不强调血腥和残酷，而是营造出一种美的氛围。因此，无论是从审美的角度，还是从表达方式来看，暴力美学都是对暴力内容表达上的唯美的追求，其初衷是用形式上的美对暴力进行钝化，发展轨迹是从表达暴力到美的实现。这是一种极致、纯粹的美，这种美使人忽略了暴力。暴力被完全消解，暴力在美的影响下仅仅是一种装饰符号，而丧失了实际意义。这就是暴力美和暴力美学功能的体现。

### （五）施暴者

按照加尔通等人对暴力的分类，“真正的”，即非隐匿的和人格的施暴者仅仅出现在“直接暴力”发生的时候，这里所说的“施暴者”指的是个体，而非群体。

---

① 参见尹鸿：《尹鸿自选新集：影像文化批评》，北京：清华大学出版社，2021 年，第 50—58 页。

个体施暴者的暴力行为背后一般都有某种动机：掠财，劫色，报复，由于嫉妒或者其他原因产生的仇恨，等等。但也不排除存在看不到明显动机的暴力行为。索夫斯基把这种暴力行为称之为“绝对暴力”①。在他对“暴力与激情”②的研究中，索夫斯基详细描述了一起发生在15世纪的法国连环杀人案。施暴者是一个名门望族的后裔，他和他的下属以令人发指的手段蹂躏并杀死了数名儿童。这起杀人案之所以令人震惊，除了杀人者的残暴程度超出了人的所有想象之外，还有他毫无动机的暴力行为。而更加令人感到恐惧的是这个名叫吉尔斯·德·莱斯(Gills de Rais)的骑士及其帮凶们在施暴过程中运用了人类社会活动的实施规则：诸如计划性、创造性、技术性、协作精神等。索夫斯基借此案例追问暴力对于施暴者到底意味着什么。毋庸置疑，在“绝对暴力”施虐的情况下，人们瞥见了暴力的僭越性，它越过了日常生活的界限，取缔了理性、目标、价值等人类社会的基本原则。残暴让施暴者心醉神迷，让他获得一种拥有“无限权力的幻觉”③。索夫斯基通过对莱斯案的研究，得出了关于“暴力激情”(Leidenschaft der Gewalt)的观点：“暴力激情不是不假思索的疯狂”④，因为施暴者非常清楚他在做什么，他要得

① Wolfgang Sofsky：*Traktat über die Gewalt*, a.a.O., S. 53.
② Ebd., S. 45ff.
③ Ebd., S. 49.
④ Ebd., S. 57.

到的是一个新的领域，一个“绝对自由的领域”。而这个绝对自由不是别的，而是“死亡自由”（Todesfreiheit）[①]，杀死他人，是为了自己活下去，不仅如此，杀人者获得了上帝才拥有的生死大权，他获得的是前所未有的自我意识，即那种他自己“无所不能”[②]的感觉。借用加尔通的理论，他是通过剥夺他人的“实现”完成了自身的“实现”，而这一点，显然不仅适用于激情杀人犯，而且适用于所有的施暴者。

### （六）受暴者

与施暴者相比，受暴者的情况要复杂得多，因为他是一切暴力行为——直接的和间接的——的承受者。在暴力理论中，受暴者在很长一段时间里不受关注。正像前文中提到的莱斯案引起的反响那样：留下血迹的杀人犯吸引了所有的注意力。几乎没有人谈论受害人的命运。后者被从集体记忆中清除了出去。历史意识不是受暴者的意识。人们要看的是杀人者，而不是死人。[③]

用加尔通的话说，暴力对受暴者的损害形式是剥夺，使得其现实的“实现”低于或远远低于他本身具有的“实现”的潜力。[④] 从这一定义出发，隐匿于社会体

---

① Wolfgang Sofsky, *Traktat über die Gewalt*, *a.a.O.*, S. 57.

② Ebd., S. 58.

③ Ebd., S. 63.

④ Johan Galtung, *Strukturelle Gewalt-Beiträge zur Friedens- und Konfliktforschung*, a.a.O., S. 9.

系、文化符号中削弱或制约人的“实现”潜力的因素都是暴力，都会在受暴者身上留下痕迹。韩炳哲用另外一种描述方式说明暴力对受暴者的伤害，他说：“暴力剥夺其受害者的一切行动可能性。行动的空间由此被削减为零。”①

如果说结构暴力和文化暴力对人的影响主要是精神上和心理上的话，那么，直接暴力给受暴者造成的伤害则既是身体上，也是心理上的。与施暴者从暴力行为中获得是沉醉（Rausch）不同，受暴者得到的是疼痛体验（Schmerzerfahrungen），而伴随着这种疼痛体验的则是“极端的孤独和极度的无能为力感”。② 在心理层面上，暴力自外向内的强大的进攻被感受为一种爆发性的、粗野的、纯粹的、（更重要的是）不容置疑的力量。它摧毁了受暴者隔绝“内”与“外”的原始屏障，打开了他原本封锁的内部世界，将其暴露在外。受暴者因此被迫意识到其“内”“外”之间原本的联系已经失去，内在的秩序和意义体系随之坍塌。他在这种缺失里恐慌和害怕，蜷缩成一团。与身体暴力相伴的上述心理上的无能（Ohnmacht），往往是由于受暴者身体上的疼痛感导致的，韩炳哲将“不断增强的痛感弥漫并充满身体的一瞬间”称为暴力行为中起决定作用的一刻③，因为正是这一刻，使施暴者最终

① Byung-Chul Han, *Topologie der Gewalt. Zweite Auflage*, a.a.O, S. 89.
② Vgl. Heitmeyer und Soeffner (hg.), *Gewalt*, a.a.O., S. 46.
③ Byung-Chul Han, *Topologie der Gewalt. Zweite Auflage*, a.a.O., S. 47.

完成了“宰制”的目的。[①]

从这个意义上讲，暴力是“一种导致变化的力量。它把人变成动物，变成一个呼叫着的、被恐惧压垮了的人，变成被疼痛扭曲的肉体”[②]。暴力解放施暴者，却撕碎了受暴者，经受过暴力的人即使幸存下来，他也不可能再是曾经的他。他要么会一直生活在恐惧（Ansgt）或者创伤记忆（Trauma）中，要么会变得麻木不仁。而“恐惧和疼痛消失的地方是绝望，（因为）从疼痛中没有通向希望的道路”[③]。这也就是说，暴力会摧毁受暴者的一切，身体的被伤害会直接导致受暴者心理上受到伤害，就像索夫斯基说的那样：“暴力击打出伤口，然后侵入身体内部。”[④]正如经历过大屠杀的幸存者，他们不仅像经历了某种自然灾害而独自幸存的人那样，失去了亲人和朋友，而且会失去对世界、对人生基本的信任，[⑤]直至失去自我。

### （七）战争

加尔通这样定义战争：“战争是一种特殊的暴力形式，一般而言是一种集体的旨在对另一方（或几方）造成

---

① 假如不通过直接的身体碰触亦可以造成上述的“受暴者心理”，一切侵犯到自我完整性的行为都可以称之为暴力，暴力的类型也因此大大拓宽，“心理暴力”“语言暴力”或者以排挤和孤立为特征的“校园暴力”都是近年来讨论较多的“新型暴力”。

② Wolfgang Sofsky, *Traktat über die Gewalt*, a.a.O., S. 66.

③ Ebd., S. 76.

④ Ebd., S. 70.

⑤ Vgl. Heitmeyer und Soeffner (hg.), *Gewalt*, a.a.O., S. 48.

伤害的暴力行为。”[1]在人类历史上，战争无疑是最极端、涉及面最广、对人的生命财产伤害最大的暴力形式。战争就本质而言，具有直接暴力的特点，这在传统战争中敌我双方面对面的肉搏中表现得尤为明显。同时，战争也是结构暴力的体现，因为它是由权力和权力机构策划并实施的。战争的目的性很明确，它在于平息争夺“生产和再生产必需的关键价值（Schlüsselwerte）”的冲突。原始战争主要是为了争夺奴隶，封建社会的战争争夺的是土地和农奴，现代战争争夺的是资本和原材料，而后现代战争争夺的则是各种形式的“信息”（Information）。[2] 如果说，战争的一般准则是“战胜方可以拿走它想得到的一切”[3]，那么，这同样意味着失败的一方对这一准则的承认。虽然掠夺是战争的普遍目的，但人们也观察到，现代战争是以造成尽可能大的杀伤为特点的。以第一次世界大战为例，现代技术的发展以及大规模杀伤性武器的运用使得战争变得更加残酷。而伴随着第二次世界大战诞生的核武器，不仅重新划分了世界的格局，更使战争的定义开始逐渐细化和升级，而作为最高级概念的“核战争”即成为了一种只可以存在于理论层面的“最暴力的暴力”。而由此带来的“社会伴生现象显而易见”，假如说原始战争的参与者只是有战斗力的男性的话，现代战争会涉及

---

① Johan Galtung：*Krieg und Frieden*，a.a.O.，S. 919.

② Vgl. ebd.，S. 920.

③ Ebd.

所有的人:“男性和女性,所有年龄段的人,也包括一切非战斗人员都有可能受到威胁,会被打死或者打伤。”[①]同时,在文化暴力的参与和作用之下,战争往往被战争的发动或领导者塑造成正义的或者至少是合理的,因此,上战场的士兵被称作战士(Kämpfer)。尽管如此,他们只是战争匿名的参与者,并在自觉和不自觉的情况下充当着施暴者和受暴者的双重角色。作为施暴者,战争替他们消解了平庸的日常生活的社会感情。在战场这个特殊的空间里,他们无须承受同情心的指责,无须忍受罪责感和羞耻感的折磨。[②]

---

① Vgl. Johan Galtung, *Krieg und Frieden*. a.a.O., S. 922.

② 在这一点上,士兵的心理状态甚至有类似“激情施暴者”的特征。参见 Wolfgang Sofsky, *Traktat über die Gewalt*. a.a.O., S. 60。

# 第二章　暴力与文学

## 一、文学中的暴力想象

文学与暴力的紧密关系几乎与生俱来。自有文学开始，就有文学中的暴力想象。纵观两千多年的文学史，暴力是无疑是文学想象中最为活跃的一个部分，它与爱情、权力等构成最重要的文学母题。借助其本身携带的嗜血属性，文学中的暴力想象不断激发起读者的恐惧、惊愕、愤怒和同情，从而释放出强大的、突破禁忌的吸引力；与此同时，暴力在文学层面获得的表述与个体和社会在各个时期不同的审美需求形成了相互关联的张力。

虽然暴力主题贯穿整个德国文学史，但它的爆发性和阶段性也很明显：①

---

① 下文所作的对不同时期暴力想象在文学中的展演梳理不包括纳粹和第二次世界大战阶段。这一时期，纳粹对犹太人灭绝人性的大屠杀以及第二次世界大战造成的前所未有的大量人员伤亡，使得20世纪三四十年代无疑成为世界历史上最黑暗、最血腥的时期之一，其惨烈程度及其后果主要反映在“二战”后的德语文学回忆中，暂不属于本书的考察范围。

在以《荷马史诗》(*Homer's Epics*)为代表的英雄史诗中，领袖式的英雄首先彰显的是人类原始欲望的合理性，而浴血肉搏的战场则成了验证人本身力量和尊严的理想场所；在那里，屠杀被高尚化，战斗被仪式化，恢宏的史诗场景赋予处于画面中心的主人公以神性的光环。《伊利昂纪》(*Ilias*，又译作《伊利亚特》)中的氏族首领，个个都是部落首领，他们体魄矫健，力大无穷。阿喀琉斯英勇善战，除了脚踵外，他全身刀枪不入；赫克托尔勇敢善战，奥德修斯既骁勇无比，又能出谋划策。文学在讴歌他们的英雄伟业的同时，通过对细节的具体展示把读者的目光引向"恐怖的景象，放大杀戮和杀戮的仪式，使之形象化、具体化"[①]。可以说，在人类文明的起步阶段，史诗中的英雄人物反映了人对自己介于野兽和神明之间的定位，在这个基础上被塑造出的文学形象促成了文明初期人类集体意识的产生。

到了古希腊罗马时期，以城邦为形式的自由、民主成为主流的意识形态。与《荷马史诗》相比，此时的文学作品中，暴力想象显得更加复杂和隐蔽。显性的、大规模的战争暴力在对文明和进化的希冀中得到升级和提纯，新的美学需求找到了"戏剧"这种载体。希腊悲剧以人为"牺牲者"(Opfer)，将"他"的献祭搬上舞台。所有的暴力

---

① Jürgen Wertheimer (hg.): *Ästhetik der Gewalt — Ihre Darstellung in Literatur und Kunst*. Frankfurt a. M. 1986, S. 19.

场景一般都是通过叙述表现，即禁止通过表演被直接展示出来，也就是说，观众只能通过演员的表述来想象那些血腥的场面。这种暴力演示的形式一方面给观看者带来刺激，另一方面，舞台和观众之间的距离又消解着这种激情，在这个意义上，文学暴力想象在“城邦内部的尚武精神和公民的自律意识之间寻找到了某种平衡”[①]。

基督教初期奉行一种坚定的和平主义理念，暴力，即使是暴力反抗也是不可想象的。对于圣·奥勒留·奥古斯丁（Saint Aurelius Augustinus）来说，虔诚的受难和牺牲（Opfertod）是唯一正当的行为方式。但恰恰这一以基督受难为榜样的和平理念在接下来的几个世纪中彻底被改变，尤其在十字军东征时期，这种改变直接导致了人们对圣战义无反顾的追求和向往。身体暴力在中世纪的文学作品中以仪式化的面貌复苏，得到颂扬的是以长剑和长矛为象征的基督教骑士精神。殉道的骑士们在战斗中履行的是以自己的鲜血和身体献祭上帝的职责，屠杀皆为给上帝带来荣耀，而战场也因此成为独特的神性升华的空间。“伦理和心理上的障碍（同情心，杀人的顾虑）在此被贬低为缺陷。”[②]就像在中世纪法国著名史诗《罗兰之歌》（*The Song of Roland*）里展示的那样，暴力一旦披上了为上帝而战的神圣的外衣，它就变得肆无忌惮。史诗

---

① Jürgen Wertheimer (hg.), *Ästhetik der Gewalt — Ihre Darstellung in Literatur und Kunst*, a.a.O., S. 33.

② Ebd., S. 126.

中对每一场战役近乎千篇一律的、模式化的描写只能放到这样的背景下才能理解,即“战斗是礼拜,每一场杀人都是一次宗教庆典”①。

14到16世纪,道德解放带来了广泛的世俗化。在文艺复兴的背景下,人本身的欲望成为文学展现的主题和服务的对象。文学作品中施暴者和受暴者作为个体的形象凸显出来,他们的感受、情绪、动机和目的更加丰满而多样。除此之外,这个时期的文学作品喜爱以吉尔斯·德·莱斯为代表的世俗贵族精英题材。他的故事被各种艺术形式反复再现,他身上杀人魔的光环让人们陶醉不已,大有兴奋剂和麻醉品的功效。

接下来的整个巴洛克文学则重新对战争与死亡主题产生了浓厚的兴趣,诉说现实的苦难和对超验解脱的渴望在“殉道剧”(Märtyerdrama)这种文学体裁中找到了表达方式②。除此而外,因其巨大的破坏性而令几代德国人刻骨铭心的三十年战争也在诗歌和小说中得到再现。安德烈亚斯·格吕菲乌斯(Andreas Gryphius)的十四行诗《祖国之泪》(*Tränen des Vaterlandes*)从诗人的切身体验出发,记叙了战争的恐怖和它带来的严重破坏;约翰·雅可布·格里美尔斯豪森(Johann Jakob Grimmelshausen)在西班牙流浪汉小说的影响下创作的《痴儿西木传》(*Der*

---

① Jürgen Wertheimer (hg.), *Ästhetik der Gewalt — Ihre Darstellung in Literatur und Kunst*, a.a.O., S. 130.

② Ebd., S. 179.

*Abenteuerliche Simplicissimus*）在叙述西木从童年一直到中年的人生境遇的同时，也形象地展现了战争中的血腥屠杀与罪恶。

到了18世纪下半叶，文学艺术并没有因为启蒙运动对理性的崇尚而告别暴力题材，而是在书写范式上发生了由“书写”（Darstellung）到“表达”（Ausdruck）的转化。[①]值得一提的是，无论是古典时期亚里士多德的净化论，还是奥古斯丁的符号说，或者是斯多葛派哲学影响下的文艺复兴殉道者剧理论，甚至是巴洛克反宗教改革派的理念以及启蒙运动的同情说（Mitleid），在所有这些不同的有关文学的话语和关于文学暴力想象的观点中，得到延续的均是一种“牺牲者的理念”（Idee des Opfers）：“受难者的死亡彰显了来自神灵、上帝或者道德法则的更高的秩序。打上烙印的身体成为一种超验现实的‘崇高’（erhabenes）的见证，同时成为由此产生的社会秩序的证明——而这一点，写入身体的暴力越是可怕，越是形象，就越具有说服力。”[②]以莱辛（G. E. Lessing）的两部悲剧《萨拉·桑普森小姐》（*Miss Sara Sampson*）和《艾米利亚·伽罗蒂》（*Emilia Galotti*）为例，来自市民阶级的牺牲者献出自己的生命，这被看作是建立新的社会形态所必不可少的一个环节。

---

① Vgl. Jürgen Nieraad: *Die Spur der Gewalt. Zur Geschichte des Schrecklichen in der Literatur und ihrer Theorie*. Lüneburg 1994, S. 15f.

② Ebd., S. 14.

到了"狂飙突进"时期，暴力想象开始不再与"普遍秩序和一种和解性的超验"相关，而是"指向书写的主体和他在社会秩序中所承受的痛苦"①。如果歌德的《少年维特的烦恼》（*Die Leiden des jungen Werthers*）是这一倾向典型的代表的话，他取材于16世纪的历史剧《铁手骑士》（*Götz von Berlichingen*）则具有更加明显的"狂飙突进精神"②。剧中的主人公葛茨是一个理想主义者。他一方面要争取自己的独立和自由，另一方面又要维护皇权，结构性的矛盾使得他陷入了暴力的怪圈。他几次因参加农民起义而被捕，却因为反对暴力得不到农民的信任，最后死在狱中。他对皇帝寄予厚望，不惜一切要为维护皇帝的地位和权力而战，最后却遭到皇帝的讨伐。席勒在狂飙突进时期的代表作《强盗》（*Die Räuber*）和《阴谋与爱情》（*Kabale und Liebe*）同样充满了暴力和血腥。前者通过对两位狂飙突进式的"天才"的塑造，把人性中的善与恶、自私与仁爱、人性与兽性的对立推向了极端。执政王莫尔的次子弗兰茨冷酷残暴，为了争夺权力可以无视一切伦理道德，"天才精神"在他身上化为赤裸裸的暴力；长子卡尔具有理想主义、圣徒式的人格，一身正义，却摇摆在多疑和轻信之间，同样也陷入暴力的魔圈，当了强盗，甚至亲手杀死了深爱自己的妻

---

① Vgl. Jürgen Nieraad: *Die Spur der Gewalt. Zur Geschichte des Schrecklichen in der Literatur und ihrer Theorie*. Lüneburg 1994, S. 14.

② 范大灿：《德国文学史　第2卷》，南京：译林出版社，2006年，第243页。

子。《阴谋与爱情》把自莱辛以来的市民悲剧形式推向了巅峰，整个情节从开场到高潮，再从高潮转向灾难，一对互相爱慕的青年男女最终用死亡为自己的爱情画上了句号。

暴力想象也没有让魏玛古典主义文学成为例外。在席勒创作的一系列历史剧里，暴力想象这只黑色的大鹰一直在扇动着它的翅膀。与他以前的戏剧相比，席勒在魏玛古典时期创作的戏剧于风格上少了一些激情，多了一些客观和冷静，与此同时，剧作者也力图与他笔下的人物保持一定的距离。[①] 尽管如此，无论是描写30年战争中种种阴谋、暗杀和人性矛盾的《华伦斯坦》(*Wallenstein-Trilogie*)，还是取材于16世纪宗教改革时期英国女王伊丽莎白和苏格兰女王玛丽亚·斯图亚特为争夺王位而展开殊死斗争的《玛丽亚·斯图亚特》(*Maria Stuart*)，或者是展示通过反抗专制和暴政夺取自由的《威廉·退尔》(*Wilhelm Tell*)，暴力在他的戏剧作品中与各种因素缠绕交织，在推动冲突和情节发展的同时，凸显出作者对人、人性以及历史人物的局限性的思考。这里不得不提到的当然还有歌德作品中的暴力主题和暴力描写：无论是他的鸿篇巨著《浮士德》(*Faust*)，还是他的长篇小说《威廉·迈斯特的学习时代》(*Wilhelm Meisters Lehrjahre*)、《亲和力》(*Die Wahlverwandtschaften*)以及《威廉·迈斯特的

---

① 范大灿：《德国文学史 第2卷》，见前注，第435页。

漫游时代》(*Wilhelm Meisters Wanderjahre*),暴力要么公然登堂亮相(格蕾琴弑婴),要么以隐蔽的方式出现(如《威廉・迈斯特的学习时代》和《威廉・迈斯特的漫游时代》中的种种"爱情创伤")。

18 世纪末到 19 世纪初,文学与道德说教的脱钩,不仅导致了文学自治理念(Autonomieästhetik)的诞生和强化,也进一步释放了文学暴力想象的潜能。这一点在以霍夫曼(E. T. A Hoffmann)和克莱斯特(Heinrich von Kleist)为代表的"黑色浪漫文学"中表现得尤为突出。在霍夫曼的作品中,暴力经常是诡异的,充满了阴暗和神秘感。在他的中篇小说《斯居戴里小姐》(*Das Fräulein von Scuderi*)和《睡魔》(*Der Sandmann*,一译《沙人》)中,暴力要么不可预知——它会在人不经意时突然袭来,要么以一种非理性、癫狂的形式出现。克莱斯特作品中的暴力同样具有非常明显的不可知性,但往往呈现出一种不断激化和升级的状态,或者酿成一场血腥残杀的灾难[如戏剧《施罗芬施泰因一家》(*Die Familie Schroffenstein*)所讲述的一对情侣的两个家族从开始互相猜忌到最后同归于尽的悲剧],或者发展成为群体歇斯底里大爆发的集体杀戮[如《智利地震》(*Das Erdbeben in Chili*)中最后发展到连婴儿都不放过的砍杀场景],再或者燃起吞噬一切的复仇的烈焰[如《养子》(*Der Findling*)中即使到了地狱也要追杀到底的养父]。

德语文学中暴力书写的另一个高潮则产生于 19 世纪

末期，胡戈·冯·霍夫曼斯塔尔、莱纳·玛丽亚·里尔克(Rainer Maria Rilke)、斯特凡·格奥尔格(Stefan George)以及将在下一章中着重讨论的早期的托马斯·曼和亨利希·曼等均是这一时期的代表人物。总体而言，此时文学中的暴力演示与世纪末的危机意识结合在一起，分别展现为“颓废和不屑一顾(décadence und Dilettantismus)、神经质和神经衰弱(Nervosität und Neurasthenie)、狂躁和意志软弱(Hysterie und Willensschwäche)、自我强化和梦幻(Selbstverdopplung und Traum)……怠惰和厌倦(Müdigkeit und Überdruß)”①等。厌世、背弃生活以及“对死亡的渴望”(Todessehnsucht)②成为了这一时期暴力想象的基本特征。主人公不再是英雄，暴力成了弱者的梦幻：

> 新神经衰弱颓废派的柔弱性与他的想象互为矛盾：高度反思能力的文化显然尤其具有制造身体疼痛和痛苦需求的特征，特别是当观照和分析的对象就是自我本身的时候。感知全部集中到作为独立生存空间的自身身体的感觉器官上，改变了疼痛界限的适应过程，使其有意识的产生变成单纯的神经刺

① Hans Richard Brittnacher: *Erschöpfung der Gewalt — Opferphantasien in der Literatur des Fin de Siécle*. Köln 2000, S. 11.

② Jürgen Wertheimer (hg.), *Ästhetik der Gewalt. Ihre Darstellung in Literaturund Kunst*, a.a.O., S. 289.

> 激，变成美学效应。对这些效应的游戏处于颓废派试验诗学的中心。[①]

世纪之交，暴力文学想象的这些特征在霍夫曼斯塔尔的作品中尤为明显。在他的悲剧《法伦矿井》(*Das Bergwerk zu Falun*)中，主人公艾利斯由于父母的死亡对生命产生了厌恶感，这种厌恶感一直延伸到生活的基本需求中：喝水，睡觉，还有情欲。他的两次恋情都留下了自残的伤疤，由于爱情不再，疤痕本身即成为了目的。尤其是“由于疤痕制作的过程不发生在爱人面前”，因此“不乏自恋意味”。[②] 对生命的厌恶让主人公最终在他举行婚礼的日子走进地下世界，从而永远地背弃了生活。[③]霍夫曼斯塔尔以古希腊故事为素材的《艾勒克特拉》(*Elektra*)是作者暴力主题最为突出的作品。这也的确符合霍氏的初衷，因为他要创作的，正是一部“着力于痛苦和血腥、仇恨与暴力”的“非人道的悲剧形象”[④]：“我们必须崭新塑造神话的战栗。让阴影重又从血中升腾而出。”[⑤]霍

---

① Jürgen Wertheimer (hg.), *Ästhetik der Gewalt. Ihre Darstellung in Literaturund Kunst*, a.a.O., S. 289.

② 杨劲：《深沉隐藏在表面：霍夫曼斯塔尔的文学世界》，北京：北京师范大学出版社，2015 年，第 172 页。

③ 关于《法伦矿井》的具体分析参见杨劲：《深沉隐藏在表面：霍夫曼斯塔尔的文学世界》，见前注，第 167—182 页。

④ 杨劲：《深沉隐藏在表面：霍夫曼斯塔尔的文学世界》，见前注，第 184 页。

⑤ 转引自杨劲：《深沉隐藏在表面：霍夫曼斯塔尔的文学世界》，见前注，第 184 页。

夫曼斯塔尔新塑造的“神话的战栗”固然是针对歌德“太过于人道主义”的《伊菲吉妮娅》(*Iphigenia*)的,但他笔下为报杀父之仇而憧憬弑母的艾勒克特拉毕竟也不再是神话中那个单一的人物,而是把“仇恨与暴力”作为身体痛苦来承受的现代主体,她的性别属性更是加深了她“充斥着血和性”的内心分裂。[①]

世纪之交的末世意识直接影响了20世纪初的文学。这一时期文学中的暴力书写不仅更加极端而且更加多元,这也是为什么威尔特海姆有“我们所处世纪的暴力崇拜”(Gewaltkult)[②]一说。20世纪暴力话语的理论背景和文学书写将在第四章中详细讨论。下面则转入对暴力美学的形成和发展的梳理和探究。

## 二、暴力的美学历程

与文学一直以来对暴力书写的兴趣相比,文学研究对暴力主题的关注则相对较晚。两千多年以来,西方文化最核心的建构之一便是所谓的“美的理念”(die Idee der Schönheit)。艺术在此被赋予一个特殊的功能,即“满足人通过对和谐、对称、节奏、均匀以及对美和具有美的

---

① 关于《艾勒克特拉》的分析参见杨劲:《深沉隐藏在表面:霍夫曼斯塔尔的文学世界》,见前注,第182—217页。

② 这里指的是20世纪,参见 Jürgen Wertheimer (hg.), *Ästhetik der Gewalt. Ihre Darstellung in Literaturund Kunst*, a.a.O., S. 321。

塑造的物体的经验而得到乐趣的需求”①。正因为如此，美学与所谓的真、善、美一直保留着一种天然的联盟关系，并理所当然地将丑与恶的东西排除在外。在黑格尔(Georg Wilhelm Friedrich Hegel)那里，暴力作为恶——“残暴无情，不幸的事件，暴力的严厉和强权的无情”——的表现形式之一，由于它有损于艺术“对象的实质性和形式的内在和谐”，因此“不允许成为艺术的对象”。② 如果说，18世纪末开始就有了一个独立的恶的美学的这一断言③尚不足以十分令人信服的话，那么，最晚到了19世纪中叶的1853年，当卡尔·罗森克兰茨(Karl Rosenkranz)的《丑的美学》(*Ästhetik des Häßlichen*)问世之时，“美学等同于美”④的时代就一去不复返了，也就是说，“19世纪中叶，对丑的美学认可的时代成熟了”⑤。虽然一个独立的暴力美学的形成还要假以时日，但毋庸置疑，无论是“恶”也好，“丑”也罢，作为暴力的相邻概念，它们与之都有一定程度的交叉。只不过值得注意的是，在罗森克兰茨的《丑的美学》中，暴力是因为其道德上的负面意义进入

---

① Jürgen Nieraad, *Die Spur der Gewalt: Zur Geschichte des Schrecklichen in der Literatur und ihrer Theorie*, a.a.O., S. 24.

② 彼得-安德雷·阿尔特：《恶的美学历程——一种浪漫主义解读》，宁瑛，王德峰，钟长盛译，北京：中央编译出版社，2014年，第1页。

③ 同上，第2页。

④ Dieter Kliche: *Pathologie des Schönen — Die "Ästhetik des Häßlichen" von Karl Rosenkranz*. In: Karl Rosenkranz: *Ästhetik des Häßlichen*. Stuttgart 2015, S. 459.

⑤ Ebd.

“丑”的范畴的。[①] 在彼得-安德雷·阿尔特(Peter-André Alt)的《恶的美学历程——一种浪漫主义解读》(*Ästhetik des Bösen*)一书中,能够找到暴力作为“恶”的存在:“恶的文学变体,出现在谎言、欺骗、阴谋和亵渎上帝的不同变种中,在掠夺、强奸、谋杀中,在战争和大屠杀的大量罪行中,它们相互分享这样的事实,即它们通过具体的表现形式,有一种美学上的显著表现。”[②]

正是基于这样的视角,阿尔特在对恶的分析中也涉及了暴力(其中也包括对霍夫曼、克莱斯特、卡夫卡和荣格尔作品的分析)。然而不能不看到的是一个近乎悖论的事实:恰恰在一种纲领性“恶的美学”得以成立的时候,暴力与“恶”在概念上的距离却逐渐拉大,前者虽然在一定程度上可以是后者的一个部分,但后者则主要存在于“非道德的、怪僻的、令人恶心的、丑陋的、变态的和病态的空间里”[③]。而阿尔特关于恶在失去撒旦“拟人化的合法地位”之后脱离其生理特征、进而向人的内心的“挪移”[④]的观点,也不一定完全适合文学中的暴力想象。因为暴力总是强加给人的,无论强加者是有形的还是无形的,他所拥有的都是针对施暴对象的支

---

① 罗森克兰茨对“丑”的定义的基础是形式上和道德上的不完美(Unvollkommen)。参见第58页注释④,第305页及其后。

② 彼得-安德雷·阿尔特:《恶的美学历程——一种浪漫主义解读》,见前注,第18页。

③ 同上,第2页。

④ 同上,第3页。

配权。

暴力与权力和人的生存之间这种天然的密切关系[①]也决定了暴力美学思考的轨迹。纵观20世纪80年代以来暴力美学的形成和发展,可以总结出以下三个较为突出的特征:一是从历史和文化角度出发对文学暴力想象的反思;二是对受暴者和受暴者身体的关注;三是对暴力审美话语的思考。

审美幻想自18世纪末开始,逐渐脱离道德层面上的束缚,成为独立的活动。如果说这一历程对于"恶的美学"具有纲领性意义的话,人们在暴力美学的发展过程中却发现了与之不尽相同的轨迹。于尔根·尼拉德在他的《暴力的痕迹》一书中指出:暴力想象经由起初的"道德教化"时期,到18世纪末19世纪初逐渐脱离道德的管束,再到20世纪又日益明显地"被置于道德的监管之下"。[②]暴力美学的这一发展轨迹,尤其是它进入20世纪下半叶以来重新道德化的倾向,显然与当代现实生活中各种各样的社会暴力问题尖锐化以及人们(作家和读者)前所未有的(针对种族的、儿童的、外国人的、其他宗教信仰者的甚至平民的)暴力体验有关,但也与暴力审美本身的定位有关。尼拉德认为,尤其是在"极端暴力经验"时期,"文学被赋予了乌托邦——逃避现实的任务":"这符合这样

① 参见本书第一章"暴力概念"。
② Jürgen Nieraad, *Die Spur der Gewalt: Zur Geschichte des Schrecklichen in der Literatur und ihrer Theorie*, a.a.O., S. 12.

的观察，即在暴力经验较少的时候，暴力想象较少处于审查之下。”[①]

与尼拉德对文学暴力想象与现实中的暴力交互关系的观察形成互补的，是威尔特海姆对暴力想象的文化和社会功能的研究。在他的《暴力美学——文学艺术中暴力描写》一书中，威尔特海姆沿着文学史的方向，以典型文本加上评论的方式，纵向梳理了自《荷马史诗》起到20世纪初各个文学时期暴力审美的特征和方式。他认为，在“暴力的文学和艺术演示的背后表达出来的是某种文化个体和社会的基本需求”，因为“往往只有通过编码，进入艺术作品的形式，才能产生一种集体意识，由这种集体意识出发，复仇、惩罚、牺牲、罪责、赎罪等生死攸关的血腥事件才能获得或者丧失意义”。[②] 从这样的认识出发，暴力作为强迫力（Zwang）产生的作用并非只是解构和破坏性的。这一点，尤其表现在早期文学暴力想象关乎个体和集体身份建构的作用上。如果说希腊民族的集体意识与特洛伊战争密切相关[③]的话，从战场上返回的“英雄们”本身也成为了社会改革的推动者：“从特洛伊战争中返回的人是改变了的人和改变者。凯旋标志着一场广

---

① Jürgen Nieraad, *Die Spur der Gewalt: Zur Geschichte des Schrecklichen in der Literatur und ihrer Theorie*, a.a.O., S. 23.

② Jürgen Wertheimer (hg.), *Ästhetik der Gewalt — Ihre Darstellung in Literatur und Kunst.*, a.a.O., S. 10.

③ 这里指得是以迈锡尼国王阿伽门农为最高统帅的希腊联军对特洛伊的战争第一次让全体希腊人意识到他们同属一个伟大的民族。

泛的社会政治变革的开端。”[①]这种最初建立在人类早期社会的英雄崇拜之上的美化暴力（Verklären）的倾向，其影响不仅一直延续到20世纪，而且幻化成各种不同的面目（流亡文学对白色恐怖的暴力抵抗是其中最典型的例子）。

暴力描写的基本元素是施暴者和受暴者。与早期文学和艺术对施暴者及其躯体力量的无限青睐不同的是，现代文学艺术把关注的目光投向了受暴者及其身体。[②]这一范式转换也体现在暴力美学中。在尼拉德的研究里，受暴者（Opfer）具有一种“既是神圣的，又是非神圣的”[③]双重身份：祭品和替罪羊。作为祭品，他充当的是神与献祭者之间的调解人，死亡的意义在于和解；作为替罪羊，他则被置于一个罪责关系当中，以免掉施暴者的罪责。尼拉德从受暴者、象征和社会秩序三者的关系出发，把人的身体定义为暴力本质指向的、优先选择的发生地：“暴力通过把自己写入身体，把它作为反抗者予以摧毁，并将其作为有效的权力关系的象征加以展示。”[④]即使作为替罪羊，受暴者的作用仍然是保障秩序，一旦这一作用不复存在，其“被虐待、被肢解的身体”就不再是

---

① Jürgen Wertheimer (hg.), *Ästhetik der Gewalt — Ihre Darstellung in Literatur und Kunst*, a.a.O., S. 31.

② Vgl. Ebd., S. 9.

③ Ebd., S. 34.

④ Ebd., S. 31.

“某种秩序象征性完成的场所”，在这种情况下，痛苦就成了“一种个体的嗜好”。[①] 布里特纳赫在他的《衰竭与暴力》一书中印证了这一说法。他观察到在颓废主义时期的文学作品中，“不仅施暴充满乐趣，施暴造成的痛苦也充满乐趣”[②]。

虽然暴力作为审美对象在过去的两百多年间逐渐进入了人们的视线，但不能否认它的边缘地位，也不能否认传统审美观对它一如既往的排斥。与“美”相反，暴力“属于可怕、令人反感、恶和‘丑’的范畴，根据‘美艺术’的概念，它属于作为本体论规定的美与善需要合理解释的补充，总之属于美学的边缘现象”[③]。这一审美观从根本上给暴力以及一切丑恶之物统统打上了“缺陷”(Defizit)的烙印。美由此成了丑得以存在的条件，也就是说，丑虽然可以存在，但它只能是美的衬托。只有美与善才是绝对的，包括暴力在内的丑则是相对的。[④] 按照尼拉德的观点，这一审美的“元话语”(Meta-Diskurs)一直到今天仍然发挥着主导作用。它意味着人们必须面对一个悖论的现实：一方面是文学作品中一直在场的暴力想象，另一方面

---

① Jürgen Wertheimer (hg.), *Ästhetik der Gewalt — Ihre Darstellung in Literatur und Kunst*, a.a.O., S. 58.

② Hans Richard Brittnacher, *Erschöpfung und Gewalt — Opferphantasien in der Literatur des Fin de Siécle*, a.a.O., S. 27.

③ Jürgen Nieraad, *Die Spur der Gewalt: Zur Geschichte des Schrecklichen in der Literatur und ihrer Theorie*. a.a.O., S. 25.

④ Vgl. ebd., S. 26.

则是暴力想象在传统审美话语中的边缘地位。

暴力在传统审美话语中的从属和边缘地位，在近年来的暴力美学讨论中不断受到质疑甚至颠覆。布里特纳赫在他对世纪末唯美主义文学暴力书写的分析中，观察到相反的情形：

> 复仇欲、嗜杀、奸杀、对残暴的文艺复兴时期统治者和晚期罗马帝国暴君的召唤、对死亡顶礼膜拜般的演示和没有救赎的嗜好，所有这些都完全可以是一种乐于赞美自己的柔弱和意义的文学的基本组成部分。[①]

尼拉德认为，把"可怕的东西艺术地表达出来，使之成为美，是艺术的特权"[②]，而这种特权，恰恰被以波德莱尔(Charles Pierre Baudelaire)的《恶之花》(*Les Fleurs du mal*)为审美范式的现代文学所充分利用，从而以一种"挑衅性的"姿态把"本能主体的实现"作为"美的激情"释放出来[③]。如果说暴力本身对于文学艺术就具有吸引力(Gewalt als Faszinosum)的话，那么反过说，文学和艺术也具有独一无二的优势，能够通过展示难以言说的暴力

---

① Brittnacher, *Erschöpfung der Gewalt — Opferphantasien in der Literatur des Fin de Siécle*, a.a.O. S. 26.

② Jürgen Nieraad, *Die Spur der Gewalt: Zur Geschichte des Schrecklichen in der Literatur und ihrer Theorie*, a.a.O., S. 16.

③ Ebd.

体验,并通过这种展示使得像暴力这样的“被文化象征体系所压制和压抑的东西”[①]能够不受限制地得到表达。然而,戈尔特·马腾克罗特(Gert Mattenklott)在对文学暴力想象做出批判的同时则认为“艺术不仅表达对社会非人道的批判,也表达对否认反人道的人类社会的批判”。[②]这样理解的艺术似乎又被赋予了某种道德评判的功能,只不过,与曾经的道德教化所不同的是,它承担起的更是一种反思的使命。

---

① Nieraad, *Die Spur der Gewalt: Zur Geschichte des Schrecklichen in der Literatur und ihrer Theorie*, a.a.O., S. 16.

② 按照戈尔特·马腾克罗特的观点,“艺术充当启蒙的自由和人道主义理念是一个地地道道的误会,它导致冗辞和赘语不断堆积。要求艺术家尊崇自由价值体系是对审美作用方式的误解:文化不能不踩着尸体的说法无益于一场悲剧。艺术同时也是现代社会这一思想的植入物。但它却与它赖以生存的现代世界的幸福和享乐文化并无多大关系。假如有一个谋杀和击杀致死的领地的话,那就非文学莫属了”。参见 Mattenklott, *Gewalt in der Literatur. Im Rückblick auf das Jahrhundert*, a.a.O., S. 113。

# 第三章　20世纪初期——暴力书写的必然性

20世纪是以毁灭(Untergang)为开端的。尼采"上帝之死"的宣告和韦伯"祛魅"的断言切断了人们与身处的世界最为重要的隐喻意义上的联系。不断复制的、快速扩张的资本主义工业化模式和加速的生活节奏切碎了"自我"的完整,在完全陌生的感知对象面前,一个自然主义的或者彼得迈尔时期原有的、纯粹的意义上的"自我"面临着巨大的危机,或者说,它被束缚于一种无力感(Ohnmächtigkeit)之中。卢卡契(György Lukács)将这种感受比喻为"超验的无家可归感"(transzendentale Obdachlosigkeit),无论肉身是否温饱,精神必须直面被抛弃的事实。胡戈·冯·霍夫曼斯塔尔眼里的同代人,从父辈那里继承的只有两样东西:漂亮的家具和过分敏感的神经。[①] 在这种情形下,人一方面感到孤立无

① Hugo von Hoffmannstahl: *Gesammtlte Werke Bd. 8. Reden und Aufsätze 1*, hrsg.von Bernd Schoeller. Frankfurt a. M. 1979, S. 174.

援，另一方面，他们却无法把眼睛从这种生活经验上移开，只能细致地体验它、品味它。于是，文学作品成为充斥着疲惫、告别、决裂、歇斯底里的生活经验最肆意的出口，并为它们寻找着某种美学的表达。这种情况下，颓废主义、唯美主义、新浪漫主义、新古典主义等应运而生。

罗伯特·穆齐尔（Robert Musil）这样描述这一时期的文学所体现出的特点："这个时代的文学热爱毁灭的生命，也热爱去毁灭的艺术。"[①]在这个意义上，对暴力、破坏或者死亡的幻想如井喷似的涌出，仿佛是要在扑面而来的整个时代之中撕开一条裂缝，开辟出一条新的出路。文学正是在这种情况下成为了世纪初暴力幻想的集结地，大量作品中展现出的残酷血腥的暴力场面令人瞠目，不论是复仇的愿望，对血腥的渴望，还是单纯出于"嗜好"的杀戮，都显现出一种强大而无法调和、无法溶解的破坏的激情，就像是被这个时代所给予的疼痛、苦难已经无法承受的时候爆发出来的一声呐喊。如此，暴力不仅被赋予了一种在摧毁和破坏中重建秩序、重构身份和主体性的功能，还成为——借用马克斯·韦伯关于现代人是被关在铁笼中的猴子的意象——展示现代人被囚禁于"铁笼中"这一命运与危机的途径。

---

① Robert Musil：*Das unrettbare Ich* in：*Die Wiener Moderne*，hrsg. von Andreas Thomasberger und Eugene Weber. Frankfurt a. M. 1988，S. 55.

## 一、暴力与现代危机

“现代”一词，其来源最早可以追溯到欧洲中世纪的经院神学，这一概念“旨在将刚刚确定地位的基督教同旧的异教的罗马社会区别开来。”[①]19 世纪末，这个词进入社会学领域并被频繁使用。首先，它是一个“时期概念”（Epochenbegriff），用来标明所谓的“新时代”与过去的“旧时代”（以古希腊罗马时期和中世纪为代表）之间的决裂和差异。其次，在现代化理论（Modernisierungsforschung）领域，它指所有新时期的社会发展的基本特征，包括工业化、科技化、民主化、行政化等，这些概念也成为评价一个社会“现代”与否的基本标准。再次，“现代”指启蒙所建立起的以“理性”为核心的理念系统。最后，“现代”也是 19 世纪兴起的以美学运动为代表的现代主义，其核心就是以波德莱尔的《恶之花》“恶劣趣味”的工巧[②]为范式的“无目的性”艺术[③]。

或者更可以说，“现代”就是一种“前所未有的复杂经

---

① 汪民安在《现代性》一书中引用姚斯的考证。参见汪民安：《现代性》，南京：南京大学出版社，2012 年，第 1 页。

② 参见刘波，尹丽：《波德莱尔十论》，北京：中国社会科学出版社，2013 年。尤其是其中的“‘恶劣趣味’的工巧”（第 85—93 页）、“‘矛盾修辞’与文明的悖论”（第 193—218 页）等章节。

③ Peter Imbusch: *Moderne und Gewalt. Zivilisationstheoretische Perspektiven auf das 20. Jahrhundert*. Wiesbaden 2005, S. 64.

验”[①]，是人对现代生活所作出的各式各样的反应，是对空间与时间、自我与他者、欲望的可能与不可能之间的体会。马歇尔·伯曼（Marshall Berman）在《一切坚固的东西都烟消云散了——现代性体验》（*All That is Solid Melts into Air: The Experience of Modernity*）一书中这样形容它：

> 所谓现代性，就是发现我们自己身处一种环境之中，这种环境允许我们去历险，去获得权力、快乐和成长，去改变我们自己和世界，但与此同时它又威胁要摧毁我们拥有的一切，摧毁我们所知的一切，摧毁我们表现出来的一切。[②]

“毁灭”是让生活在19世纪末20世纪初的现代人反复品味的一个词。社会学家阿尔弗雷德·韦伯（Alfred Weber）将1880年至1900/1918这个时期称作文化发展的“满足终止期”（Saturierungsschlußzeit）[③]，文化结构已经进入一个饱和状态从而显得摇摇欲坠，法国大革命带来的市民理想也失去了说服力，人文进步所包含的主体

---

① 汪民安：《现代性》，见前注，第7页。

② 马歇尔·伯曼：《一切坚固的东西都烟消云散了——现代性体验》。徐大建、张辑译，北京：商务印书馆，2003年，第15页。

③ Alfred Weber：*Der Dritte und der vierte Mensch. Vom Sinn des geschichtlichen Dasein*. in：*Alfred Weber Gesamtausgabe*, *Bd. 3*. Marburg 1997, S. 254.

自由被不断强势的工具理性一点一点吞噬，这都预示着“一次大规模的毁灭性变革在所难免”①。

在这条逐渐走向危机的历史线索前端，启蒙运动无疑曾经照亮过整个西方文明。启蒙思想将“进步”的观念深深地植入了人们的脑海，使人对于自己改造自然、修养自身、创造未来的能力坚信不疑。一方面，这种强大的战胜一切的热情或者自信创造出了所谓的现代化，它带来了工业主义、资本主义和理性哲学，人类因此被自己的潜能所震惊；然而另一方面，隐藏在启蒙理性背后的，是一种“支配”和“强制”的机制和逻辑②，这也是霍克海姆(Max Horkheimer)和阿多诺在《启蒙辩证法》(*Dialektik der Aufklärung*)中提出的命题：启蒙的文明在现实当中又倒退到了野蛮状态。③ 文化与野蛮的辩证关系意味着二者相互排斥又相互纠缠，它们组成了一个奇怪的矛盾统一体，它们向生活于其中的现代人散发出的，是一种缺乏延续和支撑的不安全感，更是一种分裂的预警，令现代人不断在自己“文明的动物”的身份面前惶恐不安。

在这个意义上，前文所指的这种“分裂与复苏、斗争

---

① Alfred Weber: *Der Dritte und der vierte Mensch. Vom Sinn des geschichtlichen Dasein*. in: *Alfred Weber Gesamtausgabe, Bd. 3*. Marburg 1997, S. 288.

② 马克斯·霍克海默，西奥多·阿道尔诺：《启蒙辩证法》，梁敬东、曹卫东译，上海：上海人民出版社，2006年，第31页。需要说明的是，本书采用了常用的“阿多诺”，而没有使用该译著中的“阿道尔诺”，下同。

③ 同上，第5页。

与矛盾、模棱两可与极度痛苦的巨大的破坏性力量”本来就隐藏在“现代”这个历史舞台的幕布之后，只是随着时间的推移，它在世纪之交逐渐走向了台前，在20世纪初更是成长为能够被越来越多人认识到的一种现象。它可能与以往的任何一种现象都不同，它的任务就是打破所有那些在前的历史状况，这赋予了它“一种内在断裂和分裂的绝无止境的过程的特征”[①]。齐格蒙特·鲍曼(Zygmunt Baumann)也察觉到了这种来自时代的不由分说的强力，他把它看作是“现代”所具有的“强迫特质”(Zwangscharakter der Moderne)[②]：一方面，它意味着不断地越界。这条界线要么是“自然”，要么就是来自科学或技术的挑战，而一次又一次地越界让“现代”包裹的内核越来越复杂，也越来越矛盾，它只能不断创造新的规则和秩序(Ordnung)，又继续在新的秩序中为自己找到新的界线。另一方面，由于“现代”将以往的社会系统都看作是更落后、“更低级的”(schwächer)，加上它主动抛弃了神的意愿，自己就必然得担当起造物主的角色，由此诞生的“人造世界”(künstliche Welt)[③]成为了体现和维护现代规则的基础。正是在这种情况下，“强迫”成为现代意识形态寻找合法性的一个过程。鲍曼写道，在这个

---

① 戴维·哈维：《后现代的状况——对文化变迁之缘起的探究》，阎嘉译，北京：商务印书馆，2004年，第19页。

② Zygmunt Baumann：*Flaneure, Spieler, Touristen. Essays zu Postmodernen Lebensformen*. Hamburg 1997, S. 228.

③ 与“自然世界”(natürliche Welt)相对。

过程中：

> 粗糙的变得柔软，残暴的变得友好，未打磨的变得名贵和精细。但它所隐藏的必然和它所揭露的一样多，其中一个不可告人的秘密就是，现代的代理者们只能通过强迫来施加约束力（Zwangsausübung）——而那原本是他们承诺要消灭的东西——以完成任务。这赋予了他们一种物理的（physisch）对他人的暴力。因此现代文明不是消灭暴力，而是重新分配（Umverteilung）了它。[①]

在鲍曼看来，现代蓝图没有了强迫，就好像鱼儿没有了水。"强迫事情变成不是它的样子"[②]——强迫社会按照某个标准不断地向前发展，强迫人让其发挥最大的功能。这种强迫，从根本上来讲是无序的，是"不规范的"（irregulär），因为它必须依靠鲍曼所说的那种"物理的暴力"。从启蒙开始，秩序（Ordnung）已经失去了其自然的属性，并不依托于自然，它的土壤中从一开始就被埋藏下无序的种子，这颗种子最终在20世纪前后逐渐萌芽，释放出一种总体性的混乱。它原本携带的"物理的暴力"基因也随之失去了固定的主体，开始在自己维持秩序的角

---

① Zygmunt Baumann: *Flaneure, Spieler, Touristen. Essays zu Postmodernen Lebensformen*, a.a.O., S. 227.

② Ebd., S. 236.

色和破坏秩序的角色之间不断摇摆，从而形成了特殊的与现代危机情绪紧密相连的暴力话语。而这一暴力话语最具代表性的人物非尼采和弗洛伊德莫属。

### (一) 尼采——重估一切价值的暴力预示

如果说现代作为一种意识形态在基调上的根本性转变可以归结于对抗迎面而来的绝望、虚无和不知所措，那么它一定程度上与尼采一度散布过的令人惊异的“重估一切价值”的预示有着内在关联。所谓的“重估一切价值”，既要从理论上重估，也要落实到现实层面。福柯将尼采比喻为一个从山中走出来的农夫，他拿着一把“哲学的斧子”大砍大叫。这个生动的形象和尼采具有颠覆性的理论深深吸引了后来执政的国家社会主义和它的掌权者希特勒，尼采因此被曲解为纳粹的“精神之父”。无论其中是否有必然的继承和因果关系，“暴力”的确不断地刺激和诱惑着这位现代最重要的哲学家，成为他在自己的理论中反复涉及的问题。

尼采首先捕捉到了文化与暴力之间的联系：“文化的全部历史都是建立在暴力、奴役、欺骗和曲解之上的。”[①] 他意识到现代危机的根源恰恰蕴含在自启蒙以来建立的“文化”系统中，暴力的反面并不是它的缺席，而是通过政

① 尼采：《尼采著作全集 第5卷 善恶的彼岸、论道德的谱系》，赵千帆译，北京：商务印书馆，2015年，第135页。

治、法律等契约形式获得了合法性。因为暴力无所不在，文化又被看作是得到了承认的暴力。在康德的理论中，文化的定义是人自我肯定的更高标准，其方式是对“天性”(Natur)的管教(Zucht)和驯服(Diszplin)，也就是说，道德化(Versittlichung)是文化的本质，其特征就是对更高目标的追求。它的指向被“脱离自身的不成熟状态”的启蒙基调所左右，在理性的二元对立架构中不可避免地走上了奴役他者和蔑视肉身的道路。这条道路与尼采的哲学理想显然背道而驰——他借查拉图斯特拉之口喊出了一句振聋发聩的“上帝死了”。对尼采来说，上帝不仅仅是基督教中的神，它更代表了文化体系中被置于“上帝”位置上的、作为终极起源的那个“本体”，它的死亡意味着此前的一切意义和价值都灰飞烟灭。那么，在摆脱了对“上帝”及一切崇拜对象的幻想之后，有什么能够取而代之，成为创造新的价值的保障呢？尼采的答案是人自身的强大。

强大来源于对生命的自我肯定，是最大程度上发挥生命的能动力，也是尼采所说的“权力意志”(Die Wille zur Macht)。动态上的不可压制赋予了它一种与生俱来的攻击性。在尼采看来，斗争、竞技、冲撞等以对抗为本质的生命形式最能体现和证明权力的意志。暴力因此也被赋予了一种积极的价值，为“超人”的勋章增添了光彩，查拉图斯特拉似乎是迫切地呼喊道：“我劝你们不要去工作，而去斗争。我劝你们别追求和平，而追求胜利。你们的工作就是斗争，你们的和平就是一种胜利。”[①]同时，尼采对于战争也有着非同寻常的向往，他甚至说：“一定会有战争，有一场地球上从未有过的大战，从我开始，世界将会有伟大的政治出现。”[②]对尼采而言，战争这种毁灭和颠覆性的暴力似乎是某种永恒轮回的现实形式，也是“重估一切价值”的必经途径。一方面，这与早期占据他全部思想的悲剧哲学密切相关。战争创造了英雄，悲剧的精神就是酒神式的英雄精神，即“同时直面人类最大的痛苦和最大的快乐”，而痛苦和快乐的差别在尼采眼中似乎并不重要，重要的是在战争这个特殊的环境中，二者获得了最大化的延伸，重新体现出已经被遮蔽了千年的人的本质中所蕴含的生命力。另一方面，对于个人而言，战争是克服生命残酷的自我否定精神的一种方式，它是力的向外释放，更是力的爆炸。在这个意义上，“权力意志”为自己找到了一个宏大的舞台，任它积极地去表演，积极地去创造；同时，这个舞台也成为最彻底的“检验场所”，它不喜爱消极的、怯弱的生命，而崇拜那些具有“超人精神”的生命。个体的身体中引发出的能动力和外在的反动力之间的斗争，放在宏观的层面来讲，正是暴力和战争的根本动力。

---

① 尼采：《查拉图斯特拉如是说》，钱春绮译，北京：生活·读书·新知三联书店，2007年，第47页。

② 尼采：《权力意志——重估一切价值的尝试》，张念东、凌素心译，北京：商务印书馆，1991年，第100页。

## (二)弗洛伊德——暴力作为死亡本能(Todestrieb)的出口

作为现代主义的心理学奠基人物,弗洛伊德的出发点同样是现代危机,为此他也把目光投向了文化。他在社会与个人对个体牺牲的内化中看到了文化形成和维持的代价。在弗洛伊德看来,文明进程一方面是人类发展的必由之路,另一方面则是一个以升华和压抑为基本特征的"痛苦的断念"(Entsagung)过程。[1] 弗洛伊德认为,文化制定戒律,从而带给人不悦(Unbehagen)。它起源于禁止乱伦,之后发展到压抑同性恋,进而规范人的婚姻和性生活,并对越轨做出惩罚。此外,人是群居动物,只有限制个人自由才能保障群体的共同生活,"用集体的权力来替代个体的权力是文化关键的一步"[2]。弗洛伊德从中看到了"个体的失败"[3]。因为个体要么得放弃对性满足的追求,压抑它,要么将其升华为新的目标。弗洛伊德反对文化是"修养"的同义词的说法,他认为,与其说文化是人通往"完美的必由之路"[4],不如说它发挥的是升华人的欲望的作用(Triebsublimation)。对于人来说,他在承受

---

① Peter Imbusch: *Moderne und Gewalt. Zivillisationstheoretische Perspektiven auf das 20. Jahrhundert*, a.a.O., S. 17.

② Sigmund Freud: *Triebverzicht als Voraussetzung*. In: Ute Wirth (Hg.): *Kulturwissenschaft. Eine Auswahl grundlegender Texte*. Frankfurt a. M. 2008. S. 151.

③ Peter Imbusch: *Moderne und Gewalt. Zivillisationstheoretische Perspektiven auf das 20. Jahrhundert*, a.a.O., S. 113.

④ Sigmund Freud: *Triebverzicht als Voraussetzung*, a.a.O., S. 153.

从文化中得到的“欲望受限”的“痛苦”[1]的同时，也在为他的性能量和攻击欲寻找别的出口和发泄的渠道。

由此可见，弗洛伊德把心理疾病视为“文化必然的后果”，也就是说，他从人的心理问题中看到了“象征的维度”和它与文化的关系。[2] 他的目标是将人从内在和外在的约束（Zwänge）中解放出来。在这种救赎般的尝试中，他为暴力找到了一个精神分析维度的解释模型。弗洛伊德后来继续发展了他的理论，他提出的本能论部分消解了性与文化之间的对立。在1920年的出版的《超越快乐原则》（*Jenseits des Lustprinzips*）一书中，弗洛伊德提出了“死亡本能”的概念，与以“生”或繁衍为最高标准的“生的本能”不同，“死亡本能”被看作是一种摧毁秩序、回到前生命状态的本能冲动。按照弗洛伊德的主张，每个人的身上都有一种趋向毁灭和侵略的本能。它起初是朝着我们自己本身发出的，它的最终目的是蛊惑个体走向死亡，因为它坚信，只有在死亡这个最后的休息室里，个人才有希望完全解除紧张和挣扎，不再需要为满足生理欲望而斗争，生命才有可能回到最初的稳定状态。这种向往死亡的冲动与生命的演化过程有关：黑暗、温暖、平静的子宫孕育了生命，生命一旦开始，一种意欲返回无机状

---

① Franziska Schlößer: *Literaturwissenschaft als Kulturwissenschaft* . Tübingen und Basel 2006. S. 23.

② Peter Imbusch: *Moderne und Gewalt. Zivillisationstheoretische Perspektiven auf das 20. Jahrhundert*, a.a.O., S. 94.

态的倾向也随之而生。

弗洛伊德引用叔本华(Arthur Schopenhauer)的话断言道:“所有生命的目标都是死亡。”[①]人们追求观看暴力画面带来的感官体验同样来自内心深处的“死亡本能”。但是,在文明社会中,人类根植于内心的攻击和暴力长期受到理性和道德的抑制,只能潜藏于内心的深处。弗洛伊德认为生之本能和死亡本能与日神和酒神的关系一样,也是对立统一的。一方面,二者的目的与作用截然不同:生之本能富于建设性,它的“目标就在于不断建立更大的统一体,并极力地维护它们——简而言之,是亲合”,而死亡本能则富于破坏性,其“目标是取消联结,故而带来毁灭……它的最终目标是使勃勃生机变成无机状态”[②]。另一方面,弗洛伊德认为,生的本能服务于死亡本能,但其实现的道路是迂回的、不明显的:“一切有机体的本能都是保守的,都是从历史上获得的,并且朝向恢复某种较早期的状态……原始生物实体从一开始就不想改变,如果条件不变,它就总是只重复同样的生命历程。”[③]。

弗洛伊德把本能看作是人类心理和活动的动因,任何一项本能都反映了身体需求。性本能是基于对性的欲望而产生的一种族群保护本能,是人对快乐的追求,背后

① 西格蒙德·弗洛伊德:《自我与本我》,林尘等译,上海:上海译文出版社,2011年,第12页。
② 同上,第8页。
③ 同上,第35页。

所隐藏的驱力，是人所有心理活动的内部驱动力。生的本能与死的本能既是相互对立的，又是共存的。死的本能是驱使人回到无机状态的动力，这种动力并不是对死亡的渴望，而是以一种伤害自己或别人的方式来表达攻击性。因此，死的本能也被称为攻击本能或侵犯本能，包含了自毁和攻击性动机，例如对破坏、征服的欲望。攻击驱力源自死的本能，它把破坏目标由自己转向别人。在外部的攻击性冲动遭到挫折或者阻力而得不到满足的时候，它就会回到自我状态，转而向自己发起进攻，造成自我毁灭，从而产生自杀的想法。这一想法所带来的行动不仅局限于自杀，还包括自我痛恨、自我毁灭以及反抗权威等。

可见，对弗洛伊德来讲，世界本来是无机的，生物的出现就是因为世界发生了变化，世界环境的变化使得生物有了繁殖的能力，也就是说，有了生的本能。但这显然是外界促使其在生物体中形成的，真正先天存在的是无机的本性，即生物的真正本能是死亡本能。死亡本能就是把人带回无机状态，所以，生物的目标就是向死亡前进。也就是说，死亡本能是生命活动真正要达到的目的，而生的本能必定和死亡本能同行，且仅为死亡本能服务。这种多重意义的死亡本能或者死亡愿望最重要的派生物是攻击驱力（Aggressionstrieb），它在大多数情况下指向外部对象，将毁灭和攻击的内在冲动转移到外界的他者身上。它指向外部时，呈现出一种强烈的攻击欲和破坏欲，当它指向外界的攻击驱力因受到障碍而无法得到满足时，便会转向攻击自己，试图自我毁灭（例如自杀）。弗氏认为，暴力是承载攻击驱力的基本形式，由此而产生的人与人之间的敌对关系不断地威胁和摧毁着文明社会。这也是战争和暴力冲突的来源。[①]

### （三）“启蒙辩证法”——暴力与文明的共生

法兰克福学派的代表人物霍克海默和阿多诺也对暴力与现代、文明与野蛮的关系进行了深入的理论探讨。作为时代宏观暴力的亲历者和见证人，他们从 20 世纪上半叶的暴力经验出发，将暴力问题置于“科学技术的进步与政治社会的野蛮的合题”[②]中进行阐释，以求“理解资本主义文明当下的破产”。[③]

霍克海默和阿多诺在《启蒙辩证法》一书中指出，启蒙的目标在于消除人类的恐惧，建立起自主意识。在某些具体的目标面前，我们也许可以摆脱焦虑和恐惧，但我们无法摆脱隐藏的、没有明确目标的恐惧。所以，他们得出了这样一个结论：“启蒙就是彻底而又神秘的焦虑。”[④]霍克海默和阿多诺继承了尼采以恐惧和焦虑作为启蒙的感情

---

① Vgl. Peter Imbusch: *Moderne und Gewalt. Zivillisationstheoretische Perspektiven auf das 20. Jahrhundert*, a.a.O., S. 17.

② Peter Imbusch: *Moderne und Gewalt. Zivillisationstheoretische Perspektiven auf das 20. Jahrhundert*, a.a.O., S. 18.

③ Ebd., S. 359.

④ 马克斯·霍克海默，西奥多·阿道尔诺：《启蒙辩证法》，见前注，第 6 页。

基础的观点。在《查拉图斯特拉如是说》(*Also sprach Zarathustra*)中,尼采认为,恐惧是人最原始的感情,故以此为起点,最初的罪恶和道德皆可由之而解。[①] 尼采早已认识到基督教对人类精神的深刻掌控,上帝是由基督教人为构建以限制和约束人的行为和思想的,基督教中的道德准则对人的内心造成巨大限制,可以毁灭人的自我精神,给社会带来巨大的负面影响。因此,尼采高呼"上帝死了",极力推崇超越道德限制的"超人"意志,主张人类不应受到宗教观念的束缚,而应为权利的巅峰奋斗。其权利意志理论,在当时看起来很偏激,并成为法西斯主义发展的动力源泉。但尼采对启蒙理性的思考是相当有远见的,因为基督教不仅代表着宗教,而且还涵盖了所有的形而上学思想,包括理性和科学。尼采试图揭露基督教是怎样战胜恐惧的,而《启蒙辩证法》却着重探讨启蒙是怎样克服恐惧的。被忧虑和恐惧支配的自我,要想成为奠基个体的主体,就必须远离客体,把这个世界看作是一个有着严格规则的世界,这样才能规范和控制它们。比起神话、宗教,这些科学合理的方法在消除恐惧和焦虑的结果上要好得多。苏格拉底的理性文化起源于尼采的哲学思想,它通过三种方式来规范和控制异在他者,即漠视和疏远以利于统治的秩序化规制,由于厌恶而导致的

---

① Vgl. Friedrich Nietzsche: *Also sprach Zarathustra: Ein Buch für Alle und Keinen*. Frankfurt a.M.

分解和消灭，法西斯主义。《启蒙辩证法》以尼采的启蒙理性思想中所蕴含的恐怖和焦虑为基点，对法西斯进行了批判，并由此将这一理论推向了西方文明的起源中。《启蒙辩证法》把目光放在了尼采所蔑视的艺术文化和辩证文化上，去寻找具有希望的健康精神。这说明，尽管他们从尼采的思想中受益，从尼采那里也学到很多东西，但马克思主义和浪漫主义传统对他们的影响也是不容忽视的。从这个角度来看，他们对问题的研究更多地受到尼采的影响，而在问题的解决上，却受到马克思主义和浪漫主义传统的影响。霍克海默和阿多诺沿着尼采的批判之路，将启蒙的锋芒继续向前推动，从苏格拉底到荷马，从柏拉图主义到荷马史诗，他们都在反思这一点，以挽救在困境中的启蒙理性，发掘其内在的救赎之力。

在 20 世纪初期，资本主义社会进入高速发展阶段，财富持续积累，人们的生活水平得到很大提高，魏玛共和国也因此进入了一个虚假的繁荣发展阶段。但在这表面的和谐繁荣之下，隐藏着汹涌的暴力。一切的美好都在法西斯独裁的统治下毁于一旦，现实令人再度陷入沉思，反思历史传统与人类生存之间的各种关联。这是一个很长的过程，科技的发展使资本主义社会的生产力得到极大提升，生产关系在此背景下发生翻天覆地的变化，各种“利好”的出现缓解了这一矛盾冲突。所以，法兰克福学派的学者们开始担忧，在资本主义社会内部发生变化的背景下，过去以生产力和生产关系为中心来解释资本主义社会历史发展的马克思主义理论体系，会不会因为这种变化而失去效力与理论支撑。他们对以工具理性为本质和核心的资本主义社会发展方式提出强烈批判，这也是霍克海默和阿多诺创作《启蒙辩证法》一书的主要原因。他们批驳了一种普遍存在的观点：暴力是人类社会倒退到前现代和非文明社会的表现，是重返野蛮。与这一观点相反，他们把暴力视为工业时代高度发展与现代文明极端成熟的必然结果。也就是说，暴力和灾难是现代文明的组成部分，而不是后者的对立面。在19世纪资本主义社会和工业化快速发展的过程中，"启蒙、理性和技术理性"[①]迅速走向它们的反面，显露出野蛮和文明共生的关系。

从辩证法的角度出发，探讨启蒙理性问题是非常有必要的。一方面，启蒙理性使主体从自然的掌控中解脱出来，获得独立；另一方面，启蒙逐渐演变为一种工具理性，是人类用来控制和支配自然的工具。霍克海默和阿多诺这里所说的"启蒙"(Aufklärung)并非仅仅指发生于18世纪并席卷整个欧洲的"启蒙运动"，而是深深扎根于西方文明基本特征之中的人对自身解放(Amanzipation)的追求："就进步思想的最一般意义而言，启蒙的根本目标就是要使人们摆脱恐惧，树立自由。"[②]以此为出发点的

① Vgl. Friedrich Nietzsche: *Also sprach Zarathustra: Ein Buch für Alle und Keinen*. Frankfurt a.M., S. 18.

② 马克思·霍克海默，西奥多·阿道尔诺：《启蒙辩证法》，见前注，第1页。

解放始于对（外部）自然的工具性掌控和利用，然后延伸到对社会以及对人本身（内部自然）[①]的统治和驯化。在与自然的生存斗争中，人出于自我维持的理性需求，必须不断追求更加合理化的组织方法。在这一过程中，人对自然的理性干预逐渐替代了自然渐进式的选择原则。这种对外部自然的干预却是以压迫内部自然为前提的：它要求自律，要求对人的需求进行切割，要求近期愿望服从于远期计划。在这一基础之上形成的是对外部自然的控制和对内部自然的压抑之间的对称。在这种人对外部自然的掌控和压抑自身欲望齐头并进的情况下，人越来越远离其自身的自然属性，成为被社会化了的客体。在此过程中，对外部自然的工具性控制在对内部自然的控制中得以延续，进而转化为对社会的工具性掌控。在西方国家两千年的文明发展史中，这一针对自然、人以及社会的工具理性支配方案不断优化和合理化，到了现代，它对生活理性而有效的组织更是达到了历史上前所未有的水平。而它付出的代价也是沉重的：伴随工具理性提升的，是目的非理性的增长。[②] 正是在这一过程中，霍克海默和阿多诺看到了一种“反理性”的产生。也就是说，当理性仅剩下工具性的时候，它背离了

---

① 有关“外部”和“内部”自然的提法参见 Peter Imbusch：*Moderne und Gewalt. Zivilisationstheoretische Perspektiven auf das 20. Jahrhundert*，a.a.O.，S. 358。

② Vgl. Peter Imbusch：*Moderne und Gewalt. Zivilisationstheoretische Perspektiven auf das 20. Jahrhundert*，a.a.O.，S. 358.

自己,走向了理性反面;理性由此变为非理性,解放变为统治,这成为在“启蒙的自我摧毁”中达到顶峰的“有组织的野蛮”[①]。

启蒙与暴力这种内在的联系尤其表现在神话和科学中。《启蒙辩证法》的两位作者认为,神话是“一种启蒙的早期、开始的形式”。[②] 启蒙的目的是对世界的祛魅化(Entzauberung)。但由于神话对“本原进行报道、命名和叙述,从而阐述、确定和解释本原:在记载和收集神话的过程中,这种倾向不断得到加强”,[③]并将其作为民族记忆进行储存。这意味着用启蒙取消神话、用知识取代神话的努力本身很难与神话彻底剥离。与此同时,拥有知识就意味着拥有优越感和权力。建立在这一优越感基础上的科学(Wissenschaft)不允许被怀疑,它依托自身内在的逻辑进行统一和分类,追求对自然的计算和利用。正是在这个意义上,霍克海默和阿多诺认为启蒙“带有破坏性的理性原则”,它具有“极权主义性质”。[④]

由此可见,“被启蒙摧毁的神话,却是启蒙自身的产物”[⑤]。到了启蒙运动时期,启蒙这种双刃剑的作用更是

---

① 同84页注②,S. 359.

② Peter Imbusch: *Moderne und Gewalt. Zivillisationstheoretische Perspektiven auf das 20. Jahrhundert*, a.a.O., S. 360.

③ 马克思·霍克海默,西奥多·阿道尔诺:《启蒙辩证法》,见前注,第5—6页。

④ 同上,第4页。

⑤ 同上,第5页。

发挥到了极致：它一方面用理性赶走了神话，促成了人的主体解放；另一方面，它自身又沦为了神话，重新对人进行奴役。也就是说，启蒙在颂扬理性，让人获得对自然的统治权的同时又重新葬送了人类，进而也葬送了自身。霍克海默和阿多诺的“启蒙辩证法”从根本上否定了人类社会由低级向高级、由野蛮到文明发展的“进步观”，而认定暴力不是文明的倒退，而是以启蒙为特征的西方文明本身就具有破坏性。

综上所述，虽然立场和出发点不尽相同，但无论是尼采，还是弗洛伊德，或者是霍克海默和阿多诺，他们都不约而同地在西方文化和文明的根基中看到了暴力，尤其是加尔通所说的结构性乃至文化暴力的根源：对人的压制、驯化和奴役，对他者的挤压与排除。随着资本主义社会的成熟和发展，这一趋势在 20 世纪上半叶达到了集中爆发的程度。

## 二、20 世纪初德语文学中的暴力话语

死伤不计其数的两次世界大战，德国法西斯对犹太人的屠杀，日本军国主义在亚洲大规模的烧杀抢掠，还有其他从未中断过的大大小小的战争以及社会生活中不减且增的暴力冲突，所有这些人类针对自身的灭绝性行为使得“20 世纪将作为一个前所未有的处于暴力符号之下

的时代载入史册”[1]。如果说现实社会中的暴力现象必然会以某种形式反映在文学作品中的话，20世纪上半叶的德语文学大致遵循了这样一个趋势：从世纪末颓废崇拜中的死亡向往，到20世纪初的“极端收获”（radikale Ernte），[2]再到第二次世界大战之后的“暴力回忆”。从这个意义上讲，本书讨论框架内的20世纪初的文学暴力话语在某种程度上起到了一种承上启下的作用。在这一时期，不仅参与暴力话语的作家人数空前，而且参与的形式不局限于文学想象。

如导言中已经提及的，20世纪初期德语文学中的暴力话语具有多元化视角和多样化的表达方式。它一方面延续了暴力想象脱离了道德束缚之后无节制、无忌惮的特征，这一点在后文涉及卡夫卡和德布林的文本分析中还会专门提到。另一方面，它与社会现实产生了密切的关联。其中最典型的是两种相互对立的立场：一是民族主义情绪支配和影响下的暴力膜拜，二是以暴力对抗暴力的观点。除此之外，还有介乎二者之间或游离于二者之外的暴力作为危机解决方案的理念，现实主义的暴力批判以及和平主义的反暴力思想，等等。

彼得·盖伊（Peter Gay）形象地把20世纪初称作“儿

---

① Jürgen Nieraad: *Die Spur der Gewalt: Zur Geschichte des Schrecklichen in der Literatur und ihrer Theorie*, a.a.O., S. 11.

② Jürgen Wertheimer (hg.): *Ästhetik der Gewalt — Ihre Darstellung in Literatur und Kunst*, a.a.O., S. 289ff.

子的反叛”和“父亲的复仇”的时期。[1] 这是一个资本主义肿瘤已经熟透了的年代。在第一次世界大战爆发前夕，民族沙文主义呈现出急剧膨胀的趋势。在德国，威廉二世在外交上提出了所谓“世界方针”，目的就是要和英法等国争夺世界霸权，重新瓜分殖民地；在内政上，他采取强权统治以维护容克资产阶级的利益。在奥地利，民族主义和沙文主义的情绪也在不断蔓延。因此当1914年第一次世界大战爆发时，大多数德国人与奥地利人站到了各自帝国政府的一边，这并不奇怪。战争狂热甚至也并未在思想界和文艺界成为例外，恰恰相反，就连马克斯·韦伯在战争爆发的时候也这样写道：“这场战争尽管极其可怕，但还是伟大的，了不起的。它是值得去体验的。”[2]第一次世界大战最后以其发动者的失败而告终，而威廉帝国和奥地利的哈布斯堡王朝也都相继崩塌，然而，暴力的幽灵却没有因此而散去。作为第一次世界大战战败后的产物，新成立的魏玛共和国一方面在文化领域释放出令人目眩的创新能量，造就了所谓的“黄金的二十年代”；另一方面，作为一个政治上的早产儿，它本身的软弱无能，从帝国那里继承来的一切旧制度的弊端、冲突和矛盾，还有左派政党之间的争吵以及后来经济危机的大爆发，等等，决定了它的短命。正像盖伊所言，魏玛文化显

---

① 参见盖伊：《魏玛文化：一则短暂而璀璨的文化传奇》，见前注。

② 转引自丁建弘，李霞：《德国文化：普鲁士精神和文化》，上海：上海社会科学院出版社，2003年，第375页。

现出来的创造力本身就隐含着“焦虑和恐惧，以及一种命定覆灭的危机感”，恰如“一场火山口上的舞蹈”。[①]

### (一) 曼氏兄弟——现实主义暴力批判与暴力作为解决方法

参与20世纪初暴力话语的德语作家中，托马斯·曼和亨利希·曼走过的道路具有一定的代表性：两人受“世纪末”情绪的影响，有过唯美主义的共同经历，亨利希·曼的中篇《皮波·斯巴诺》(*Pippo Spano*)(1903)和托马斯·曼的《特里斯坦》(*Tristan*)(1903)、《托尼奥·克勒格尔》(*Tonio Kröger*)(1903)以及《死于威尼斯》(*Der Tod in Venedig*)(1912)是曼氏兄弟这一时期的代表作。他们的作品中充满了典型的颓废派艺术颠覆生活的初衷和死亡的气息。一方面，它们表现为主人公极端的自我关联，另一方面，这一自我往往得靠虚伪去掩盖那种虚弱。这造就了暴力想象的矛盾性，它一方面肆无忌惮，另一方面却总要依附于强者。托马斯·曼《死于威尼斯》的主人公阿申巴赫把自己内心的一切渴望与冲动都投射到波兰美少年塔齐奥的身上，而亨利希·曼《皮波·斯巴诺》中的主人公马里奥·马勒沃特则渴望艺术能使得他成为14、15世纪曾大败土耳其人的步兵统帅皮波·斯巴诺那样的征服者。换言之，他视后者为偶像，是勇敢和强大的化

---

① 盖伊：《魏玛文化：一则短暂而璀璨的文化传奇》，见前注，第14页。

身,这恰恰源于其自身的自卑和怯懦。小说以马勒沃特失手杀死爱他的少女盖玛为结局,面对血淋淋的尸体,他不得不承认自己的失败,因为“没有哪个演员在喜剧剧终时会真的去自尽”①。

如果说,在《皮波·斯巴诺》中,暴力还是强者的象征的话,那么,受到法国作家司汤达、巴尔扎克、福楼拜等人的影响,亨利希·曼很快转向批判现实主义的立场。在1904年完成的长篇小说《臣仆》(*Der Untertan*)中,亨利希·曼采用讽刺手法,刻画了一个欺软怕硬的“臣仆”形象:一家小造纸厂老板的儿子赫斯林。他生性懦弱,但在威廉二世“时代精神”的熏陶下,很快发迹,成为一个集奴性和暴君于一身的“臣仆”。他对皇帝崇拜得五体投地,不仅在外形上模仿皇帝,更是在行为上追随皇帝。他主张用大炮来对付工人的罢工,用利剑来维护德国所谓的国家利益。亨利希·曼通过对赫斯林身上这种狂热的侵略性和暴力倾向的讽刺和揭露,不仅批判了德国资产阶级的劣根性,也揭示了德国社会暴力土壤生长的根源及其危险,由此不仅预见了第一次和第二次世界大战的爆发,甚至也在一定意义上预见了德国法西斯的登台。②

---

① 亨利希·曼:《皮波·斯巴诺》,冯亚琳译,载张玉书等主编:《德语文学与文学批评(第四卷·2010年)》,北京:人民文学出版社,2010年,第452页。

② 关于《臣仆》对强权和战争的批判,亨利希·曼曾说过一句颇能说明问题的话:“德国人一旦输掉一次战争,他们便要重印我的《臣仆》了。”s. Klaus Schröter: *Heinrich Mann*. Reinbek bei Hamburg 1967, S. 71.

与亨利希·曼的批判现实主义转向不同,托马斯·曼则在一战爆发初期持拥护战争的态度。1914年9月18日,他在给其兄长的信中称这是一场"伟大、正义、庄严的战争";1918年,托马斯·曼在他长达600多页的《一位不问政治者的观点》(*Betrachtungen eines Unpolitischen*)(又译作《一个不关心政治者的观察》)一书中,提醒德国人要记住普鲁士的腓特烈大帝这位英雄,并称其为德国的化身。托马斯·曼自认为肩负着拯救德意志精神文化的重任,虽然他在20世纪20年代中期后越来越转向民主和人道主义,但一战初期他所谓的"非政治"的态度至少迎合了同一时代背景下德国普遍存在的民族主义情绪。在他看来,战争成了某种解决问题的方案,甚至成了走出困境、死而后生的途径。① 这一点在他1924年发表的长篇小说《魔山》(*Der Zauberberg*)的结尾也有所体现:战争爆发了,主人公汉斯·卡斯托普终于离开了他居住了七年高山疗养院,奔赴战场。② 小说的结尾之所以引人注目,是因

① 如果这里也有把战争视为历史发展的推动力的影子的话,那它并不是一战才特有的。参见Metz: *Geschichte der Gewalt. Krieg Revolution Terror*, a.a. O., S. 7.

② 从小说的成文史也能看出,战争的爆发甚至也成了小说的解决方案。1914年8月22日,在一封给出版商萨姆艾尔·菲舍的信中,托马斯·曼写道:"精神与性格的对立、人内心的平民与魔鬼的倾向之间的冲突——这一问题在战争中变得更明显。因此,在我的《魔山》陷入荒芜的情况下,1914年的战争要作为解决办法注入,这一点,从战争爆发的那一刻起就确定了。"参见Volkmar Hansen: *Thomas Mann: Der Zauberberg. Hans Castorps Weg ins Freie oder Der Zauberberg als Zeitroman*. Stuttgart 2005, S. 70.

为战场上的卡斯托普一边与死亡搏斗，倒下，又挣扎着爬起来，嘴里却在上气不接下气地唱着歌，但他唱的并不是英雄赞歌，而是已经民歌化了浪漫派歌曲“椴树”。唱着歌的卡斯托普踩着同伴的尸体在炮火中蹒跚前进，最终消失在读者的视线中。威尔特海姆批评小说的这一结尾是一个“介乎于游戏和地地道道的玩世不恭之间的美学建构”，[①]因为虽然小说结尾关于战争细节的描述很现实，但暴力显然还是获得了一种“超验视角：泥土、污物、铁和血，人为的战争的混乱统统经由一个符咒转变为在新的精神中重生的土壤”[②]。尽管如此，不能不看到的是《魔山》的作者已经不再是一战前的那个自称对政治完全不感兴趣的人了，小说的结尾暗示了个体的死亡将换来时代的新生，换来“死神的世界节日”(Weltfest des Todes)。但作者通过对不同人物形象，尤其是两个极力试图影响和争取卡斯托普的“教育者”塞塔姆布里尼和纳夫塔的塑造——前者是人文主义者，崇尚理性，后者是耶稣会会士，鼓吹专制和暴力——不仅影射和批判了欧洲病态的现代社会，也预见到非理性主义必然导致法西斯的产生。在这种总体上的暴力现实关联的框架内，地狱的幻影则移到了梦境中：在“雪”这一章节中，主人公在雪地里游荡时迷了路，竟倒在地上睡着了，他先梦到一个美丽的古典格调的公园和一群美丽、高

---

① Jürgen Wertheimer (Hrgs.): *Ästhetik der Gewalt. Ihre Darstellung in Literaturund Kunst*, a.a.O.,S. 323.

② Ebd.

贵和快乐的人——那显然是希腊古典主义的乐园，与之对立的是一座诡异的庙宇，里面有两个长相可怕的巫婆正在一个盘子上撕扯一个婴儿：卡斯托普“眼看着婴儿柔软的金发沾上鲜血，而魔女则把肉一口口吞下去，脆脆的骨头在她们嘴里发出咔嚓咔嚓的声音，鲜血从她们丑恶的嘴唇淌下来”。[1] 应该说恰恰是这一场血淋淋的“飨宴”让主人公虽然意识到了“谁懂得了肉体和生命，谁就懂得死亡”，但他更明白了“一个人为了善良和爱情，绝不能让死亡主宰自己的思想”。[2] 对于作者而言，这不仅意味着他已告别了“死亡迷恋”，剩下的仅仅是“带着懊恼悔恨频频”地回望而已。[3] 更重要的是，暴力在某种现实关联（比如对第一次世界大战的影射）之外又获得了一种教育的意义。

### （二）战争与反战文学

20世纪初暴力书写与现实关系最紧密的莫过于文学史上的关于第一次世界大战的“战争与反战文学”[4]了。而这一场被称作“20世纪的原始灾难”[5]的战争当年留给

---

① 托马斯·曼：《魔山》，钱鸿嘉译，上海：上海译文出版社，2006年，第530页。

② 同上，第533页。

③ 参见盖伊：《魏玛文化：一则短暂而璀璨的文化传奇》，见前注，第175—176页。

④ 参见韩耀成关于20世纪20年代的“战争小说和反战小说”的论述。范大灿（主编），韩耀成（著）：《德国文学史　第4卷》，南京：译林出版社，2008年，第266—282页。

⑤ Thomas F. Schneider und Hans Wagener (Hrsg.): *Von Richthofen bis Remarque*. Amsterdam 2003, S. 11.

德国人的，除了死亡和伤残、废墟以及需要支付的巨额战争赔款外，恐怕只剩下对战争的记忆了。1987 年，赫尔穆特·穆瑟奈尔（Helmut Müssener）列出了一个 1919 年至 1939 年期间的战争小说书单，单是印数超过 5 万册的就将近 50 部，根据 1920 年的一份统计，预计有 150 万首战地诗歌发表，每天大约还有“100 首左右的新的诗歌”问世。[①] 虽然这些数字的准确性还需进一步考证，但也足以说明，“战争经历”成了德国人第一次世界大战期间和第一次世界大战后共同的话题和集体记忆。

第二次世界大战后西德文学的代表人物海因利希·伯尔（Heinrich Böll）在 1972 年获得诺贝尔文学奖。伯尔的短篇小说《流浪人，你若到斯巴……》（*Wanderer, kommst du nach Spa ...*）通过一名青年士兵的所见所闻，反映了战争对人类造成的损害，促进人们对战争的警惕和对和平的热爱。1999 年诺贝尔文学奖获得者，德国作家君特·格拉斯（Günter Grass）在《铁皮鼓》（*Die Blechtrommel*）一文中，揭露了纳粹横行的根源。《铁皮鼓》是人物奥斯卡的自传，他曾在一家养老院中生活，其间创作出这一作品。书中指出，纳粹德国的出现与德国人的道德水准及不良习惯有着密切联系，战争爆发前的德国人愚昧无知、麻木冷漠，被欲望、贪婪蒙蔽了人性的底线，失去了最起码的公民素养，失去了对自身的反省，

---

① Ebd.，S. 12.

这才给纳粹的肆意妄为提供了机会。所以,在这场战争中,不仅是那些深思熟虑、精心策划的的纳粹头目需要对屠杀罪行承担责任,那些缺乏反省能力、盲目服从的人也需要对此罪行担负一定责任。马丁·瓦尔泽(Matin Walser)在小说《时间过半》(*Halbzeit*)中,描写了以前纳粹分子战后改头换面,在不同行业领域获得新的身份,但仍难以摆脱纳粹带来的精神负担,揭示出纳粹意识形态和残余分子给联邦德国造成的巨大危害。西格弗里德·伦茨(Siegfried Lenz)的《德语课》(*Deutschstunde*)是他于1968年出版的一部作品,描写了一名忠诚的乡村警察竭尽全力制止犹太画家的情节,反映了忠于职守、盲目盲从的德国人在纳粹统治下所扮演的负面角色。这部作品以回忆为线索进行叙事,使人们对第三帝国的历史进行重新思考,并对"小人物"在那个年代法西斯统治中的作用进行反思。在所有这些作品中,影响最大的即为本书第五章中将要专门分析的恩斯特·荣格尔的《在枪林弹雨中》和雷马克(Erich Maria Remarque)的《西线无战事》(*Im Westen nichts Neues*)。

雷马克的《西线无战事》在所有以一战为主题的德语小说中是发行量最大的一部,它不仅为作者带来了国际声誉,还被视为反战文学的代表作。小说以第一人称叙事,讲述了主人公保罗·博伊默尔和他的七个伙伴在战争中的经历。和大多数战争小说中的主人公一样,博伊默尔也是一个生气勃勃、热爱生活的年轻人,战争改变了他和他的伙伴们的一生,他们从学校上了战场,最后非死即伤,自己也变成了战争杀人机器的一部分。《西线无战事》不仅揭露了战争的残酷和罪恶,更塑造了一批在战争中被扭曲、被伤害的青年人。小说的内容虽然与作者本人在战争中的经历有着密切关系,但它不是自传,也不是一个人,而是整整一代人和一个时代的故事。战争暴力是这个时代的标识,它摧毁的不仅是人的身体,更是人的信仰和他的生活目标。或许正是在这个意义上,施耐德尔(Thomas F. Schneider)认为,《西线无战事》实际是一部"战后文学",它书写的是"战争带来的心理上的后果",追问的是"那些人究竟怎么样了"[①]。对于作者而言,它则提供了用文学创作对战争创伤进行自我治疗的一次尝试。[②]

### (三) 暴力作为反抗手段——以布莱希特为例

沃尔夫冈·朗格(Wolfgang Lange)曾撰文论述所谓本雅明和布莱希特"知识分子恐怖主义"联盟。[③] 他所指的是两人以暴抗暴的主张。布莱希特主张以暴力抵抗暴力,这的确能够在他的多部作品中找到佐证。布莱希特

---

① Schneider und Wagener (Hrsg.): *Von Richthofen bis Remarque*, a.a.O., S. 223.

② Ebd., S. 218.

③ Wolfgang Lange: *Intellektueller Terrorismus: der Benjamin – Brecht – Pakt*. In: Rolf Grimmer (Hrsg.): *Kunst – Macht – Gewalt: Der ästhetische Ort der Aggressivität*. München 2000. S. 157 – 177.

1924年从慕尼黑前往柏林，接触并开始学习马克思主义辩证法，他从中获得很大的启发。他认为，文学不仅要展示世界，也要教育人，启发读者一起改造世界。以此为出发点，布莱希特创作了数量众多的“教育剧”。在《人就是人》(*Mann ist Mann*)中，他塑造了一个不会反抗、只会顺从，结果被军国主义训练改造成一个冷血杀人工具的工人；20年代末30年代初，布莱希特创作的《屠宰场上的圣约翰娜》(*Die heilige Johanna der Schlachthöfe*)、《卡拉尔大娘的枪》(*Die Gewehre der Frau Carrar*)和《母亲》(*Die Mutter*)等，更是明确表达了号召人们奋起反抗统治者的观点。毋庸置疑，布莱希特的个别剧作如《措施》(*Die Maßnahme*)中的极端情节(集体决定处死在共产主义宣传中过分受感情支配的同志)的确给他的一些批评者提供了口实，但不能忽略的是，在布莱希特的以暴抗暴的思想中始终都有一条基本的原则：受压迫者必须学会自救。这一观点在他的多篇“日历故事”中均有体现：《无助的小男孩》(*Der hilflose Knabe*)一文中，一个男孩儿站在那里哭泣，一位过路人过去询问缘故，小孩指着站在不远处的一个男孩儿说，他拿走了他准备买电影票的两块钱中的一块。路人问他呼救了吗，小孩儿说呼救了，一边抽泣得更厉害了，眼巴巴地看着路人，这人却一边说“你不能喊得更大声一些吗?”，一边一把拿过小孩儿手中剩下的最后一块钱，扬长而去。[①] 这则

① Bertolt Brecht：*Kalendergeschichten*. Hamburg 1994. S. 104.

故事明白无误地告诉读者，遇到强者，唯有反抗而不是乞求才能捍卫自己的利益。在另一篇日历故事《针对暴力的措施》（*Maßnahmen gegen Gewalt*）中，作者描述了一则面对暴力要懂得保存实力，以便最后战胜暴力的故事。科伕奈尔先生正在慷慨激昂地发表反抗暴力的演讲，突然发现了站在身后的暴力的代言人，他马上改口说："我拥护暴力。"他向他的学生们解释说："我没有脊梁骨来让人打碎，我要比暴力活得时间更长。"[①]之后他讲述了一个名为赖格的人的故事：赖格学会了说"不"，但在白色恐怖时期，当暴力的代言人来到他家里时，他并没有反抗，而是尽其所能伺候他，把他养得肥肥的，直到死去。赖格处理了尸体，打扫干净屋子，然后挺起腰杆，大声说出了那个他一直憋在心里的"不"字。可见，布莱希特对待暴力的态度具有阶段性和多层面的特征，不能一概而论。

总而言之，20 世纪 20 年代的文学暴力话语最突出的特征就是它与那个特殊时代和社会现实的关联，尽管这并不排除自 18 世纪末以来暴力想象的"逾越方面的美学兴致"[②]。但是显然，世纪末人们沉浸于其中的对"一种没有了用途的诗的懊恼"[③]已经逐渐消失了。从这个意义上

---

① Bertolt Brecht: *Gesammelte Werke in 20 Bänden. Bd. 12*, Frankfurt a.M. 1987, S. 375f.

② 阿尔特：《恶的美学历程——一种浪漫主义解读》，见前注，第 286 页。

③ Hans Richard Brittnacher: *Erschöpfung und Gewalt — Opferphantasien in der Literatur des Fin de Siécle*, a.a.O., S. 24.

讲，本书选择的卡夫卡、德布林和荣格尔三个作家的三部作品并非孤立存在，而是 20 世纪初德语文学暴力话语的组成部分。

# 第四章 《失踪的人》——现代权力关系中的功能化暴力

暴力在卡夫卡的作品中无处不在，犯罪、冒险、惩罚、折磨、孤立、打击——总之，在死亡、性、欲望和罪恶的话语中，他不仅迫使虚构世界中的人物，也迫使读者不断“面对濒临被消灭的经历和体验”[①]，这大概也是卡尔·海因茨·博尔(Karl Heinz Bohrer)在他的《作为审美方式的暴力》(*Über Gewalt als ästhetisches Verfahren*)一书中提出“卡夫卡式的残忍的主题与风格”[②]这样的命题的原因了。

与无处不在的暴力主题相对应的，是卡夫卡暴力想象中最明显的特征：“放纵”[③]。或者更加确切地说，很少有人能像卡夫卡那样把暴力想象推进到如此难以想象的

---

① 阿尔特：《恶的美学历程——一种浪漫主义解读》，见前注，第416页。

② Heinz Karl Bohrer：*Über Gewalt als ästhetisches Verfahren*. In：Grimminger (Hrsg)：*Kunst - Macht - Gewalt. Der ästhetische Ort der Aggressivität*, a.a.O., S. 32

③ 阿尔特：《恶的美学历程——一种浪漫主义解读》，见前注，第416页。

地步：残忍的杀戮，陈腐乏味的情欲，赤裸裸的死亡，麻木的恐惧，丑陋、扭曲的身体，怪诞的罪与罚，恶魔般的拷打机器——卡夫卡仿佛一直拿着放大镜在窥探着人性最阴暗的角落，他在自己惊讶的同时不断地制造着惊讶。正像本雅明评论的那样："卡夫卡总是带着惊讶的神情不倦地把人类纯真的姿态记载下来，但他把人们脸上的怪相跟造成这种怪相的原因割裂开来，于是得出了一种可以供人无穷思索的事物。"①

文学的演示方式在这种放纵的暴力想象中起到了关键作用，它时而突然爆发，时而又冗赘得无异于一场漫长的折磨。"在血腥的残暴行动中表现出的暴力的恶是通过描述的风格才传达出来的，而不是在选择题材的时候就已经表达出来了。"②卡夫卡显然深谙此理，他以文字为媒介，在摆脱一切精神束缚的情况下，使得暴力想象赢得一种自身的力量，使暴力在叙述中获得了升级的机制。卡夫卡"放纵"的暴力想象最极端的例子莫过于他的几个短篇，如《在流放地》（*In der Strafkolonie*）、《乡村医生》（*Ein Landarzt*）和《杀兄》（*Ein Brudermord*）。

① 本雅明：《弗兰茨·卡夫卡——逝世十周年纪念》，载阿伦特编：《启迪：本雅明文选（修订译本）》，张旭东、王斑译，北京：三联书店，2012年，第120页。

② 阿尔特：《恶的美学历程——一种浪漫主义解读》，见前注，第431页。

## 一、“最遥远的写作空间”——卡夫卡作品中的暴力想象

阿尔特称卡夫卡的这种从一切时间和空间关联中抽离出来的叙事为“最遥远的写作空间”。[①] 暴力想象在这里不是“逾越激情，而是内心专注的宁静……卡夫卡的思维就试图在那里挣脱限制，以便找到本体那种不受条件限制的沉思默想”。[②] 在这个意义上，“放纵”不是行为方式，而是一种旁若无人的专注，就像短篇《杀兄》对一起谋杀案从发生到结束叙述时的专注那样，“往他脖子右戳一刀，左戳一刀，第三刀深深地扎进肚子”。[③] 在这里，谋杀的缘由与目的都不重要，叙述者对杀戮过程的描述也冷静得就像讲述一次寻常的外出一样，他目光死死盯住的是暴力的过程，在意的完全是它是否被看见。因此，目睹施玛尔弑兄的帕拉斯大声叫道：“施玛尔！施玛尔！全看见了，什么都没漏掉。”[④]卡夫卡的作品就是这样把暴力的各种细节暴露在光天化日之下，与此同时，他又取缔了它确实存在的合法地位，使之不仅悬浮在“可能存在和确实存在之间”[⑤]，

---

① 阿尔特：《恶的美学历程——一种浪漫主义解读》，见前注，第415页。

② 同上，第417页。

③ 卡夫卡：《卡夫卡小说全集Ⅲ：全3卷》，高年生，韩瑞祥等译，北京：人民文学出版社，2013年，第81页。

④ 同上。

⑤ 阿尔特：《恶的美学历程——一种浪漫主义解读》，见前注，第421页。

也游移于符号和意义的张力中，它像一个漂浮的“能指”无法嵌入适当的“所指”。除此之外，它制造出一个一个缺口，就像《乡村医生》中孩童身上的那个“玫瑰红色”[①]的伤口一样。这种本质上的缺失印证了所谓的“现代人的困境”[②]，它催促着它的体验者们尝试去填补、连接，然后就像在现实生活中一样，经历不可避免的失败。而文学的功能则是通过冷酷、荒诞甚至颠覆的手段把这个伤口和它的形成过程作为绚烂的“恶之花”展示出来，让审美变为一场表演。幕布拉开之后，让身体现形，让它在暴力的作用下扭曲，从而制造出惊吓：“水耗子，被开膛，发出的声音和韦瑟很像。”[③]

而《在流放地》中所描写的无疑是一场恐怖的酷刑，这也是为何它一度被誉为卡夫卡最为“暴力”的作品，这一在与公众见面初期曾引起“惊骇”“厌恶”和“反感”的作品围绕着一个名为“惩罚机器”的工具所进行的处决展开叙述。某旅行家受邀到一个岛上观看对一个犯人的处决，处决由一架构造精密的机器完成：犯人被固定在“床”上，由“耙”按照“绘制仪”中储藏的图纸在犯人的身上刺字并最终将其送上黄泉之路。陪同的军官不厌其烦地为

---

① 卡夫卡：《卡夫卡小说全集Ⅲ：全3卷》，见前注，第60页。

② 袁可嘉在《欧美现代派文学概论》一书中看到了卡夫卡与他所处的时代之间，甚至可以说是超越于他的时代的紧密的联系，他说：“卡夫卡对我们至关重要，因为他的困境就是现代人的困境。”参见袁可嘉：《欧美现代派文学概论》。上海：上海文艺出版社，1993年，第259页。

③ 卡夫卡：《卡夫卡小说全集Ⅲ：全3卷》，见前注，第81页。

旅行家讲解机器运作的原理，企图说服他成为这项由“老司令官”发明的刑罚的支持者，并与自己一同对抗新司令官取缔“惩罚机器”的革新措施。旅行家的拒绝最终使军官自愿成为了机器的最后一名受刑者。

不得不说，《在流放地》自问世以来之所以得到的大量关注并不仅仅是因为它的作者是被像品牌一般热捧的弗兰茨·卡夫卡，而更是因为它为广大文学研究者所提供的无限的诠释可能性以及与之相关联的社会历史学、法学、心理学、文化学等多种视角：一方面它被置于 1914 年第一次世界大战爆发这一特殊历史背景下，被解读为卡夫卡的一次反战宣言，另一方面它也被看作是弗洛伊德关于死亡与禁忌、自我与他者关系的理论以及尼采的疼痛记忆理论在文学作品中的形象演示，同时也有评论家指出，旅行家实际上是读者的化身，而他的每一次阅读都可以理解为对以“老司令官”为代表的旧规则的革新。

纵观全文，这场卡夫卡以不带任何感情色彩的简短语句所展现的行刑无疑是一次残暴的暴力行为，仿佛在考验我们的理解能力。暴力作为《在流放地》这篇作品所传达出的最直接的信息无疑作为主题影响了文章的建构。暴力主题的建构作用体现在人物构成上，更确切地说，体现在文中的各个角色与处于情节中心的执行暴力的“惩罚机器”之间不同的关系上。此处可以划分出分别以新老指挥官为代表的两个派别，老指挥官是已经去世的机器的发明者和刑罚的建立者，新指挥官在文中虽然从未出现，可他对这一套惩罚机制的不认同却贯穿全文。而作为文章主人公之一的军官，正如前文已经提到的，不仅坚决拥护老指挥官遗留下来的机制，而且毫不掩饰地将他的支持表达出来。他满腔热情地向旅行家介绍“这是一架奇特的机器”，并用“带着几分钦佩的目光”注视着它①。自从老指挥官去世以后，“惩罚机器”受到了许多人的质疑和反对，其中包括新指挥官。为了保住这套程序，促使新指挥官取消他取缔残酷刑罚的决定，军官不遗余力地在行刑过程中劝说和拉拢被看作法学专家的旅行家，使其和他一起成为“惩罚机器”的信徒。

小说开始时，旅行家似乎对整件事情没有显示出丝毫的兴趣，他漠然地听着军官细致热情的介绍，直至后者将一道选择题摆在了他面前：支持或者不支持“惩罚机器”的存在。此刻他才表明态度，他认为整套刑罚极为不人道，但同时他也向军官承诺，绝不会在公开场合表达这一看法，只将这一看法私下告知新指挥官。非常明显，反对刑罚的一派相对势单力薄，在旅行家未出现之前，仿佛只有一位从未现身的新指挥官还坚定地摇晃着取缔它的大旗。而文中出现的另外两个人物——即将被处决的犯人和协助行刑的士兵——面对这起暴力事件表现出的则是愚昧的无作为的态度，尤其显得荒诞的是，仿佛这不是

① Franz Kafka：*In der Strafkolonie*. In：Kafka，Franz：*Gesammelte Werke. Herausgegeben von Max Brod. Taschbuchausgabe in sieben Bänden*. Frankfurt a.M. 1983，S. 100.

一场惊骇的死刑，而只是一项他们无法理解也不愿理解的必要程序。特别是作为受害者的犯人，丝毫没有表现出恐惧和反抗，相反，他“好像把全身的神经都集中到耳朵上”，[①]企图弄明白军官和旅行家之间的对话。协助行刑的士兵更是如此，当军官选择和“惩罚机器”一道毁灭的时候，他甚至看得津津有味。军官的自杀将全文带向高潮，然而，这位暴力的坚定信徒的死亡非但没有结束两派不均衡的对峙，他的决绝反倒成就了某种张力：他调整“绘制仪”，命令士兵将自己绑在“床”上，“耙”按照“绘制仪”的设定在他身上刻下三个字“要公正”。显而易见的是，他苦苦维护的旧指挥官的遗产——“惩罚机器”——是他唯一的生活内容和信仰寄托。与此相比，他的对手们，尤其目睹了他死亡的旅行家，却无法对他最后的示威作出任何反抗，相反，他甚至在军官介绍这部杀人机器的时候表现出难以掩饰的兴趣和好奇心。小说的最后，旅行家来到茶馆，茶馆桌子下面掩藏着老指挥官的墓碑，“旅行家不得不跪下”，[②]如果要给这个举动一个定义，或许可以一方面把它理解为屈服，另一方面也是一种畏惧，这也是他最终不顾一切逃离流放地的原因。

由此可见，《在流放地》的核心不在于人物和人物的

---

① Franz Kafka: *In der Strafkolonie*. In: Kafka, Franz: *Gesammelte Werke. Herausgegeben von Max Brod. Taschbuchausgabe in sieben Bänden*. Frankfurt a.M. 1983, S. 103.

② Ebd., S. 112.

命运，而在于“惩罚机器”。借助军官的介绍，我们可以很详细地了解这部机器，了解它精密的构造以及它的运转方式：如何在长达十二小时的时间里在犯人身上刺字并最终将其折磨致死。值得注意的是，这一血腥、恐怖、暴力的过程在军官轻松的描述中被蒙上了一丝怪诞的色彩：

> 我在这儿东扯西扯，却忘了说面前的这架机器。您看见它有三个部分。随着时间的前进，各个部分都有了通俗的名称。底下的部分叫作“床”，上边的部分叫“绘图员”，而中间这个悬浮部件则叫“耙子”……“对，是叫‘耙子’，”军官回答道，“这个名称很恰当。上边安的针像耙齿一样，虽说只局限在一块地方动作，非常地巧妙，但整体上动起来跟‘耙子’一样。不过，这您马上就会明白的，犯人就放在这儿，这张‘床’上。——我是想把机器先解说一遍，下边再开动机器让它自动进行。然后您就能更好地理解整个过程了。而且，‘绘图员’里面有个齿轮磨损得很厉害，机器一转动，就‘嘎吱’‘嘎吱’响个不停，你说话连自己都听不清楚；遗憾的是在这里很难弄到备用件。——好，我说了，这就是‘床’。上边铺有一层棉絮，一会儿您就会知道它的用处。犯人脸朝下放到棉絮上，当然是赤身趴在上面了；这是捆犯人双手的皮带，这是捆脚的，这儿的是捆脖子的，这样就可以

把犯人紧紧捆住。我刚才说过，犯人是趴在‘床’上的，所以床头这儿有这么一小块毡团，很容易调节，让它正好塞进犯人的嘴里。这样就可以不让犯人叫喊，也免得他咬烂舌头。犯人当然不得不把这块毡团咬住，不然脖子就会被皮带勒断。”[①]

这是一种明显的画面感，虽然在卡夫卡的其他作品中也不乏此种手法的使用，可是《在流放地》中将它运用在对暴力的描写上却更值得注意。沃尔夫冈·索夫斯基在他的专著《论暴力》中写道：“人们在展现疼痛时往往更倾向于利用图像的方式。”[②]伊利斯·赫尔曼在他的《暴力作为疼痛》(*Gewalt als Schmerz*)一文中也有相似论断，即疼痛与符号有某种“解不开的联系”[③]，反观本作品，也许可以说，卡夫卡对暴力本身的展现是通过描绘的形式来达到的。作为读者，我们可以直观地了解到，这架“独特的机器”由三部分构成，其通俗的名称为绘制仪、耙和床。处于最上方的是绘制仪，最下方的是床，位于二者之间的是耙，它通过一根钢绳与绘制仪相连，作为机器框架支柱的是四根黄铜合金柱。就功能而言，绘制仪是贮存绘图，即判决书的机关，床是放置被审判者

---

① Franz Kafka：*In der Strafkolonie*. a.a.O., S. 102.

② Wolfgang Sofsky：*Traktat über die Gewalt*, a.a.O., S. 70.

③ Iris Hermann：*Hunst - Macht - Gewalt. Der ästhetische Ort der Agressivität: Gewalt als Schmerz*. München. 2000, S. 51.

的地方，耙的作用是实施判决，把绘图刺入被审判者躯体的机关。至于自己到底是犯了什么罪，犯人却是毫不知情的。

行刑的过程同样非常形象：它持续整整十二个小时，“计划好了第六个小时是转折点”[①]，头六个小时里，犯人几乎和往常一样活着，只是熬着疼痛，到了接下来的六小时，犯人开始阅读刺在自己身上的字，“第六个钟头里犯人是多么安静哟！连最蠢的家伙这时也灵醒了”[②]。最后，耙刺穿他的身体，然后将他抛进旁边的水沟中。军官不无自豪地介绍说，当年在刑罚的鼎盛时期，每次都有无数人赶来参观行刑的过程，特别是孩童们，当犯人生命最终结束的一刻，“我们大家多么痴心于受刑人脸上那幸福的表情，我们又是如何挺着面孔接受这终于来临又正在消逝的正义之光的沐浴啊”。[③] 此处，受暴者的感觉，或者说他是如何承受暴力的，几乎只字未提，相反，如文中所示，他的表情定格在某种类似于幸福的状态中。我们可以说，此时暴力受害者的形象凝固成了一幅图画，而包括孩童在内的观看者们则无一例外地欣赏着这幅图画，并与之融为一体：“在数百双眼睛的注视下——观看的人一直挤到山岗那儿，全都立起了脚尖在看——犯人

① Iris Hermann：*Kunst - Macht - Gewalt: der ästhetische Ort der Agressivität: Gewalt als Schmerz*. München. 2000, S. 105.

② Ebd.

③ Ebd., S. 106.

由司令官亲自摆到‘耙子’下面。”①

对于受害者的感受来说，语言是无力的，疼痛是无法被分担和传达的，因此不能通过叙说，只能通过图画来展示疼痛。正如卡夫卡在这篇小说里一次都没有提到受害者所遭受的痛苦一样，我们眼前只有一张“显示出受过拷打的脸”。②

对于犯人外形的描写同样十分引人注意，作者赋予他的形象不仅不会引起读者的同情和感同身受，反而会引发不适和反感。文中是这样描写的：“犯人长了一张阔大的嘴巴，头发纷乱、面孔不洁、表情麻木……犯人看起来像只奴性十足的狗，叫人以为可以放开让他在周围山岗上随意乱跑，而临刑前只要打个口哨他就会转回来似的。”③

除了暴力的图像展示方式，暴力的“魅力”问题让人不得不给予关注。暴力的吸引力是暴力理论界近年来讨论较多的话题，在卡夫卡的这篇小说中，“惩罚机器”的暴力效应不仅让作为施暴者的军官着迷，甚至也吸引了作为旁观者的旅行家，虽然他最终还是认为惩罚机器不人道，可在军官向他讲述的过程中，他显然有过动摇：“这架机器已经多少引起了旅行家的兴趣。他一只手搭在眼睛上遮着阳光，顺着机器朝上看着。”军官很快也发现了这

---

① Franz Kafka：*In der Strafkolonie*. a.a.O.，S. 106.

② Ebd.，S. 102.

③ Ebd.

一点：他“注意到了他开始表现出来的兴趣”。[1]

《在流放地》所展现出来的暴力不应被孤立对待，而应该将它放在一个多元的平台上，观察它与其他元素，比如和个体身份之间的关系。这里的个体，不仅指受害者，也指施害者。观察《在流放地》中的暴力实施过程会发现，群体的准则被惩罚机器写在单个成员的身体之上。也就是说，暴力的一个重要作用发生在残暴以及充满疼痛的社会成人礼过程中。小说里军官是这样解释的：“我们的判决不算太重。只是把犯人违反的戒条用这个‘耙子’给他写到身上，比如说，要给这个犯人写到身上的是‘要尊敬你的长官！’”[2]由此可见，刑罚的意义在于借助身体将准则写进被惩罚者的记忆当中，留下的伤疤即记忆，因为社会生活得以建立所依靠的法规是不允许被遗忘的，个体的身份也在这个过程中被彻底摧毁。

沃尔夫冈·索夫斯基指出，施暴者在施暴过程中能够得到某种可以控制死亡的快感以及“主体意识”，而这也正是文中军官的情况。更有甚者，他不但通过暴力得到自我意识，甚至将自己与暴力视为一体。正因为如此，当“惩罚机器”或者说他的施暴行为被旅行家判为“不人道的”之后，他才会选择与机器一起毁灭，我们也许可以这样解读，因为他爱这台机器胜过一切，机器不仅仅是

---

① Franz Kafka：*In der Strafkolonie*. a.a.O.，S. 103

② Ebd.

一个施暴工具，而是他社会身份的载体。军官对待机器的方式是这一理解的有力证明：他亲自照料机器，抱怨它没有得到应有的重视，在老指挥官死后，与机器相关的所有事务他都亲力亲为，“本可以交给一个机械师来处理，但军官却以极大的热情实施之”。[①] 他对机器精心保养，无比爱护，每次触摸之前都要净手，他激情四射地为旅行家讲解着机器的构造。正是在这种情况下，旅行家的拒绝对他来说不只意味着他失去了所期望的最后支持，同时也意味着他的社会身份即将瓦解。于是“他自言自语地说，微微一笑，好像老人在笑孩子的无知，而在微笑的背后才是他自己实实在在的深思”。[②] 那么小说的结尾也将获得另外一种意义：它一方面是军官生命的终结，与之相应，另一方面必然是他的社会身份——“惩罚机器”的毁灭。

总而言之，卡夫卡作品中如此“放纵”和具有象征性的暴力想象摒弃了传统思维方式的一切必要前提，它放弃了“历史沉思、比较对照以及注评解释的安全体系”[③]，它不关心“为什么”(Warum)的问题，也无须自我辩护的机制。在暴力描写的基本因素中，仅剩下了“施暴者”的人或者(如同《在流放地》中)他所操纵的机器，重要的当然还有发生了什么和怎样发生的。至于为什么(Warum)

---

① Franz Kafka: *In der Strafkolonie*. a.a.O., S. 102.

② Ebd.

③ 阿尔特:《恶的美学历程——一种浪漫主义解读》,见前注,第417页。

实施暴力、实施暴力出于什么目的(Wozu)以及为何(Weshalb)实施暴力[1]仿佛统统被模糊了。这样的暴力要么仅仅是一次事故,就像《在流放地》中的判决执行者最后被自己所操作的机器杀死了一般,要么像那位不知道为什么要被脱光衣服放到病人床榻上的乡村医生那样。暴力失去了因果关系,更没有了历史背景,它是抽离的,是可以发生在任何时候,也可以发生在任何地方的,就像在《审判》的图像世界中,或者在《城堡》的梦境世界里。

阿尔特说:“在卡夫卡那里,人们不是去建造一座巴别塔,而是去挖一眼‘巴别竖井’,这种做法肯定是符合逻辑的,因为只有在地下深处卡夫卡才能找到他不惜自我毁灭的坚定性追求的那种不讲条件、不受限制的环境。”[2]这一观点无疑契合了卡夫卡的远离现实社会的那种审美化的、风格化的暴力想象。但是,正因为如此,不能忽略或者更令人惊讶的是,《失踪的人》这部长篇小说展现了一种因非“卡夫卡式”标签而未被重视的另一种暴力书写——以功能化为特征的暴力书写。如果说,审美化、风格化的暴力想象是以取消一切现实联系为基础的话,那么,《失踪的人》中演示的暴力则始终与权力和身体交织在一起。而首先值得一提的是:它有一个非同寻常的美国主题。

---

① Peter Imbusch: *Der Gewltbegriff*, a.a.O., S. 34ff.

② 阿尔特:《恶的美学历程——一种浪漫主义解读》,见前注,第 417 页。

## 二、美国主题

生活在布拉格的卡夫卡从高中起便对“美国主题”产生了浓厚的兴趣。1911年左右，在一篇如今已不复存在的短篇小说中，卡夫卡展现了一个关于“兄弟之斗”(Zwei Brüder kämpften gegeneinander)的故事，“他们中的一个后来只身前往美国，另一个则留在了欧洲的监狱中”。[①]一年之后，卡夫卡开始了他的第一部长篇小说《失踪的人》的创作，中间停顿过一段日子，1914年重新拾笔补续了一些片段，虽然读者最终看到的仍是一部未能完成的作品，但其在情节和人物上已经具有了一定的完整度，那么大概可以说，卡夫卡保留了1911年的故事构思中“美国主题”的初衷，而放弃了“兄弟之斗”的载体。如此不难理解，为何后者于1927年被其挚友马克斯·布洛德(Max Brod)以《美国》(*Amerika*)为书名首次出版。[②]

卡夫卡对美国主题的兴趣首先源自对现实中的美国社会的关注：20世纪初期，美国正处于经济发展上的狂

---

① Vgl. Hartmu Bindert: *Einführung*. In: *Kafka — Kommentar — zu den Romanen, Rezentionen, Aphorismen und zum Brief an den Vater*. München 1976. S. 12.

② 在1912年10月12日写给当时的未婚妻菲丽斯·鲍尔(Felice Bauer)的信中，卡夫卡称这篇小说为《失踪的人》(*Der Verschollene*)，新出版的德文校勘本恢复了这个书名。参见 Jost Schillenmeit: *Nachbemerkung*: In: Kafka, Franz: *Der Verschollene*. Frankfurt a. M. 1994, S. 85.

飙时期，资本主义在这片土地上找到了最肥沃的土壤并迅速地成长和繁荣起来，美国因此也成为了现代资本主义的代名词。从历史背景来看，一方面，从美国独立到19世纪末期，广大的土地少有人居住和开垦；另一方面，工业革命带来的庞大的自然资源和先进的工业技术使快速的社会流动成为了可能。我们看到，那些曾经的西方文化中心，例如巴黎、维也纳或者柏林，随着经济中心的转移，热潮逐渐退去。在美国这块"新大陆"面前，略显疲惫的欧洲自然沦为了所谓的"旧大陆"。不同于欧洲追捧的"艺术家性"，美国则宣扬着社会达尔文主义和"人人都有机会"的美好承诺：1900年以后每艘开往美国的油轮上都流传着洗碗工人变成百万富翁的传奇故事①。在这个意义上，"美国"为欧洲创造的不只是一个"淘金"的美梦，它更是一片能够容纳足够的想象力的土地，它承载着欧洲人已经跨入的现代生活和必然到达的未来，为他们在困顿的世纪之交增添了一丝希望和活力。

卡夫卡应该不会错过铺天盖地的来自美国的讯息，实际上，他家族中的几位表亲就生活在美国②。格哈德·卢瑟(Gerhard Loose)不仅断言"美国"是理解"卡夫卡这部作品的关键"(der Schlüssel zu Kafkas Werk)，他甚至

① Vgl. Willi Paul Adams: *Die USA im 20. Jahrhundert. Band 29*. München 2000, S. 18.

② Vgl. Anthony Northey: *Franz Kafkas Verbindung zu Amerika*. in: *Franz Kafka Symposium*, Darmstadt: 1978. S. 216.

直接称《失踪的人》是一部“美国的小说”(ein amerikanischer Roman),因为它展现了“资本主义经济和它的社会形态的本质”。[①]

当然,卡夫卡从未踏上过美国的土地,他对这个国家的执着大概不仅仅源于一个欧洲居民在彼时彼刻不断接收到的“美国梦”的暗示。更多的是,作为一个敏锐的作家,他觉察到了这个地方所代表的一切与他生活的时代之间存在着某些本质上的联系:高度发达的资本主义、科技化和工业化。卡夫卡借由《失踪的人》传达的文学想象不再缺乏现实含义,小说中描写的美国虽然也是一个“遥远”的地方,但它不再仅仅是一个符号和“写作空间”[②],而是一个具有现实特征的想象的国度(Phantasieland)。卡夫卡感兴趣的,自然也并不只是描述一个国家或者一种经济体制,对他来说,更重要的是要将“人”放入这个想象的社会空间中,展示人在某种特定关系下的遭遇,以及他与所处的环境、所遇到的人之间的互动。而《失踪的人》的主人公卡尔·罗斯曼踏上美国这个“新大陆”所面临的,恰恰是一个满怀敌意的以结构性暴力[③]为基本特征的现代社会系统,卡尔被来自四面八方的权力网络所牵制。在这个意义上,“美国”这个处在现实与虚构之间的现代资本主义国家构成了主人公命运的背景,也决定了他的

---

① Gerhard Loose: *Franz Kafka und Amerika*. Berlin 1968, S. 1f.

② 阿尔特:《恶的美学历程——一种浪漫主义解读》,见前注,第415页。

③ 参见本书第一章中对暴力概念的整理。

命运。这其中，暴力起到了关键的作用。

## 三、卡尔·罗斯曼“暴力”征候中的美国之旅

### （一）“被驱逐的儿子”和他的“迷途”

卡尔·罗斯曼的美国之旅始于纽约的港口，但在此之前，他的故事已经开始了——与女仆之间的不伦恋情是他被父母从家乡布拉格“发落去美国”(5)[①]的原因。他在小说开端亮相时已经背负着“被驱逐”的罪名，这大概不仅仅意味着生存场景的变化，而且生生割裂掉了卡尔原本拥有的家庭关系和作为一名“儿子”的身份，他仿佛是羊群中那个不听话的小羊羔，被人一把单独拎了起来，然后扔到了这片“新大陆”上。实际上，卡尔之后的命运似乎不断地回溯到小说伊始他孑然一身的这一瞬间：从欧洲到美国、从纽约到拉姆西斯、从克莱顿到俄克拉何马，卡尔与这一路上遇到的每一个人之间都无法建立长久且有效的联系，并且，他所陷入的大多数关系都是负面的，仅仅有几个人曾经为他营造出“有所归属”的错觉，但它们最终都像泡沫一样很快破碎。其中一位是卡尔在轮船上相认的舅舅，后者也成为卡尔美国生活的起点，他为

---

① 中文翻译采用韩瑞祥的版本。参见卡夫卡：《卡夫卡小说全集 I：全 3 卷》，韩瑞祥等译，北京：人民文学出版社，2013 年，第 1—200 页。以下作品引文仅在括号里给出页码。

卡尔提供了优渥的环境和学习的机会。但富有又强势的舅舅一方面拥有着不容置疑的权威，另一方面，作为“工作世界的奴隶”[①](Gefangener der Arbeitswelt)，舅舅本人显然也被牢牢束缚在资本主义体制的枷锁中。在这个意义上，卡尔从舅舅那里获得的从来都不是重新构建自我身份的机会，而是一同卷入异化漩涡的厄运。来自维也纳的厨房总管格莱特·米策巴哈在初遇卡尔时向其展示出一位女性长辈的温暖和热情，这份好意随着卡尔的被辞退也一并消失了。她的秘书特蕾泽与卡尔有过一段友谊，这是主人公在小说中建立的唯一一次完全正面的人际关系，然而它却极其短暂，或者说，它仅仅是西方饭店的电梯工“卡尔”与厨房总管秘书特蕾泽之间的友谊，当一方失去了以职业为标志的社会身份后，他同时也失去了在现代社会中拥有稳定关系的权利。

随着与文明的“新世界”友善相处的努力均化为了泡影，卡尔自踏上美国土地的那一刻起就身不由己地掉进了一张无形的大网。这张大网是一个等级化的、散发着强制力的权力结构，它致力于规训、征服和控制，致力于将规则写入身体，致力于“生产”出符合要求的对象。而它所使用的方式，则是有形的或者无形的持续发挥着功能的暴力行为，它们死死束缚住了卡尔·罗斯曼，令他逐

① Willi Paul Adams: *Die USA im 20. Jahrhundert. Band 29*, a.a.O., S. 49.

渐陷入了迷茫和破碎，最终坠入“失踪”的深渊。实际上，美国这个现代资本主义社会所象征的暴力阴影从卡尔乘坐的轮船驶入纽约港时就已经笼罩在他头顶上方，“那仰慕已久的自由女神像仿佛在骤然强烈的阳光下映入他的眼帘。女神好像刚刚才高举起那执剑的手臂，自由的空气顿然在她的四周吹拂”。(5)就这样，卡尔与他的“美国”打了第一次照面，巍峨的雕塑和过分耀眼的阳光营造出一种超越现实的“天堂”般的氛围。但现实中自由女神手中的火炬却被利剑所取代。在罗伯特·塞尔(Robert Sell)看来，它无疑就是智天使“基路伯”(Cherubim)手中火焰之剑的化身——上帝驱逐人类之后，在伊甸园的东面安设了基路伯，把守生命树的道路。这把剑因此被赋予了“守卫和震慑”①(Bewachung und Sanktion)的意义，它同时也象征着对负罪之人“毫不留情的暴力”②。卡尔的目光与它交会的瞬间，它似乎辨认出了等待已久的那个人，锋利的攻击性瞬间蔓延开来。

正是在这样的背景下，卡夫卡开始涂抹起他眼中的“美国”色彩，它首先是强势的，也是令人恍惚的。发达的工业社会、庞大的体积和快速的节奏凸显出了初到者卡尔的弱势、渺小和迟钝。小说中有大量段落描写这种工

① Robert Sell: *Bewegung und Beugung des Sinns — Zur Poetologie des menschlichen Körpers in den Romanen Franz Kafkas*. Stuttgart 2002, S. 85.

② Klaus Hermsdorf: *Kafka, Weltbild und Roman*. Berlin 1997, S. 69.

业社会特有的速度和体积上的压迫感：人们好像被自由女神的利剑追赶一样不假思索地、快速地生存着。比如在西方饭店里不知疲倦地奔跑着的服务员，他们像动物一样匆忙地横冲直撞，即使大堂里根本没什么活儿。卡尔本人根本没有机会和他们打招呼，因为没有人停下，他们只顾跑来跑去。

当然还有舅舅公司的电报厅里的场景：

> 大厅里来来往往的人穿梭不停，谁也不打招呼，因为打招呼被取消了，一个踩着前一个的步子，看看地板，想尽可能快地向前走，或者眼睛盯着拿在手里的文件，猎获着其中的只言片语或数据。(34)

可以想象，无论是西方饭店还是电报厅，这样匆忙的景象日复一日、年复一年地重复着。个体处于其中，不仅丧失了饱满和丰富的形象，变得单一无趣，内在更是一片荒芜，整个人显得麻木、神经质、无所适从。正是在这样快节奏的生产中，人成为了与现代生活相符的行政体制和它的规律（自上而下、分门别类、专业性等）的牺牲品。个体自然的生活状态在“实现潜能”（Verwirklichungsmöglichkeit）[①]

---

① 潜能实现（potenziale Verwirklichung）较之现实实现（aktuelle Verwirklichung）而言受到压制，这种实现意义上的差异是加尔通在《结构暴力》一书中用于定义一种广义的暴力行为的标准，它不仅适用于直接暴力，也适用于结构性暴力。参见 Johan Galtung: *Strukturelle Gewalt-Beiträge zur Friedens-und Konfliktforschung*, a.a.O., S. 8－10.

上受到挤压,而这正是人的异化本身所包含的暴力因素。

除了快速,现代世界在卡尔·罗斯曼眼中的另一个特点是庞大。他首先在“大得惊人”(6)的轮船上迷了路,接着又被舅舅公司的规模吓了一跳,“要想把整个公司走一遍,哪怕只是走马观花似的看看每个地方,也得花好几天的时间”。(55)他工作过的西方饭店能一次性招待五万个客人,而它的门前则是从不间断的车流。正是那极其拥挤的交通构成了卡尔对一个现代都市最典型的印象,就如他在舅舅家的阳台上看到的那样:

> 在这条街上,无论清晨还是晚上,或是在沉入梦乡的深夜,那拥挤的交通总是川流不息。从上面看去,歪歪扭扭的人影同各种各样的车顶错综交织在一起,时而分,时而合,分分合合,更替不息。喧闹、尘灰和气味更加狂热地交融着向空中升腾。(28)

汽车本身就是现代生活最重要的组成部分之一,或者可以说它所代表的速度和技术就是现代生活本身。在卡尔的眼中,它不仅是毫不停歇的,而且已经与人的形象交融在了一起,无法区分。在此处,人与生活之间主被动的关系渐渐变得模糊,人似乎已经失去了掌控生活的能力。在一个初来乍到的年轻人的注视下,主体与客体融为了一体。这就是卡夫卡在《失踪的人》中展现的美国形象,它既快速又庞大,这正是作者心中一个标准的资本主义社会的模样,“这些纷乱、喧嚣、滚动的都市意象,不断地将人撕成碎片”[①]。对于无知又单纯的主人公来说,城市像一个巨大的怪物随时准备着吞噬他,而他在这里遭遇的,也的确是毫无保留的敌意和危险。

### (二) 权力感与无力感——权力关系中的暴力

也许可以说,混乱和强势的现代生活的内核中隐匿着旨在分裂个体完整性的“系统的、匿名的”[②]暴力,这也是暴力内涵在现代理论得到延伸后形成的一个批判性的角度。它一方面根植于一个社会或者一种体系之中,因为广泛溶解于日常生活而失去了像施暴者那样可辨认的具体形象;另一方面,它又自上而下、自远而近地潜入并影响着包含在这种社会体系中的一段段权力关系内部,形成了人与人之间以“权力”作为标签的“间接暴力”。在这个意义上,小说的主人公卡尔在踏上美国土地的那一刻起,就不可避免地进入了一个权力结构的内部,可以这样描述这种权力结构:它有着天生辨别弱势者的敏锐,它以严格的等级为形式,以隐性的强制力为手段。成为它的“受害者”意味着“自我身份”(Identität)的逐渐瓦解,它首先被体验为一种席卷全身的无力感和被动感,就像卡尔在小说的第一章“司炉”和第二章“舅舅”中所感受

---

① 汪民安:《现代性》,见前注,第37页。

② 齐泽克:《暴力:六个侧面的反思》,见前注,第12页。

到的那样。

1913 年，莱比锡的库尔特·沃尔夫出版社（Kurt Wolff Verlag）发表了卡夫卡的短篇小说《司炉》（*Der Heizer*），它后来成为《失踪的人》这部被卡夫卡自己称作“残篇”（ein Fragment）的长篇小说的第一章[①]。这一章中，卡尔·罗斯曼的故事由轮船抵达纽约港开始，他因为寻找丢失的箱子偶然结识了船上的司炉弗兰茨·布特鲍姆并被卷入他的冤案，他自告奋勇陪同他去向船长申诉，在那里他与舅舅相遇，最后以舅舅的收留作为故事的结束。整个情节发展的空间并没有超出轮船的范围，甚至大部分都发生在船长舱中。但这个狭小又封闭的房间里充斥着一种令人窒息的权力结构，它的张力就来自权力感与无力感之间的交互作用。

与司炉初遇时，卡尔对他的第一印象是一位“彪形大汉”（5），大概与长期从事司炉的工作有关，他的确十分魁梧且脾气暴躁，体力劳动的工作使他习惯于用身体优势解决遇到的一切问题。比如正当卡尔要离开房间时，“这人说着用一只手顶着卡尔的胸膛，粗暴地将他推回床上”。（6—7）这对他来讲是最为有效的手段，他似乎并不介意是否伤害了面前的这位年轻人。职业在此处不仅提供物质基础，并且决定了从业者的社会身份和行为方式。司

① Vgl. Wolfgang Jahn: *Kafkas Roman „der Verschollene“ („Amerika“)*. Stuttgart 1965. S. 1.

炉的逻辑模式显然是极其简单的，他所能接收到的信号仅仅局限于呈现在他面前的最终结果。这当然令卡尔感到有些不适："这人可真难打交道。"(6)但是就在司炉向他诉说起自己遭遇的不公正待遇后，卡尔情感的天平向他倾斜了："'您可不能这样忍着。'卡尔激动地说。"(8)莫名的正义感往往来源于心理上的优势，司炉的单纯甚至是愚钝令卡尔摆脱了此前身体的劣势带来的被压制的感受，权力关系的逻辑在此刻发生了一次变化。也就是说，从此时起到二人踏进船长的房间之后，卡尔一直是以司炉保护者的形象出现的。面对几位极具权威的先生，与初遇卡尔时相比，司炉逐渐丧失了主动性，他"低下头看着卡尔，仿佛卡尔就是他的心"(12)，与之相比，卡尔则表现得"从容不迫"，他甚至建议司炉"言简意赅，要完全准确地表述"(14)。17岁的主人公展现出了勇气和相当的控制力，他决定"面对一群有名望的人物而维护善者"(17)。可以说，他心中所保有的这种完整的动力在小说伊始还是清晰可见的，虽然他的反抗是稚嫩的，并且以失败告终，但遇到了司炉这样一个"弱者"——地位低下、智力愚钝、脾气耿直，令他有机会倾注自己的同情，彰显自己的强大，在为司炉申辩的过程中他爆发出了属于"自我"的能量——而这也正是在往后的路上他不断丧失的东西。

除了卡尔与司炉之外，房间中一张圆桌旁坐着的三位先生显然构成了另一个他们二人无力与之较量的能量场。这是一个压倒性的局面，司炉几乎瞬间丧失了勇气和表达自己的能力："他讲得不过是大汗淋漓。那颤抖的双手早已抓不住放在窗台上的证件。"(14)他魁梧的身躯仿佛正在慢慢缩小，而他的惊慌却在逐渐放大，与他的慌乱和语无伦次相比，对面先生的表达则显得冷静和简短："'您过来！'这强硬的声音似乎能斩钉截铁。"(13)伍尔夫·亚伯拉罕(Ulf Abraham)这样形容语言与权力的关系，他认为，正是对话建构了社会等级，相应的主导权与依附性在其中被表露。[①] 在这里，正是语言标识出了权力关系中自上而下的等级，无力感和权力感进入表达系统并最终以一种可被听见的方式确定下来，司炉的"大汗淋漓""涕泪滂沱""词不达意"意味着在那个封闭的船长间中，处于权力链条的末端的他有着无法隐藏的紧张和无助。值得注意的是，独立于房间中的语言系统之外，还有一位"身着便装的先生"(14)，他仅仅以他的竹杖轻敲着地面，他的权威甚至不惧怕语言的缺席，而他就是之后收留了卡尔的舅舅，"参议员爱德华·雅各布先生"(25)。

### (三)"原则"与"纪律"

突如其来的相认将小说情节引入了下一个阶段，对于仍然没有获得公正的司炉来讲，这无疑是一次不幸的转变，

① Ulf Abraham: *Der verhörte Held — Verhöre, Urteile und die Rede von Recht und Schuld im Werk Franz Kafkas*. München 1985, S. 186.

人们的注意力迅速被戏剧性的插曲吸引，舅舅雅各布干脆地结束了他的申诉："司炉该怎么办就怎么办吧……我们的耳朵都让司炉给灌满了，实在太满了。"(24)事已至此，司炉自己"好像不再抱任何希望"(24)。一位习惯了体力劳动的底层工人站在权威对面时，这种压力让他濒临崩溃，他或许从未拥有过掌控局面的自觉，但却对造成他失败的等级观念异常熟稔："这听差和舒巴尔是这儿地位最低的两位，他们将会向他表示这最后的宽容。"(24)

与司炉相比，主人公卡尔在这一偶遇中收获的是一次幸运的惊喜，船长这样形容它："从现在起，等待您的是一条跟您迄今的期望完全相反的光辉灿烂的前程。"(19)"光辉灿烂"在这里不仅意味着被父母抛弃的卡尔将有希望重新被一个新的、替代型的家庭关系所接纳，更代表着他获得了优渥的生存条件和接受"教养"的机会：在舅舅的帮助下，他开始学习英语、骑马和小提琴——同样作为欧洲移民的舅舅将一位符合"上层市民标准的年轻人"的"外衣"穿在了卡尔的身上。这个意义上建立起来的舅甥关系，对卡尔来讲是一种物质与精神上的依赖，他后来这样向波隆德先生形容它："只要我的英语学业还没有完成，只要我在实际的商业活动中还没有足够的见识，我的生活就得完全依赖舅舅的恩赐。作为血亲，我毕竟还可以享受这份恩赐。"(52)

支撑依赖感的是给予的主动权和接受的被动感，它自然而然地将两人分别置于了一个权力结构的两端。实际上，在二人相遇的船长舱中，舅舅已经从言语上奠定了自己的地位："你感到很孤独，正好找到了司炉，你现在感激他，这是完全值得称道的。但是，看在我的份上，你别做得太过分了，要学着明白自己的身份。"(26)这是一种不容置疑的沟通方式，以说话者的意识强势地覆盖对方的意识，默认后者"服从"的结果，排除掉一切反抗的可能。以此为基调的对话从此不断出现，它们通常以单方面的指令为形式，"他嘱咐卡尔暂且什么事情都别涉足，要他好好审度和观察一切，但不能让眼前的情形捆绑住手脚"。"舅舅总不厌其烦地劝告卡尔尽量别去用调节器。"(29)卡尔舅舅的角色在某种意义上象征着一种父权符号，他与卡夫卡其他作品中的父亲形象一样指向一种权威的法或规范。他的行为方式显然非常符合马克斯·韦伯对于权力概念的理解，即"在任何情况下，无视反对地执意贯彻自己的意志"[1]。所造成的后果是一方意志的全面胜利，更是另一方意志的彻底瓦解，在这个意义上，卡尔"光辉灿烂的前程"背面是他独立的"自我身份"的逐渐消解。

建构一个权威身份的策略首先是指向外部的，但它同样依靠着一种不断被强调的自我要求。"原则"(Prinzipien)这个词就是舅舅口中反复出现的自我要求的基础："你也

---

① Max Weber：*Wirtschaft und Gesellschaft — Grundriss der verstehenden Soziologie*. Türbingen：1985. S. 28.

许会看得出来，我是一个地地道道讲求原则的人……我现在的一切都归功于我的原则。”(60)卡尔的诀别信中出现的“原则”应该可以理解为同样不断出现的“纪律”(Disziplin)的同义词。舅舅事业上的成功，恰恰源于对现代社会内部的“纪律逻辑”的屈服。① 而这种逻辑已然渗透进了他的自我意识，成为他审视世界的首要标准：“也许涉及到一个公正的问题，但同时也涉及到一个纪律问题。在这里，这两者，尤其是后者取决于船长先生的裁决。”(24)无论是“原则”还是“纪律”，终点无不落在主导现代意识形态的“理性”二字上，这也是在“祛魅”的过程中被资本主义体制所接受并利用的“经常性的自我克制的和对自己生活进行精心规范”②的能力。当它指向内部时，塑造出了理性化的资本主义人格；当它指向外部时，则映射出权力对于个体的“规训”。权力的宿命似乎在于不断寻找验证自己的机会，这个过程本身就包含着撕碎他者的暴力逻辑，正如《一九八四》中那段发人深省的对话一样：

> “温斯顿，一个人是怎样对另外一个人发挥权力的?”温斯顿想了一想说：“通过使另外一个人受苦。”

---

① Vgl. Jürgen Pütz: *Kafkas „Verschollener“ — ein Bildungsroman? Die Sonderstellung von Kafkas Romanfragment „der Verschollene“ in der Tradition des Bildungsromans*, a.a.O., S. 48.

② 参见马克思·韦伯：《新教伦理与资本主义精神》，于晓、陈维纲等译，西安：陕西师范大学出版社，2006年，第97页。

> “说得不错。通过使另外一个人受苦。光是服从还不够。他不受苦,你怎么知道他在服从你的意志,不是他自己的意志?权力就在于给人带来痛苦和耻辱。权力就在于把人类思想撕得粉碎,然后按你自己所选择的样子把它再粘合起来……”①

与小说开头自由女神手中的利剑一样,舅舅的权力地位也有一个象征之物(Symbol)——竹杖。这根从不离手的细竹杖,似乎生长在了他的身体上,连接他的血脉,化作他意识的延伸,从而成为他身份的一个重要特征。在小说中他首先被称作“那个手持竹杖的先生”(16)。“这个竹杖即为‘藤条’(Rohrstrock),它代表着来自纪律的责打和逼迫(Züchtigung und Erzwingung der Diszipin)。”②当“那个身着便装的先生,开始挥动他的竹杖敲击地板”时(14),它象征了一种潜在的暴力,有规律的敲击声在空旷的空间中令人紧张和焦虑,“受暴者”即使忽略身体的疼痛,仍然像能够感受到它那样陷入一种心理上的“无能”,因为它包含了“违抗就要受到惩罚”的潜在威胁。无论是作为关键词的“原则”和“纪律”,还是作为可见标志的细竹杖,它们通通都在传递着“拒绝违抗”的信息。这

---

① 乔治·奥威尔:《一九八四》,董乐山译,上海:上海译文出版社,2011年,第145页。

② Ralf R. Nicolai: *Kafkas Amerika-Roman "Der Verschollene"*, a.a.O., S. 67.

也是当卡尔·罗斯曼不顾一切接受了波隆德先生的邀请后，他便像一只小猫一样，被舅舅赶出了家门的根本原因：谁不听话，谁就要受到惩罚。

### (四) 身体——权力和暴力的交会点

小说《失踪的人》里存在着隐藏于权力场中的暴力逻辑，与此同时，这种隐性的威胁也寻找着更能显现自己的机会。身体在这个意义上成为了暴力策略最佳的施展场所，也成为权力和暴力交会的地点。身体一方面是人存在和可被辨认的依据，另一方面，它又承载着人的社会属性，因此成为了功能性的暴力最青睐的对象。正是在身体一次一次被征服和压制的过程中，小说主人公卡尔·罗斯曼的命运呈现出了一种社会等级层面的下坠式发展。处于 20 世纪初的“现代身体”极具代表性的一点是，在经历了长时间的进化、驯化和风格化①之后，它已经形成了一个复杂又具有开放性的结构，直视身体不仅仅意味着辨别某个单独的身份，而且意味着目睹它所承载的社会内容。在舅舅的公司中，卡尔正注视着一位员工日常的工作，他的身体语言传递出的就是一种“被规训”了的信息：

他右臂搁在一张小桌上，似乎特别沉重，惟有抓

① Vgl. Robert Sell: *Bewegung und Beugung des Sinns — Zur Poetologie des menschlichen Körpers in den Romanen Franz Kafkas*, a.a.O., S. 9.

> 着铅笔的指头在异常均匀和迅速地晃动着。他对着话筒说话非常简捷，让人往往甚至会觉得他也许要驳斥通话人什么，要问得明白点，但还没等到他说出自己的意图，他所听到的某些话就迫使他垂下眼睛写起来。(33)

虽然在逃脱了野蛮的角斗场和血淋淋的断头台后，身体不再面临被直接暴力袭击的危险，不再携带着表面上鲜红的伤口，但现代社会却在它那里留下了同样不可磨灭的标记：沉重的右臂、晃动的指头和下垂的眼睛。可见，身体在现代工业生产方式的强压之下碎片化、机器化了。这种标记所服务的是现代工作要求的身体的全面功能化，它将自己的意志强行写入了人的躯体当中，即"首先彻底肢解了它(身体)，再按照自己的标准——可见的、有利的和可被控制的，重新组装它"①。卡尔其实亲眼见证过这个消解的过程，他已经在舅舅阳台上看到了极具象征意义的一幕，"歪歪扭扭的人影同各种各样的车顶错综交织在一起，时而分，时而合，分分合合"(28)，都市的景象在这个意义上切割和模糊着一个个身体，但卡尔似乎无法识别隐藏在它背后的巨大危机。对于像他这样一个无知的少年来说，这无异于将自己向新的世界毫无保

① Ulrich Raulf: *Einleitung*. In: *Das normale Leben — Michel Foucaults Theorie der Normalisierungsmacht*, *a.a.O.*, S. 9.

留地敞开，在这种情况下，已有的规则必定抓住一切机会侵入他，而处于这种对立最前线的他的身体，自然难以避免被征服和压制的结果。

### （五）征服与压制

卡尔在被舅舅逐出家门后结识了爱尔兰人罗宾逊和法国人德拉马舍，假如将舅舅的遗弃看作他社会地位下降的开始，那么他之后社会地位滑梯式地迅速下降则与此二人有很大关系。罗宾逊令他意外失去了在西方饭店的工作，三人最终一同寄居在女歌手布鲁纳尔达家。最初结交时卡尔曾单纯地“希望从他们那儿得到好处”(72)，但事实上，三人的关系从来没有真正融洽过，或者说正好相反，罗宾逊和德拉马舍二人在卡尔身上看到的，也正是一个能够让他们“得到好处”的弱者形象，他们不断地欺骗和利用他，最后这种肆无忌惮的利己主义转化为了欺压和宰制的强烈欲望。罗宾逊为了阻止卡尔离开房间而导致的在布鲁纳尔达家的搏斗场面，就是这种欲望借助身体暴力获得的表达：

> 接着，他用手臂搂住卡尔的脖子，把自己全身的重量挂在卡尔的身上，两腿紧紧地卡住卡尔的腿，一下子把他拖倒在地上。但卡尔在那些电梯工中间学过一点格斗功夫，便出拳向罗宾逊的下巴打去，不过没有用力，完全出于宽容。而这家伙则不然，迅速而

无所顾忌地用膝盖猛地往卡尔的肚子上一撞，然后用两手捂住下巴，开始大声号啕起来……(155)

毫无疑问，卡尔到来之前，罗宾逊在布鲁纳尔达家的处境几乎可以用“不堪”来形容：他独自居住在狭小的阳台上，随时等候着布鲁纳尔达和德拉马舍的差遣。罗宾逊对德拉马舍毫无主见的追随是他沦落至此的主要原因，卡尔早就对他作出了判断，“你太依赖于德拉马舍了”(80)。当卡尔出现在公寓中时，罗宾逊似乎看到了一丝希望，他一方面向卡尔抱怨起身体的不适，渴望获得一位境遇似乎和他相差无几的同伴的同情，“在这屋里，没有人同我说话。咱们都是令人讨厌的人”(144)。另一方面，他迫切地希望在这种“相差无几”中证明自己的优势。拉塞尔·雅各比(Russell Jacoby)在《杀戮欲：西方文化中的暴力根源》一书中探索了暴力的根源，他认为西方文明中的暴力原型应当追溯至《圣经》里该隐谋杀亚伯的故事——正是巨大的相似而非巨大的差异激发了暴力[①]。身份或地位上的相近往往意味着自己随时会被取代，一个“相似”的“他者”突然介入令罗宾逊感到了前所未有的危机。逾越相似性的方式似乎只能诉诸暴力，因为正是暴力最直观地体现了“相似”中的“差异”。当他“把自己

① 参见雅各比：《杀戮欲：西方文化中的暴力根源》，见前注，第3页—5页。

全身的重量挂在卡尔的身上”(155)时,身体上的压制已经确立了自己的优势。

当然,这并不是卡尔在布鲁纳尔达的公寓中遭遇的唯一一次暴力,除了罗宾逊以外,他还要面对德拉马舍无时无刻的控制。获得了女主人的爱情之后,德拉马舍同时得到了主宰这间公寓的权力,他像动物世界里的一只雄兽一样,将罗宾逊、卡尔和房间中每一件家具强行划分进自己的势力范围。他先剥夺了卡尔的行动自由,他也无法忍受来自“臣民”一丝一毫的反抗。眼看卡尔的逃脱计划就要成功,“德拉马舍就迫不及待怒气冲冲地向卡尔冲过来”(163)。由于他被过大的睡袍蒙住了眼睛,卡尔仿佛一时占了上风,这时,“他的两脚突然不听使唤,被扑到他身后的罗宾逊喊叫着按住了”(163),虽然“卡尔竟忘记了自己不单单是在跟德拉马舍较量”(163),但罗宾逊的加入似乎顺理成章——他从来没有跟德拉马舍对抗的勇气,而站在眼下处于劣势的德拉马舍一边成为了他弥补自己一直缺乏的存在感的方式。罗宾逊迷恋德拉马舍的权力,并寻找一切机会附着在上面,当德拉马舍的对手成为了他的对手,当德拉马舍的胜利成为了他的胜利,他沐浴在向往的身份终于降临的错觉中,对卡尔大打出手。而对于卡尔来说,“这时当然不再是什么战斗了,而纯粹成了一种惩罚”(163)。

雨点似的拳头使卡尔痛得蜷缩着;铁锤般的拳

头越打越重，但他一直忍受着。(163)

他抓住卡尔的胸前，几乎把他提离地面，轻蔑得根本连看都不看一眼，然后将他狠狠地扔到一个相距几步远的柜子上，撞得他头和背锥心刺骨的疼。(163)

卡尔被疼痛感覆盖的那一刹那，画面定格在昏暗中他"惊恐的双眼"(163)上，这具躯体在承受过暴力的袭击之后已经发生了某些"变化"——它被极度的疼痛感所扭曲。这种体验一旦产生，便将永远停留在他的记忆里，"作为控制的手段之一，暴力无疑是最被信任的那种，因为受暴者的疼痛是无法被抹去的。痛感所触发的恐惧、怀疑和孤独使受暴者除了屈服之外没有别的选择"①。疼痛充满身体的那一瞬间已经决定了在它消失的地方必定留下了难以填补的空白，这种空白直接导致了心理上的被动。由于小说采取的是卡夫卡惯常使用的外视角，所以无从得知卡尔在两次被殴打之后的内心活动，但它们所导致的他对自己身份认同的负面影响却毋庸置疑：作为受暴者的卡尔像一名囚犯一样失去自由，但他不再尝试逃跑，而是几乎心甘情愿地成为德拉马舍和布鲁纳尔达的佣人。

小说的主人公在他的美国之行中遭遇的最具代表性的暴力发生在西方饭店，来到布鲁纳尔达家之前，即将被解

① Wolfgang Sofsky：*Traktat über die Gewalt*，a.a.O.，S. 70.

雇的卡尔碰上了名叫费奥多尔的门房长。两人刚一碰面，费奥多尔就掩饰不住“他那凶神恶煞的目光”(108)。很快，敌意转化为了身体上的进攻：

> 他紧紧地抓住卡尔的上臂，但不是那么稳稳当当地、让人还能忍受地抓着，而是不时地松开手，然后又紧上加紧，越抓越紧，似乎那强大的体力根本就使不完。卡尔的眼前出现一片昏黑。他不仅抓着卡尔，而且好像也奉命同时要制服他。他不时地把卡尔提得高高的，使劲地摇晃着……(114)

一系列“暴力的摆布”不断升级，费奥多尔逐渐迷醉在自己“强大的体力”中，力对力的优势最终走向了“力”的失控——当内心被极度的自恋所充满时，费奥多尔获得了“无限权力的幻觉”[①]。这种幻觉赋予了暴力不断逾越界限的勇气，卡尔的身体在此意义上失去了表征着生命尊严的原始特征，物化为一个内在于施暴者权力世界的对象化的符号，费奥多尔的所有努力便是要在这枚符号上写入自己的规则。费奥多尔的残暴很大程度上源于一种复仇的激情，身为门房长，他认为卡尔没有给予他足够的尊重，“惟独你一个从来就不向我打招呼”(110)。因此，将卡尔纳入自己的系统对他而言显得尤为必要。将

---

① Wolfgang Sofsky：*Traktat über die Gewalt*，a.a.O.，S. 49.

权力感的缺失诉诸暴力，支撑这种逻辑的是一种严格的自上而下的等级制度，也正是由于它的存在，费奥多尔的暴力获得了一定程度的合法性：

> 另外，从某种意义上来说，我身为门卫长凌驾于一切人之上。因为这饭店所有的门统统归我管，也就是说包括这个主门，三个中门和一个侧门，还有数不胜数的小门和出口就更不用提了。不用说，所有在考虑之列的服务人员都得无条件地服从我。(127)

“门”是内外关系的隐喻。在《变形记》中，正是一扇门隔绝了男主人公格里高尔私密的个人空间和外部的现实空间。门不仅划定了存在于此处与存在于别处的界限，它同样提供着“被接纳”或“被禁止”的可能。在这个意义上，为一道门设置门卫，意味着把跨越的决定权交到此人的手里。在卡夫卡的作品里，除了象征着主体和外部之隔的单独的门，也存在着一种组成了递进式整体的门的集合。寓言《在法的门前》里的守门人这样形容它，“里面每个大厅一个接着一个，层层都站着守门人，而且一个比一个强大，甚至一看见第三道守门人连我自己都无法挺得住”①。一扇又一扇的门将原本开阔的空间分

① 卡夫卡：《审判》，韩瑞祥译，载于《卡夫卡小说全集Ⅰ：全3卷》，见前注，第349页—350页。

割，制造出一层又一层的阻碍，守门人或者门卫的形象便依附于此，获得了一种天然的权力。不仅如此，这种阻碍按照由弱至强、由下至上的结构排列，它的守卫者们由此也形成了一种权力分配上的差别。身为链条中的一员，费奥多尔要求卡尔看到并且重视的，并不只是他身体的在场，而更多是他包裹着权力优势的社会身份，他不断用这种身份标识着自己，他要求卡尔“你必须任何时候都要用门卫长来称呼我，而不能用您。每次都得这样，少一次也不行”(111)。实际上，这种等级制的权力关系无处不在，它以强大的生命力随处扎根和延展，覆盖了整个社会网络，最后它进入人的意识，成为普遍认知中一个社会系统的基本形式。卡尔所遭遇的暴力在此意义上绝非偶然，它隐射出权力网络致力于制服、规训和改造身体的一贯策略，“它将约束、禁止和责任强加于它(身体)”①。而这也正是发生在对此毫无察觉的卡尔·罗斯曼身上的情况，他无法理解、无法融入，所以更无法阻止自己在一个如此的社会权力系统中不停地下沉。

### (六)“女性暴力”

在暴力书写中，对于暴力书写情节的预设一般分为暴力发生的环境、施暴者及受暴者。小说依照传统的观

① Michel Foucault: *Überwachen und Strafen — Die Geburt des Gefängnisses*, a.a.O., S. 175.

点，把成人男性作为权力的主要对象，女性则成了弱者和地位低下的主体，不能与男性一样享受社会特权，女性与男性被预先设定为受暴者与施暴者的形象。男性形象充满了男性中心主义色彩，作为受暴者的女性，在暴力行为发生前，其身份的本质已被界定，这一点尤为明显。艺术作品中，女性身体往往是最受青睐的"受暴者"之躯。暴力的血腥天生喜爱纯洁的画布，女性本身的柔弱和包容赋予了她们的躯体极大的承载力和表现力，粗野的暴力也在女性那里寻找到了一种"美"的可能。但女性身体在卡夫卡的文学世界中却脱离了"受暴者"的位置，体现出一种复杂的两面性。罗伯特·塞尔认为，"它们一方面以女性生理上的特征为塑造的模型，另一方面则是一种权力的象征"[①]。小说《失踪的人》中的三位女性人物：女佣布鲁默尔、波隆德先生的女儿克拉拉、女歌手布鲁纳尔达与主人公卡尔之间的关系同样可以理解为一种一方面以性吸引，另一方面则以暴力、强迫、征服为特征的双重结构。

女佣布鲁默尔勾引了卡尔，"和他生了一个孩子"(5)这段关系在卡尔的记忆中似乎自始至终是违背他本人意愿的，是"使他厌恶的往事"(21)，因为他"对那个姑娘并没有什么感情"(21)。甜蜜爱情的缺失导致女方不间断的示好成为了一种极富威胁的性暗示，"卡尔一挡住她的

---

① Robert Sell: *Bewegung und Beugung des Sinns — Zur Poetologie des menschlichen Körpers in den Romanen Franz Kafkas*, a.a.O., S. 48.

路，她就像女妖一样笑嘻嘻地缩回去……她取来卡尔根本就不想要的东西，一声不响地塞到他的手里”(21—22)。在舅舅的描述里，布鲁默尔大概 35 岁，少女的羞涩和矜持在她身上已经消失殆尽，取而代之的是粗俗和老练，与年仅十七岁的卡尔·罗斯曼相比，她不仅年长，女佣的职业更令她占据了体力上的优势，她对卡尔的心理进攻很快升级为强迫的身体接触：

> 她疯狂地搂住他的脖子，一边求卡尔剥去她的衣服，一边把他的衣服剥得精光，将他按到床上……她把赤裸裸的腹部压在他身上……接着她用腹部一次次地撞着他，他觉得她好像成了他的一部分。(22)

卡尔处于完全的被动和无知状态，女佣则像统治者一样主导着他的身体，在这个意义上，不仅男权社会原本的男女秩序发生了倒转，主仆之间的权力关系也被重建。一个孩子的到来最终确定了颠倒的事实，作为女佣的孩子的父亲，卡尔必须接受与此相符的身份上的“降级”。它的后果就是卡尔被驱逐出家庭关系，父母“为了不用支付抚养费和避免丑闻，就将他们的儿子……发落到美国来”(21)。

波隆德的女儿克拉拉与卡尔则首先形成了同龄人之间的相互认同，卡尔觉得她是“亲切”(38)的，心理上的接近逐渐诱导着卡尔将目光聚集在克拉拉的异性特征上，先是“那红艳艳的嘴唇”(39)，然后则是女性凹凸有致的身体,“他从来还没有看见过一条衣裙像她的那样紧紧地裹在身上,柔软结实的淡黄色裙料上显露出细微的褶皱,标志着绷紧的程度”(42)。如果说,他把女佣布鲁默尔看成是一个“女妖”的话,克拉拉在他眼里则像一只“猫”(45)。小说中女性的性吸引似乎难免最终以一种“危险的、解构的、动物性的和肤浅的”[1]面目出现,躯体之美散发着充满原始欲望的生理诱惑,而主人公本人在已经感受到吸引的同时再次陷入了对自己动物本能的抗拒,卡夫卡以一种满不在乎的语气宣告了这种“禁止”,“卡尔丝毫也没有把她放在心上,他宁可不被带到她的房间里去”(42)。正是抗拒关注的姿态激发了自信的克拉拉对卡尔的征服欲望,与女佣布鲁默尔不加掩饰的引诱相比,克拉拉对待卡尔的方式更像一场格斗,她先是“凭着她那受过体育锻炼的体魄几乎把他拖到了窗前”(44),然后:

> 他突然感觉到了她那不断增强的力量。她挣脱开他,趁机从上面擒住了他,使出一种少见的格斗步法抵住他的两腿,毫不喘息地将他推到面前的墙边。……欠着身子说:“现在你能动就动吧!”(45)

格斗的过程不仅令卡尔身体力量上的劣势表露无

---

① Frank Möbus: *Sündenfälle — Die Geschlechtlichkeit in Erzählung Franz Kafkas*. Göttingen 1991, S. 8.

遗,更让他看起来像缺乏某种技术上的经验。此外,格斗代表的是一种身体的对抗,这种物理层面的碰撞显然是卡尔无比排斥的,以身体作为沟通方式进入他视野的女性最终都无法获得他的认同。与之相反,当交流仅停留在精神层面时(比如特蕾莎),卡尔就不吝啬表达他的好感。与女性相处中的被动似乎影射出了卡尔把握命运的无能,他不仅失败于先天的"不足",更失败于外力作用下自身经验与周围环境的错位。这种错位在一次次对抗中不断加深,每一次都使他更加远离命运的原点。遭到父母遗弃之后,由于和克拉拉的纠缠耽误了时间,卡尔又被舅舅逐出家门,第二次陷入无家可归的境地。

第三位女性角色——女歌手布鲁纳尔达是一位躯体"过于肥胖"(142)的女人,她臃肿、行动不便,因此指挥着包括卡尔在内的三个男人一起服侍她。她庞大的身形仿佛一个兼具诱惑力与压迫感的符号:一边是来自成熟异性的性启蒙召唤,另一边则是因她而降临的被囚禁为奴的命运。布鲁纳尔达的性感首先展现在她和德拉马舍之间充满情欲的互动中,她慵懒、娇柔,在卡尔窥视的目光中享受着自己作为异性的身份;其次,它是在罗宾逊的叙述中被建构起来的,后者回忆起她曾经毫不顾忌的裸露时,称那是"赏心悦目的时刻"(144)。卡尔内心的阻挡机制此时再次启动,罗宾逊则将卡尔的激烈反应理解为一种少年的羞涩,他说:"你果真还是个孩子,罗斯曼。……你涉世还太浅,有许多东西要学。"(144)罗宾逊所谓的学习,指的就是以性为内容、以成熟为目的的学习,在此意义上,卡尔“不成熟”的状态无非是一种处于倾倒和对抗之间的心理上的两难。主人公本人也觉察到了这种心理对抗转化为直接暴力的必然趋势,“要是摆脱开她,卡尔似乎只能跟她扭打起来”(160)。搏斗最终没有发生于两人之间,它由罗宾逊和德拉马舍代为执行了,布鲁纳尔达的权力地位允许她对此袖手旁观。卡尔的困境最终得到了“解决”,压制摧毁了原本的心理状态,导致了他自我认知的“降级”,卡尔不再徘徊于两难之间,因为除了服从之外他已经不再有别的选择。小说收录的残篇《布鲁纳尔达出游》一章中,当卡尔推着已经坐在轮椅上的布鲁纳尔达站在一位警官面前时,警官的话道出了他堕落命运的又一个节点:“这样一位小姐还称得上是小姐吗?而您,小伙子,……难道您就不能找一份好些的差事吗?”(182)

当然,有关女性与暴力问题的讨论必定容易让人越过小说情节本身看到女性自始至终被外在的环境与准则所塑造的现实,而这种由传统固化观念所衍生出来的对价值的批判本身就很容易引发暴力。其实,女性的身份并非永远固定的,当女性开始意识到对性别建构的本质,男性就会逐渐丧失对女性身体与精神的掌握与控制。他们用暴力来压制女性追求自由的想法。这就说明,在男性和女性之间建立一种崭新的关系是无法让女性获得独立和自由的,唯有当女性真正觉醒,男性对女性造成的暴力伤害才能得到制止。

## (七)俄克拉何马剧院——暴力的真空?

假如将《失踪的人》看作卡尔·罗斯曼一趟笼罩在暴力阴影中的旅程,以"舅舅—饭店—布鲁纳尔达"为关键词的地点转换则构成了这趟旅程的基本行进路线,经历了漫长的坠落后,卡尔终于来到了它所指向的终点——俄克拉何马大剧院。如果说正是"美国"无处不在的暴力威胁将卡尔步步紧逼至此,那么与小说前半部极其现实和残酷的社会网络相比,独立于这个"社会空间"之外的俄克拉何马剧院仿佛应当成为"伤痕累累"的卡尔的"避难所"和他触底反弹的最后一丝希望。实际上,被马克斯·布罗德以"俄克拉何马的露天剧场"(*Das Naturtheater von Oklahoma*)[①]命名的一章,尽管是否可被看作小说结尾,甚至是否真正完成尚且没有定论,但从其被赋予的强烈的"彼岸和超验"[②]色彩中,很难说感受不到一种结束主人公现实命运的尝试。

根据马克斯·布罗德的回忆,卡夫卡本人曾经打算赋予小说尾声一种"和解式的淡出"(versöhnlich ausklingen),他称:"卡夫卡微笑着讲了难以捉摸的话,他说他年轻的主人公将在那'无边无际'的剧院里找到工作、自由和依靠,甚至借助天堂般的魔力重新找回了失去的故乡和父母。"[③]

---

① Wolfgang Jahn: *Kafkas Roman „Der Verschollene"(„Amerika")*, a.a.O., S, 91.

② Ebd.

③ Klaus Kuniszen: *Kampfbeschreibung — Melancholische Konflikte im literarischen Werk Franz Kafka*. Dünau 1985, S. 167.

布罗德以此为据，断定了残篇“俄”一章的基调，即它是出现在卡夫卡作品的主角们身上并不常见的“正面解脱”(eine positive Auflösung)。彼得·拜肯(Peter Beicken)进一步将这种解脱解释为“乌托邦式的”消解对抗的方式，主人公卡尔借助它完成了“艺术家的自我实现”①。但除了用“和解”的画笔完整地涂满卡尔美国之旅的结局一幕之外，克劳斯·库尼策(Klaus Kuniszen)认为“俄”一章似乎更多处于“艺术作品所呈现的现实与乌托邦之间”的某个位置，它没有解决或者反转卡尔·罗斯曼在现实世界中的失败，而是将其提升到了非现实的层面，“读者感受到的矛盾和讽刺来源于用力扭曲后的荒诞，极度的‘主观化’似乎营造出超验氛围，但它实际上最终回归了现实性”②。波德·普拉赫塔(Bodo Plachta)同样认为，伴随着布道式的广告、招聘时极度异化了的官僚程序以及令人生疑的社会承诺的是对新约救世因素的戏拟，这让“和解”之说备受质疑。③ 文本中的确存在隐藏于神圣背后的滑稽和不和谐：剧院里号角喧天，数百名化装成白衣天使的年轻女性在翩翩起舞，不过“这号声音调不统一，胡乱

① Peter Beicken: *Franz Kafka — eine kritische Einführung in die Forschung*. Frankfurt a. M. 1974, S. 260.

② Vgl. Klaus Kunißen: *Kampfbeschreibung — Melancholische Konflikte im literarischen Werk Franz Kafka*, a.a.O., S. 167.

③ Boda Plachta: *Der Verschollene — Verschollen in Amerika. In: Interpretationen. Franz Kafka. Romane und Erzählungen*. Stuttgart 1994, S. 95.

吹奏,混乱不堪”,而那些跳着舞的“天使们”小小的头部与高大的身材有些比例失调,披肩发垂落在硕大的翅膀中间或旁侧又显得异常短小和滑稽。

在这个意义上,小说的内在“现实逻辑”并没有被突然降临的“美好”所打破。实际上,暴力之于人的结果在此被表述为一种象征意义上的“牺牲”,它延续了小说内部主人公卡尔堕落发展的轨迹,非但没有切断“受暴者”的命运链条,反而在一种超现实的层面上巩固和强化了它。换句话说,“现实层面”中充斥的暴力反倒在一个暴力缺席的现象世界中凸显出了它的影响,当这个世界的大门向卡尔开启的时候,似乎是用尽了全身力气要将他攫为己有:

> 今晨六点至午夜,俄克拉何马剧院在克莱顿马戏场招聘人员。俄克拉何马大剧院在召唤你们!召唤只在今日,千载难逢!机不可失,时不再来!谁憧憬未来,谁就属于我们!欢迎每一位光临!谁想成为艺术家,就赶快来报名!我们这个剧院能使你人尽其才,各显神通!谁看中了我们,我们即在此向他祝贺!但诸位务必从速,赶在午夜前接受召见!十二点整一切都将关闭,恕不接待!谁不相信我们,后果自负!请奔向克莱顿!(185)

宣传语贩卖的是一种承诺的假象,几乎每一句都以一个不容置疑的感叹号作为结束。严格的形式化激发起抗拒感，卡尔产生了“所有类似的招聘广告向来都是这一套”(186)的想法。即使在这样的念头中，依然吸引他的是“欢迎每一位光临”的邀请，或者说，正是这句话迎合了卡尔摈弃过往的一切，包括自己的身份认同愿望，“他把迄今所干的一切全都置于脑后，谁也没有理由因此而责怪他”(185)。“每一位”的指称包裹的一致性同样也是现代职业社会对个体的要求，它将原本自然属性的自我认知压缩到符合“入口”大小的平均水平，不论是招聘处裹着白纱的天使，还是随后在剧场前出现的带着角的恶魔，进入俄克拉何马的每一个人原本的面目都遮掩在被赋予的“职业身份”之后。于此意义上，卡尔幼稚的比喻却道出了这个“乌托邦世界”的现实本质：俄克拉何马剧院是个大企业(186)。

卡尔走进了俄克拉何马剧院的大门，也走进了清洗掉旧有身份的洪流之中。没有携带证件的卡尔·罗斯曼为自己选择了“尼格罗”(Nergo)这个新名字。作为他“最后的称呼”(193)，这个名字同时确定了他新的身份。在《泰阿泰德篇》(*Theaetetus*)一文中，苏格拉底提出了蜡板的隐喻：每一个人的心中都有一个记忆的蜡板，可以在上面刻上自己的情感和思想，以便我们能够记住生活中所见、所闻、所感受到的事物，然而，如果这些事物不能在当下被感受，不能在心灵中留下印记，那么就会消失，我们就会遗忘事物中的图像。这说明，当下感受对个人记忆的影响十分关键，卡尔迷失在当下，他主动地放弃感受自己过去的痕迹，被动地丧失了记忆。而忘记的遥远时刻，通常要依赖现实生活中主体对曾经感觉的回想，才能重新被纳入身份建构当中。而就像阿多诺提出的，当一个人与他现在的样子、历来的样子和曾经的样子格格不入的时候，他过去所是和所曾经历的一切都化为了烟云。[①]卡尔在被流放的命运中，在家乡的渐行渐远和父母的冷漠中摆脱了对记忆的依赖，记忆带给他的自省能力也消失了，记忆中过去曾感受和经历的一切都无法再被感知。

卡尔遗忘失去的是他自己的历史，这也使他失去了个人的优先性。对于个人而言，当认识到自己的存在时，人就已经发生了变化，而人与其他动物的区别就在于，每个人的记忆和思维都能感觉到以前的自己。换句话说，人认为自己是“同一物”，在生命的持续发展中，人可以不断回到“同一物”，在这个不断往复的过程中，人拥有坚强的意志可以让自己不断地超越自我。这种往复的能力，取决于一个人对自己过去的记忆，因此，假如一个人失去了记忆，那么这个人就不存在了。在海德格尔的观点中，人是被抛弃在这个世界上的，是非常微不足道的，不能决定自己的生死，但人又是独一无二的，人可以感受到自我的存在，在一种“此在”的动态中不断超越自己，而人在这方面可以超越动物的关键就在于记忆。丢失记忆，就意味着丢失了历史，丢失

---

① Stefan Müller-Doohm：*Die Soziologie Theodor W. Adornos. Eine Einführung*. Frankfurt a. M. 1996，S. 4.

了身份，变成了一个无法感知自我存在的人。那么，为什么家人总是占据着记忆的核心，占据记忆中最重要的位置？这是由于家人往往见证个体的生与死。卡尔失去了家人的陪伴和旁观，也没有了人生最初的姓名，在异国他乡成为了孤家寡人。卡夫卡应当是对阿瑟·霍利切尔的美国游记和照片《美国：今天和明天》有着深刻印象，阿瑟的书中有一张照片，照片中是两名被吊死的黑人，还有一群白人悠然自得地炫耀他们的战利品。执行者握着黑人的裤脚，黑人如同牲畜一般被娱乐、被展示，没有任何尊严。照片名为“田园诗般的俄克拉何马（Oklahama）”，卡尔最后的剧场名为“俄克拉何马（Oklahoma）”，二者之间的联系是显而易见的。[①] 在书中，黑人被处决之后，卡尔改名为 Negro，随着一列离开的列车不见踪影。卡尔完全失去了姓名，失去了成为群体成员的资格，再也没有其他身份。在这个意义上，作为家族符号、也作为个体身份认同的直观标志的卡尔的姓氏也呈现出了某种负面意义：罗斯曼（Rossmann）一词的词根 Ross 意为“马，愚蠢，笨驴”，而 mann 在德语中则是“男人”或“男性”的意思，假如从词源视角来看，可以将它的词义理解为一个未开化的、不完整的个体。那么，当一个人脱离了存在，当他被排除在死亡的可能之外，进入一种非死非灭的局面，失去了对死亡的

---

① Vgl. Jahn: *Kafkas Roman „Der Verschollene“ („Amerika“)*, a.a.O., S. 101.

恐惧，他即可以等同于一个“不完整的人”。

沃尔夫·扬(Wolgang Jahn)同样在这次身份转换中预见了主人公难以避免的死亡。不论是否如此，这个德语里极为少见的名字的确难免让人联想起英语口语表达中的“黑奴”之意。① 以此为出发点，卡尔接受的新身份不是别的，而是一名“奴隶”。在这个意义上，俄克拉何马剧院确定了卡尔处于功能化暴力中“受暴者”位置上的最终命运，它击碎了卡尔的意志，消解了他的身份，也抽空了他的自我认知，使他成为大剧院茫茫人海中的一员，以“奴隶”之名消失在去往俄克拉何马的火车上。

## 四、暴力中坠落的人生——卡尔·罗斯曼的美国之旅

单纯而幼稚的卡尔·罗斯曼自被父母赶出家门、踏上美国的土地的那一刻起，就身不由己地陷入了一张无形的大网。这张大网束缚和压制所有被其包裹的人，谁要反抗，必然遭到惩治。现代社会结构性暴力与权力的

---

① 参见上页注①。扬认为，英语词 Nergo 原本的意义是“黑人”。查阅一下曾经给卡夫卡提供了许多素材的阿图·霍利彻所著的介绍美国的书，可以在 367 页上发现一张照片：一个黑人刚刚被执行了死刑，被吊死在一棵树上，周围是一群戴着礼帽的白人男性，他们显然对刽子手的行动非常满意。照片的下面写着一句极具玩世不恭的话：“俄克拉何马的田园风光”。扬以他的这一发现试图说明 Nergo 这个名字与“黑奴”之间的关系。对于本书来说，它则也证实了卡尔接受的新名字与暴力之间的关系。

结盟是这张大网的基本特征，在显性和隐性的等级秩序中，人得明白自己所处的位置，不得逾越。冒犯了权力就会受到惩罚，如果说卡尔在被舅舅赶出去的时候还有些不明就里的话，那么，西方饭店门卫长费奥多尔以及原本同是流浪汉的德拉马舍和罗宾逊则用身体暴力造成的疼痛让卡尔记住了这一点。在另外一层意义上，作为一个发达的资本主义国家，作为新大陆，美国在很多人眼里就等同于一种上升的可能性，就像西方饭店的厨师总管所说的那样，在这里可以“靠勤奋和精心一步一步地向上走”(132)。如果说，作为同是从欧洲来的移民，厨师总管本人在美国三十多年的经历为她的这一说法做了最好的注解的话，那么，卡尔的舅舅，这个昔日一无所有，如今却坐拥自己的康采恩的参议员更被视为“美国梦”的典范。然而，正像舅舅在给卡尔的告别信中所写的，“我现在的一切都归功于我的原则”(60)，虽然作为一个讲原则的人，“这不仅对我周围的人，而且对我本人都是非常不愉快的、也是伤感的”(60)。[①] 相比之下，厨师总管不像卡尔的舅舅那样锋芒毕露，她甚至出于“同情”愿意向卡尔和来自波希米亚的女打字员伸出援助之手，但她“早年”地位不稳的时候的“忧愁”(89)让她更懂得在必要时如何在权力系统中保全自己，所以她最后宁可相信门卫长对卡尔

---

① Vgl. Jürgen Pütz: *Kafkas „Verschollene“ — ein Bildungsroman? Die Sonderstellung von Kafkas Romanfragment „der Verschollene“ in der Tradition des Bildungsromans*, a.a.O., S. 48.

的无理指控，也不愿意再为卡尔说一句好话。

可见，在这样的权力体系中，要想实现“上升”的梦想是要付出代价的。[①] 而这一代价的核心首先就是强制性的自我限定，它和舅舅挂在嘴边的“原则”和“纪律”一样，既针对他人，也针对自己。换言之，作为结构性暴力的具体体现，“原则”和“纪律”的落实不需要一个身影清晰的施暴者。它与以身体为对象的“直接暴力”不同，施加压力的媒介和途径甚至更多，目的在于强迫受暴者获得一种顺从和臣服的意识，强迫他克服对权力的无知和无视。从这个意义上，卡尔·罗斯曼的美国之旅就是他学习臣服权力的过程。暴力——无论是直接暴力还是间接暴力——在这一“学习”过程中的作用是决定性的。前者通过身体直达意识，后者却也会通过意识给受暴者的身体留下痕迹。能够充分说明这一点的是卡尔的鞠躬：刚到西方饭店时，卡尔站在门外给厨师总管鞠躬，后者批评他做得可不怎么得体。而后来，他则很快学会了快速的深度鞠躬。可见，作为暴力与权力的交汇点，身体一直是暴力窥探的对象。

对于卡尔·罗斯曼来说，暴力强制下学习臣服的过程是一个不断失去的过程：先是家乡和亲人，然后是到美国之后曾经给他带来希望的作为落脚点的舅舅的家，接

---

① 且不说还有很多最底层的人根本没有等到“上升”的机会，就已经失去了性命，就像“西方饭店”的女打字员在工地上做工却从高空中坠落而死的母亲那样，“美国梦”对于这些人而言就是一场“噩梦”。

下来是父母的照片，从而导致现在与过去彻底断裂，而好不容易在西方饭店找到的工作也不能持久。伴随着这一过程的则是人的改变和坠落：一开始的单纯无知逐渐被麻木无力所替代。也就是说，卡尔不仅在社会的权力秩序中一降到底，他作为个体也越来越没有了自我，在丧失了个人的意志和尊严之后，最后连名字和身份也都不复存在。

于尔根·皮茨(Jürgen Pütz)在这一坠落式的发展中看到了《失踪的人》与德语修养小说传统的关联。[①] 假如从一个宽泛的"修养小说"概念[②]出发，即"主人公能或多或少地明确意识到，他所经历的不是一连串的偶然的冒险，而是一个自我找寻和在世界上辨别方向的过程"[③]，的确可以发现隐含在《失踪的人》中几个修养小说的指向性特征："形成中的人"[④]意义上的"成长故事"，人与外部世界之间的关系，所谓的"修养要素"(Bildungselemente)即旅行(Reisen)、艺术(Kunst)和修养谈话(Bildungsgespräche)的在场或者暗示性在场。[⑤] 然而，这些修养小说传统的

---

① Vgl. Jürgen Pütz: *Kafkas „Verschollene" — ein Bildungsroman? Die Sonderstellung von Kafkas Romanfragment „der Verschollene" in der Tradition des Bildungsromans*, a.a.O..

② 关于修养小说的概念和基本特征，参见古裕：《德语修养小说研究》。北京：北京大学出版社，2013 年，第 3 页—54 页。

③ Jürgen Jacobs: *Wilhelm Meister und seine Brüder. Untersuchungen zum deutschen Bildungsroman*. München: 1989, S. 37.

④ 谷裕：《德语修养小说研究》，见前注，第 21 页。

⑤ 关于"修养要素"参见 *Interpretationen. Romane des 20. Jahrhunderts*. Band 2. Stuttgart 1993, S. 269.

背景恰恰更加强烈地反衬出《失踪的人》“反修养小说”(Antibildungsroman)的特质：其一，就“成长”而言，小说讲的虽然也是一个年轻人的经历和故事，但它却不再是迈斯特意义上的成熟，更不是魏玛古典主义时期人的自我完善，而是一种社会下行和坠落的过程；其二，就人与其所处的外部环境而言，卡尔·罗斯曼不像歌德的迈斯特那样一直受到塔楼组织的暗中保护和引导，他面对的自始至终都是一个充满暴力和敌意的世界；其三，就所谓的“修养要素”而言，且不说旅行本身就是惩罚的手段，谈话往往也变成了训诫，就连艺术也不可能是自我完善的手段。恰恰相反，在卡尔最终变成一个一无所有的流浪者的背景下，他在舅舅家时接受的短时间的钢琴和马术课更像是一场颇为滑稽的白日梦。相比之下，他在“西方饭店”一度与女打字员特蕾泽一起阅读学习商务信函的教科书要显得更为真实一些。只不过，市民阶层上升期自我教育(sich bilden)的理想在这里已经降格为现代社会里小人物自我培训(sich ausbilden)的梦想，而即便是这一梦想，对于卡尔来说也是难以实现的。在直接的和间接的、有形的和无形的暴力的不断“塑造”下，卡尔一步一步地向下滑落，无可挽回，即使貌似超验的拯救也未能奏效。而他最终的“成型”不是在别的地方，就是在俄克拉何马剧院里：在弥赛亚即将降临般的氛围中，他以“尼格罗，来自欧洲的中学生”的身份最后一次提到他曾经有过的梦想：“我本来想成为工程师。”(193)可他最终还是被安排当了一名“技术工人”，成为俄克拉何马剧院这个“大企业”中的一员，就像一颗新锻造出来的小小螺丝钉，终于被紧紧地拧到了一部大机器上。

暴力由此完成了它对人的“塑造”，而恰恰在这一点上，的确得以瞥见 20 世纪初的反修养小说《失踪的人》与 18、19 世纪传统修养小说的共通之处。只不过，后者的出发点是描写人的修养和发展，前者则展示了人如何被强力按进权力关系的模式中。

# 第五章 《在枪林弹雨中》——现代战争空间中的“崇高”的暴力

作为“现代主义的一种暴力”[①]，第一次世界大战是理性走向技术之毁灭力量最典型的形式，是暴力积淀到一定程度后的瞬间喷涌。那些原本溶解在日常生活里的模糊的现代体验，例如约束感、边缘感或者被同一化、匿名化的感受，在战场这个独特的空间中，在同暴力零距离的亲密接触中，一次性地、示范性地显现出来。“没有任何一个地方像战壕一样更能让一个现代人感受到他个体身份的丧失，他将永远被作为一个客体，暴露在匿名权力随时准备摧毁他的危险之中。”[②]进入现代战争的个体，由此获得了一种前所未有的生存和死亡的体验。在文学世界里，“战争暴力”作为审美对象将其原本导致

---

① 阿尔特：《恶的美学历程——一种浪漫主义解读》，见前注，第434页。

② Helmuth Kiesel: *Ernst Jünger. Die Biographie*. München 2009, S. 175.

的这种独特经验转化为了一种“感性的、形象化的历史图景”[①]。它一方面丰富了历史线索中战争文学的形象，另一方面，它更是20世纪初文学暴力话语不可忽视的重要组成部分。

《在枪林弹雨中》是恩斯特·荣格尔发表于1920年的一部日记体小说，记录的是作者在一战前线的战争经历。叙述者“我”是一位年轻的志愿军，满怀着向往巨大危险的激情放弃了学业，在“有所作为”(16)[②]的决心中踏上战场。凭借着战斗中的果敢和14次负伤，于小说结尾被授予“蓝马克斯功勋勋章”(der Pour le Mérite)[③]。小说以日记的形式将战争暴力作为人的内心经历再现于文学中，布鲁斯·查特温(Bruce Chatwin)将它形容作“一部对现代战争的残忍的礼赞”。[④] 但事实上，荣格尔笔下战争的内涵要丰富得多，而且充满了悖论：它既是原始的、自然的，又是现代的、技术的，与此同时，战争在荣格尔以个人经历为素材的描述中又被“提升为超越个人经历体

---

① Jürgen Nieraad: *Die Spur der Gewalt. Zur Geschichte des schrecklichen in der Literatur und ihrer Theorie*, *a.a.O.*, S. 150.

② 以下作品引文仅在括号里给出页码。出自 Ernst Jünger: *In Stahgewittern*. Stuttgart 2014。

③ 也称作铁十字勋章，1813年由普鲁士首先开始授予，其铁十字边为银色。

④ 布鲁斯·查特温：《一个战时的审美主义者》，载汉娜·阿伦特等：《暴力与文明：喧嚣时代的独特声音》，王晓娜译，北京：新世界出版社，2013年，第137页。

验的客体”。[①]

小说里，主人公将奔赴战场视为脱离市民文化背景下乏味和庸俗的存在状态的一种途径，试图通过战争经历实现对“崇高”和“非凡”理想的追求。在这个意义上，战场空间以“原始丛林”的隐喻得到再现，与此同时，小说中的战争暴力获得了一种悖论式的表述特征：一方面，战争制造出极度的恐惧，这种恐惧在荣格尔看来无异于极度的兴奋；另一方面，这种极度的兴奋(或者说恐惧)感又通过具有新实际美学特征的冷静、写实的记叙方式得到展现。彼得-安德雷·阿尔特(Peter-André Alt)将这种原则比作感知和事件的直接对应，他认为，“荣格尔借助一种美学纲领的感觉论对战争进行描述。他笔下的战争恐怖包含了一种已经达到欣喜若狂的经历和体验”。[②]

## 一、战争作为对市民文化的反抗

“精神空虚”是经历了19、20世纪之交的欧洲社会的一大特征。正是在这一前提下，摆脱空虚感成了那个时代青年人一种急迫的生存需求和自我成长的愿望。在小说《在枪林弹雨中》里，这种空虚显然与市民阶层千篇

---

① 阿尔特：《恶的美学历程——一种浪漫主义解读》，见前注，第443页。
② 同上。

一律、乏味平庸的日常生活难脱干系。战争在这个意义上不仅强行打断了单调的重复感，开辟了走出家门、去闯荡世界的可能性，更构成了一种新的、具有吸引力的生活方式。"我们离开了教室，课桌和讲台，短短几周的训练将我们融为一个伟大的、充满激情的整体。"(7)战争的爆发仿佛像奇遇一般，改变了类似主人公这样的千千万万青年人的命运，他们欢呼着投身其中，"只要不待在家里，只要能够跟着一起干"(8)，其他一切都变成了次要的。资料表明，第一次世界大战爆发时，德国有 150 万人自愿报名入伍，其中不乏知识分子和艺术家，[①]假如仅仅用民族主义激情来看待这一现象，显然得不到完美的解释。正像托马斯·曼所言："艺术家、本身是艺术家的士兵怎能不欢呼一个他如此厌烦，厌烦得到了极致的和平世界的坍塌。"[②]

世纪之交的末世氛围和普遍存在的对威廉二世时期现实生活种种弊端的厌恶使战争成了一些人眼中的出路，荣格尔和他的同龄人对市民、市民生活的反叛同样导

---

① Wilhelm Krull: *Im Foyer des Todes. Zu Ernst Jüngers „In Stahlgewittern" und anderen Texten über den Ersten Weltkrieg*. In: Heinz Ludwig Arnold (Hg.): Heft 105/106. Ernst Jünger. Text + Kritik. Zeitschrift für Literatur. München 1990. S. 27.

② Thomas Mann: *Gedanken im Krieg*, in: Die neue Rundschau, 25(1914). Hier zitiert nach Wilhelm Krull: *Im Foyer des Todes. Zu Ernst Jüngers „In Stahlgewittern" und anderen Texten über den Ersten Weltkrieg*. In: Heinz Ludwig Arnold (Hg.): Heft 105/106. Ernst Jünger. Text + Kritik. Zeitschrift für Literatur. a.a.O., S. 27.

致了他们纷纷选择用一种近乎决绝的方式向所出身的市民“美好社会”(Gute Gesellschaft)[①]挥手告别。正是从这个意义上,凯姆普费尔(Wolfgang Kämpfer)将荣格尔视为“狂飙突进”的后辈和现代的造反者。[②] 与尼采崇尚力之对抗相似,荣格尔反复强调人类在哲学上对战争和暴力的需求。正因为威廉二世时代压抑的基调“日益强烈,就像致命的毒药”[③],战争的毁灭性才与其释放出来的能量一样重要。“战争是最好的欣赏旧形态的消解和新形态的建立的地方。”[④]在毁灭殆尽后的废墟之中,新的东西才有可能攀爬出来。“生物学主义把战争造成的死亡变成了再生的机械装置”[⑤],战场的硝烟发挥了“催化剂”的作用,提供了逃离“规律”(Routine)、固化以及同质化的市民生活结构的途径。换言之,第一次世界大战开创性地为长期占据主流话语的市民文化画上了句号,很显然,对荣格尔而言,那是一种已经乏味的、僵化的生活体验,他在后来回忆这一段时间时表示:“我感受到告别让我越来越难以忍受的生活的愿望逐渐强烈,我感觉到我对广阔天地和自由的需要。我完全有理由相信,在市民的日

---

① Wolfgang Kämpfer: *Gewalt und Wohlverhalten. Ernst Jünger und die Revolte der Moderne*. In: Heinz Ludwig Arnold (Hg.): Heft 105/106. Ernst Jünger. Text + Kritik. Zeitschrift für Literatur. a.a.O., S. 14.

② Ebd.

③ Ernst Jünger: *Das abenteuerliche Herz. Erste Fassung*. In: Ernst Jünger: Sämtliche Werke, Band 9, Essays III. Stuttgart 1979. S. 31.

④ Ernst Jünger: *Politische Publizistik: 1919 -1933*. Stuttgart 2001. S,60.

⑤ 阿尔特:《恶的美学历程——一种浪漫主义解读》,见前注,第 439 页。

常生活中这些都是无法实现的。"[①]。

由此可见，荣格尔将从枯槁中挣脱的希望寄托于走入战场，在《在枪林弹雨中》的第一章中，荣格尔以一种感受的两面，分别突出了对士兵身份的期待和对市民身份的厌倦，即使等待他们的有可能是死亡，也"不会有比这更美好的死亡形式了……"(7)离开了学校，便意味着离开了市民日常的生活规则。主人公所向往的，是冲破"麻木"之后的一种"英雄式"的人生潜能的爆发。与其在庸俗中窒息，不如在"冒险"中绽放，而这一切都要依靠经历"危险"来完成。因为暴力的危险是致命的，战场上更是如此，于求生的本能当中，感官能力将获得意想不到的延伸。在这个意义上，战争完成了末世基调中的"毁灭的狂欢(Orgie der Vernichtung)"(212)。假如从力的勃发的意义去看待"毁灭"与"狂欢"的形式，它们都是尼采的酒神式精神的一个侧面，是一种无限接近"超人"理想的士兵品质。在荣格尔看来，这种战争精神是对尼采最优美的应答。

> 人们心中的一股力量翻腾起来，它于战争的粗野中添加了精神之美：那是面对危险的实实在在的快乐，是骑士守护战场的信念。四年之中，战争之火锻

---

① Ernst Jünger: *Kriegsausbruch 1914*. In: *Sämtliche Werke*, *Bd. 1*. Stuttgart 1978. S. 541.

> 造出了一个愈发纯洁、愈发冒险的它自己。……在这里，在钢盔下的面孔里，诞生了一类崭新的、果敢的战斗人种，他们从人类历史中脱颖而出，于火焰的炙热之处、于死亡的极寒之地留下了他们的印记。(213)

马尔库斯·巴尔特(Markus Barth)在其论文《日常中的生活艺术》(*Lebenskunst im Alltag*)中将传统意义上的"日常"定义为"没有事件发生的、灰色的、用于生产和再生产的时间，期间无任何'意义'发生"，并将"经历"(Erlebnis)、"事件"(Ereignis)和"冒险"(Abenteuer)视为日常的对立面，它能冲破日常，但与占据人的一生的绝大部分时间相比，它仅仅显现于某些爆发的"瞬间"。[①] 以此为出发点，可以发现，战争很大程度上集合了传统日常概念对立面的诸多现象，其冒险性以及将个体不由分说地卷入其中的巨大的能量近乎某种意义上的节日般的狂欢，大概正是如此，它吸引着对灰色的、无意义的市民日常无比厌倦的青年人欢呼着投奔其中。

然而，荣格尔的小说还展现了战争作为冒险经历的另外的一面，那便是源于其本身的另外一种同样具有持续性和权力化的模式。当个体被"安置"(eingerichtet)在战争中时，他很可能在长达数年的时间里被禁锢于其中。

---

① Markus Barth: *Lebenskunst im Alltag. Analyse der Werke von Peter Handke, Thomas Bernhard und Brigitte Kronauer*. Wiesbaden 1998. S. 11.

受到战争巨大的能量的裹挟，参战者只能持续地对自身“某种实现潜能”不断地出让又不断地重建。此外，它也显现出一些与和平时代不同的、独特的元素：无法解决的匮乏感以及如影随形的不安全感，这是一种很难中断的与惊恐相伴并无法躲藏的状态，在这个意义上，它与市民社会近百年时间努力维持的趋于稳定的生活完全背离。

战争虽然是人生命存在的某个片段或某段过程，但颇有悖论意味的是，它在一段特定的时间内，却也构成了士兵全部的“日常”，而这种特殊的“日常性”首先表现为严格的时间规定：几点集合（Appell），几点行军（Marsch），几点交火（Gefecht），几点站岗，几点待在战壕里（Schanzen）接受检阅（Parade），甚至连原地休息（Ruhestellung）和在营地休息（Ruhequartier）的时长都有明确的规定。但另外一方面，战争的时间节奏并非人的意志能够决定的。因为它在很大程度上取决于敌人的时间选择或者其他偶然因素。因此，市民日常世俗生活给予人的安全感（Gefühl der Geborgenheit）消失殆尽，或许正是这种安全感的丧失和规律链条的断裂让小说主人公养成了睡前清点自己物品的习惯：水杯、毛巾还有胸前的怀表。“我拿出怀表，先把它放在我肚子上，再拿到我的眼前，最后放在我的耳边”（157），然后，他在怀表的滴答声中睡去。

这里值得关注的是小说的日记体形式。如果说，日记体本身意味着对某种被称为“战争日常”（Kriegsalltag）（3）的时间秩序的建构，那么，这一日常体验的另一个层面则是空间体验。与城市日常生活的场所以个人或家庭活动的房屋及其延伸为主不同,在战争小说中对战场空间的表现中,“战壕”这种独特的空间最为引人注目。战壕的地貌拼凑成了战争的基本“面容”,也成为士兵生活的主要场所,其功能性也随着士兵的需求不断丰富,“战壕蜿蜒九十多米,占据了半公顷的土地,里面建有厨房,士兵的食堂和军官的餐室”。(220)也就是说,战壕中的日子并非完全是炮火和行动,大多数时间都是在聊天、读书或者是在等待中度过的。在一战的战壕废墟中仍然保留着大量物品,这证明了这种典型的日常生活空间与大多是两米多宽的狭小的战壕空间的重合。除此之外,人们认为战壕一方面是士兵上前线去打仗之前短期居留的地方,但实际上,在战争中的某些阶段,士兵们要在里面待上很长时间,可能是住上五六天,然后离开二十天再回来,这样来来回回,因此在某种意义上,它构成了可以供士兵们回归的相对确定的生活空间。只不过,战壕在提供一定的掩护功能的同时,也极度地限制了人的活动自由,就像小说中所描写的,“有个老兵告诉我,他在战壕中百分之九十的日子是百无聊赖的,百分之九的日子冷得彻骨,剩下的百分之一是害怕”。(220)另一方面,战壕的地貌拼凑成了战争的“面容”,它“是军事安全措施的典范,可是它也会变成起毁坏性作用的地方”,它存在的作用则在于令人能够随时消失于地面。阿尔特这样形容战壕在恐怖美学范畴里与坟墓的相关性:它是战争暴力集中的场所。除此之外，在感知的意义上，它吸纳了几乎所有危险于视觉、听觉、嗅觉上的可辨认性，因此无限放大了所有与此相关的感官体验，最重要的是，它将它们浓缩在一个极其狭小的范围里。小说中，它表现为一种深处其中的感知上的瞬间错乱，“他（总参谋长）指着地图然后问道：‘他们为什么不能（在战壕里）向右靠拢？’此刻我才意识到，他根本无法想象，那种混乱之中我们哪里分得清是左还是右。对他来讲那当然只是一种作战计划，可对我们来说却是极其痛苦的事实。”（214）对于身在前线的主人公来讲，战壕几乎构成了他的日常空间，可是它却无法提供相应的安全保障：一旦被炮弹击中，躲避在一处的所有人几乎无一幸免。因此，它所发挥的隐蔽功能必须要求作为主体的士兵消失在其中，这种消失已经不是被动意义上的，在巨大的危险面前，主动地藏匿身体，主动地消失，变得“不可见”，才能获得一点点安全的可能。“我们不断寻找着隐蔽处，从一个壕沟跳到另一个壕沟。……炮弹在不远处爆炸，我身边的人扯过一张也许是搭帐篷用的塑料布迅速将自己遮挡起来。”（211）战壕创造的极端状况下的空间感是令人惊慌的，并且是混乱的（Verwirrung），它极易扩散、侵犯人原本的空间感知，即使脱离了战壕空间，小说主人公也有了“天空被云朵割成了碎片”（93）或者无法判断声音方向等不同寻常的感受。

战争环境中的日常体验并不只意味着人被重新剥离了市民社会原本稳定满足的，可以维持基本日常生活的那些精神或物质需求，更大程度上来说，即使能够避免受伤，幸运地存活下来，士兵们所经历的每一天仍然是对个体的内部世界边界的新的挑战，其不断重复的任务就是训练一种直面死亡的能力，或者一种接受死亡逐渐“日常化”的能力。“每一天都如出一辙。每一天有属于它的雨、它的阳光，有属于它的又一轮射击、它的死亡。……但是令人吃惊的是，每一天人们都能看似‘毫发无伤’地躺下，然后闭上眼睛，心想：‘明天见’。”(146)

由于战争本身是一项集体事件，人的生命保障和个体尊严在各个层面都被降低到了一个极低的位置上，小说中，主人公以一种无情的语气记录他是如何枪杀一个英国士兵的，“他还往前踉跄了三步，然后朝后倒下，仿佛他身子下面的腿被抽走一样，摇晃了几下胳膊就滚到手榴弹炸出的一个洞里去了，我们用望远镜看见他褐色的衣袖很长时间还在那里闪亮着”。(130)

同样，当人的内涵被抽空时，战斗力便作为一种冷漠的标准填充进这个空缺里。小说中，叙述者不断介绍着连队、团队、军队的人数，一场战役的结果同样以数字的形式被标识出来，“80 人占领了一条长战壕，缴获机械装备若干，俘虏敌军 200 人。可惜我方的损失比例也高达 50%，因此也抵消了许多”。(183)这里，荣格尔用一连串反映战况的数字将士兵的“物化”推向了极致。个体丰富的身份内涵被单调的数字所取代，作为步兵的主人公零距离地感受到了与他原本追求的，以“不同寻常的、巨大的危险"(8)为前提的英雄主义背道而驰的来自战争的"轻蔑"和"忽视",他似乎不无失望地称其为那场战争"最乏味的一面"。(162)同"日常"与"城市空间"具有某种伴生关系一样,所谓的战争的日常则回到与自然的一种合作关系当中,"自然"从启蒙开始处在人的对立面的状况发生了变化。

荣格尔在1929年出版的《冒险的心》(*Das Abenteuerliche Herz*)一书的前言中写道:"我们都应该回到丛林里去,在那里完成我们的使命。"[①]战争不仅以自然为场所,依赖着自然的地形,在小说中,它的威力与自然的威力构成了一种节奏上的同步,"当敌我两支炮兵部队在大片区域内对对方实施毁灭性的打击的时候,一场可怕的暴风雨不期而至,就如荷马史诗描写的神人交战中,大地和上天正在搏斗那样"。(107)时间上的同步实际已经指向了一种相似性,小说中,战争往往以一种模仿自然灾害的面目出现,例如"大战犹如巨浪一样,携裹着沸腾的狂妄,迎面卷来"(107);不管是"巨浪""雷鸣""电光",还是"洪水""风暴",原本从属于文化和社会领域的战争概念被转移到了自然空间,战争的规则由此获得了一种自然的属性。

与之相应的是小说中(士兵)的死亡,它不再标志着

---

① Ernst Jünger: *Das abenteuerliche Herz. Erste Fassung*. In: Ernst Jünger: *Sämtliche Werke, Band 9, Essays III*. Stuttgart 1979. S. 31.

生命的终结，而是一个“铁的种子（eiserner Saat）”（255）孕育出“德意志的钢盔”（255）——“自以火灌溉的土地中拔地而起”（29）的过程。在这个意义上，小说中的战争暴力将一种创造、毁灭与再创造框架中的生命原则绝对化了，荣格尔的文学想象借此呼应了生命哲学关于死亡之中生长出更好、更新之物的观点，生命的周期中自危机到消亡再到复活的规律在对现代战争的文学再现中获得了一种现实的意义。[①] 荣格尔在循环的意义上看待士兵的生命终结，同样也在循环的意义上看待战争的爆发与它的成和败。战争在这里被理解为“一种自然法则”，[②]因为“只要日耳曼和高卢人的血还在胸中和头脑中流淌”，战争似乎就难以避免。不仅如此，“跨入战斗，认识到背景中的对手的必要性和价值，这意味着一种特殊形式的骑士般的享受”。[③] 在这个意义上，战争空间也继承了一切原始丛林中暴力的合法性，“这个过程是一种美学事件，它构成了一种反启蒙的、反文明的世界观的出发点”。[④]

“精确”的日常被认为是资本主义伦理与市民社会生活调和而成的一种表征。而日常生活的对象因此总是那个“既成的世界的层面上，出生于其中并带着既成的集体

---

① Vgl. Jürgen Nieraad: *Die Spur der Gewalt: Zur Geschichte des Schrecklichen in der Literatur und ihrer Theorie*. Lüneburg 1994. S. 164.

② Wilhelm Krull: *Im Foyer des Todes. Zu Ernst Jüngers „In Stahlgewittern“ und anderen Texten über den Ersten Weltkrieg*, a.a.O., S. 34.

③ Ernst Jünger: *Sämtliche Werke*, *Bd.7*, a.a.O., S. 62.

④ 阿尔特：《恶的美学历程——一种浪漫主义解读》，见前注，第439页。

性、一体化、习惯等等的世界。”[①]在这个意义上，20 世纪初的战争小说也许并不该触及所谓“日常”的边界：处于“日常”这一结构性概念中的“人”走向战争，似乎更多是一种跨越和逃离僵化的生活范围的尝试。然而实际上，战争在荣格尔的日记小说中建构了另一种独特的日常，那些原本溶解在日常生活里的模糊的现代体验，例如约束感、边缘感或者被同一化、匿名化的感受，在战场这个独特的空间中，在同战争暴力零距离的亲密接触中，更加准确地、一次性地、示范性地显现了出来。由此，荣格尔通过文学加工的方式将个体的战争经验变成了具有普遍意义的“非日常”体验，他所追求的独特“崇高感”由此展现出另外一个维度：在经历暴力带来的心醉神迷的膨胀感和自我解放体验——这种取缔一切市民社会道德束缚的暴力激情让人想起索夫斯基所说的“绝对暴力”[②]——之后，作者同时以他独特的叙述方式赋予了这一具有超验意义的“崇高”一种美学的形式，这种不同于纯粹暴力想象、而是以现实暴力体验为基础的“美学崇高”一方面似乎将自己从与意识形态有关的话语中抽离了出来，另一方

① 阿格妮丝·赫勒：《日常生活》，衣俊卿译，重庆：重庆出版社，1990 年，第 52 页。

② 沃尔夫冈·索夫斯基(Wolfgang Sofsky)将看不到明显动机的暴力行为定义为“绝对暴力”(die absolute Gewalt)。在“绝对暴力”施虐的情况下，人们会瞥见暴力的僭越性，它越过了日常生活的界限，取缔了理性、目标、价值等人类社会的基本原则。参见 Wolfgang Sofsky: *Trakt über die Gewalt*. Frankfurt a.M. 1996.

面却又实际上为战争空间中暴力找到了一种的合法性。

显而可见，恩斯特·荣格尔的小说《在枪林弹雨中》所演绎的独特战争日常中隐含着巨大的悖论：因不堪忍受20世纪初平庸和僵化的市民日常生活而投身于战争冒险中的青年人，却在同战争暴力和死亡的零距离亲密接触中，切身体验到这一非日常的日常所带来的不安全和恐惧感。在激情与狂欢取代无聊与沉闷的同时，属于市民社会日常的约束感和边缘感也被战争日常中的同一化和匿名化所代替。可见战争不是解放，昔日满怀激情逃离平庸的年轻人终究不可能毫发无损地重新逃回市民生活的常态中。

## 二、现代战争的魔力

把战争视为一种具有“解放”力量的冒险经历，同样体现在小说对战争空间的巨大能量及其特殊性的描写中。作为人类历史上第一次使用大规模杀伤性武器的现代战争，第一次世界大战不仅令战争空间的功能和意义发生了变化，也赋予了参战士兵不同于以往的一种新的身份特征。

### （一）“自然法则”下的战争

小说的书名《在枪林弹雨中》也可直译为《在钢铁的风暴中》，它明确指向小说描写的战争与“自然”之间的密切关系。在荣格尔的笔下，“自然”不仅仅是战争暴力的发生地，同样也是战争暴力的承受者。一场激烈的阵地战会于一夜之间让某个地区变得面目全非，将它化为一个“梦幻式的迷宫”(197)。与此同时，在震耳欲聋的枪炮声中，大自然昔日的无害与宁静状态也荡然无存。然而，“自然”作为一种空间的属性，仿佛不再同人关联，而是成为了它自身。因此，被战争蹂躏的自然在荣格尔冷静、“客观”的叙述里再次被客体化，成为独立的审美对象：

> 大部分植物都烧焦了，蜗牛和鼹鼠的尸体满地都是，传令骑兵……马的嘴里和眼里流着水，散落在各处的弹壳和手榴弹碎片上蒙上了一层漂亮的铜绿色。(86)
>
> 黑夜中大地泥泞而荒凉，不时有沉重的炮火声传来。黄色的炮弹不断升入空中，爆炸后的红色的碎片像雨点一般落下，那色彩让我想起中提琴的声音。(117—118)

战争的威力与自然的威力构成了一种节奏上的同步，“当敌我两支炮兵部队在大片区域内向对方实施毁灭性打击的时候，一场可怕的暴风雨不期而至，就如荷马史诗描写的神人交战中，大地和上天正在搏斗那样”。(107)时间上的同步实际已经指向了一种相似性，小说中，战争暴力往往以一种模仿自然灾害的面目出现，例如“大战犹如巨浪一样，携裹着沸腾的狂妄，迎面卷来”；(107)又如

“重型大炮发出雷鸣般的声响，喷射出翻滚的炮火，这是我们从未估计到的强大火力；几千条闪烁的电光中，西边的地平线化为一片火海”。(204)这样的比喻在小说中多达几十处，不管是“巨浪”“雷鸣”和“电光”，还是“洪水”“风暴”和“乌云”，这些极具表现力的灾难式画面不仅重现了战场上的恐怖经历，更放大了它所带来的恐惧感受，这种感受几乎被无限扩展到占据了个体全部的认知空间。也就是说，它以一种趋向于“壮美”(das Erhabene)的表现形式架空了战争的暴力从理性标准和道德标准那里获得评断的可能。

为了覆盖个体消亡的悲剧，和解死亡原本带来的哀伤，荣格尔以“睡眠”比喻他在战场上见证的死亡，“他像睡着了一样”(197)。在小说的另一处，他同样写道：“他们躺在那里，以放松和柔软的姿态，让这个生命告别的瞬间独特起来。”(214)而被主人公射杀的英国士兵——一个“非常年轻的小伙子”(ein blutjunges Kerlchen)(156)，脸上同样也带着“放松的神情”(157)。有关受暴者的图像停留在了一种柔和的光彩之中，个体的死亡超越了生物学、社会学甚至伦理学的范畴，形成“轮回”之中充满了可能性的一刻，“就像生与死融为了一体”。(157)

在这一框架内，敌国的胜利是自然法则所致，德国的战败同样如此。它仅仅是一个过程，是自然轮回中的一个点，所有与它有关的话语都不指向任何永恒的事实。以自然的现象隐喻化地处理德军的失败成为荣格尔描述这种"事实"的方法，小说接近尾声时，敌军的胜利几乎已成定局，主人公目睹了无力回天的这一刻，他描述道："（敌人）自世界尽头向我们涌来"（herbeiströmen）（283），他们步步紧逼犹如"决堤"（Dammbruch）的"海啸"（Sturmflucht）。紧随其后的德国步兵的溃败因此也成为像遭遇自然灾害一样不可避免的事件，在这样的逻辑中，德军不是被敌人，而是被自然所战胜，失败是"自然的"，因此也是可以接受的。在这个意义上，战败也失去了原本的意义，因为它并不是一个暴力对抗层面上的结果。与此同时，以无法度量的"自然之力"碾压过个体，也解除了人在战争中扮演施暴者和受暴者角色的权利，由此规避了道德的问题，也避免了在文本中直面批判和反思战争的需要。

### （二）"不可见"的士兵

现代战争中的士兵形象有其独特性，士兵会自觉或不自觉地充当着施暴者和受暴者的双重角色[①]。此外，现代战争本身包含的科技和物质属性同样导致了一种启蒙辩证法式的悖论：技术的进步意味着人的隐退，它虽然在很大程度上减少了个体直接暴露在毁灭式的暴力袭击中的可能，但士兵的主体性却也在战争这个庞然大物的体内变得模糊不清。

小说开始不久，结束长时间行军的主人公所在部队

---

① Vgl. Johan Galtung: *Krieg und Frieden*, a.a.O., S. 922.

遭遇了敌军，交战的过程很快结束，此时，主人公第一次清晰地意识到自己“甚至连对方的脸都没有看清”。(20)对手的“不可见”是现代战争的技术性所导致的一种必然结果。第一次世界大战开启了炮兵主导战争的先河，对抗的双方因此被强行拉开了距离。在这个意义上，一方面，士兵的形象化为了对方眼中一种“神秘莫测的、潜伏的危险”(33)，另一方面，同时作为施暴者和受暴者的士兵使用的和面对的均不是“人”的暴力，而是现代武器的暴力，这于某种程度上改变了物与人之间的自然逻辑。

具有“牺牲者和刽子手”[①]双重身份的士兵，他的生是匿名的，他的死往往也是匿名的。作为战友，他可能只是野战医院里被偶然遇到的小个子，作为敌人，他则只是一个穿着“黄绿色军装”(130)的英国人。小说中，叙述者以一种极其无情的语气记录他是如何枪杀一个英国士兵的：

> 我从离我最近的哨兵手里抓过枪，把瞄准器定在六百，瞄准了那个人，朝着他的头开了枪。他还往前踉跄了三步，然后朝后倒下，仿佛他身子下面的腿被抽走一样，摇晃了几下胳膊就滚到手榴弹炸出了的一个洞里去了，我们用望远镜看见他褐色的衣袖很长时间还在那里闪亮着。(130)

---

① Wolfgang Kaempfer: *Gewalt und Wohlverhalten: Ernst Jünger und die Revolte der Moderne*, a.a.O., S. 22.

正因为这里的被杀者可以是任意一个人，杀人者丝毫不用为他的暴行承担责任，他甚至不会有任何良心上的不安，恰恰相反，暴行被视为勇敢的表现，它构成了战争的基础。于是，在战争得以实施的同时，它解构了所有参与者的主体意识和身份，其中不仅包括作为施暴者的那一个，更包括作为受暴者的那一个。士兵服务于战争，他的“不可见”甚至延续到了死亡之后。大多数情况下，面对现代技术战争的子弹和炮火，碎片化的身体根本没有被辨认出来的可能：

> 我们抓住废墟中伸出的肢体，把尸体拉了出来。有一个的头被打掉，散落各处，躯体上脖子仿佛一个巨大的血色海绵。第二个被打断的胳膊头上尽是骨头碎片，军装被从胸前的伤口里流出的血浸透了。第三个的内脏从裂开的肚子里涌出……(140)

## 三、暴力的文学“催化功能”[①]

《在枪林弹雨中》的作者在他的战争日记小说中显然不仅不回避战争本身的血腥和残酷，恰恰相反，战争越残酷，似乎越能证明自己——它成了像“成人礼”一

---

① Wilhelm Krull: *Im Foyer des Todes. Zu Enst Jüngers "In Stahlgewittern" und anderen Texten über den Ersten Welkrieg* a.a.O., S. 32.

样的“仪式性”的事件，而战场上的经历则是“成人”(Initiation)过程的必经之路，“它教育我们去战斗，我们将一直是战士，只要我们活着”。[①] 尽管如此，至少荣格尔本人并不认为他的终极梦想是成为一个英雄，他追求的是成为一个所谓的“潇洒的人”，而文学是他实现这一梦想的途径。

### (一) 一个“潇洒的人”的悖论

面对《在枪林弹雨中》被希特勒作为守则一样分发到德国士兵们手中这一事实，身处美国的荣格尔在二战末期以一篇极富寓意的小说《在悬崖上》(*Auf den Marmorklippen*)回应了这种错爱。小说中的叙述者“我”向同为美学家、科学家和一战战士的哥哥解释道：“我们十分愉快地与他为伴，坐在这种大人物的桌旁，你会不由自主地骄傲自大……可我不知道怎么，我其实只想做一个潇洒的人，我只是为了证明这一点而已。”[②]不愿与政治结交，却被政治所用，这似乎印证了木心在《文学回忆录》中有关“成名来自误解”的论断：第一次世界大战成就了荣格尔“战争诗人”的盛名，尽管他的初衷仅仅是做一个“潇洒的人”。

荣格尔在《冒险的心》第二部中解释了这种“潇洒”

① Ernst Jünger：*Sämtliche Werke*, *Bd.7*，a.a.O，S. 12.

② Ernst Jünger：*Auf den Marmorklippen*. Stuttgart 2014，S. 6.

(Désinvolture),它包含着三个方面的品质:"不受强迫(Ungezwungenheit),自由(Freiheit)和高贵(Vornehmkeit)"。[①]然而,即使一直在试图背离市民文化,千方百计地与之划清界限,荣格尔实际上向往的仍然是一种文化身份上的优越感。显而易见,他"潇洒"的灵魂并不能在紧绷的日常生活中得到满足,"适时"爆发的战争给了他一个前所未有的机会,而有关战争的文学创作更成为了他施展才华的领域。这一点,从他一走上战场就开始写日记,并利用战斗的间隙把战场上的所见所闻详细记录在案即可看出。[②] 这个意义上,"潇洒"首先体现在他置身于战争,却又试图用文学超越战争的意图和实践中。如果说,走向战场是为了摆脱市民社会束缚,那么文学则为他提供了超越平庸、达到"崇高"的可能。

正是在这样的前提下,战场经历于荣格尔处被转换为了一种"内心经历"[③],暴行发生的时刻,"野蛮、兽性的去界限体验"[④]与美学的去界限得以重合。一战在荣格尔的笔下显示出史无前例的粗野和残暴。其反文明、反人

---

① Ernst Jünger: *Das abenteuliche Herz. Zweite Fassung*. In: Ernst Jünger: *Sämtliche Werke, Band 9, Essays III*. Stuttgart 1979, S. 180.

② 小说《在枪林弹雨中》正式成文虽是在战后,但它是以荣格尔的战场日记为基础素材的。参见 Ernst Jünger: *In Stahlgewittern* a.a.O., S. 188.

③ "内心经历"一词源自于荣格尔的散文《战斗作为内心经历》(*Kampf als inneres Erlebnis*)。参见 Wolfgang Kaempfer, *Gewalt und Wohlverhalten: Ernst Jünger und die Revolte der Moderne*, a.a.O., S. 20.

④ Wilhelm Krull, *Im Foyer des Todes. Zu Enst Jüngers "In Stahlgewittern" und anderen Texten über den Ersten Welkrieg*, a.a.O., S. 33.

类的特性尤其在对已经放下武器、正在逃跑的敌方士兵肆无忌惮的屠杀中显露无遗，“英国人跳出他们的战壕，在空旷的原野上逃跑。这时从堤坝顶端飞出一股疯狂追击的火焰，眼看着逃命者踉踉跄跄地翻着跟头，几秒钟之内地上就躺满了尸体”。(246)

显而易见，这里的“内心经历”并非叙述者本人的内心感受。恰恰相反，在小说中，但凡涉及个人情绪和内心感受时，作者要么寥寥数语一带而过(比如他与哥哥在战场上的偶遇)，要么突然转换主语，由主体身份模糊的无人称代词 man(人们、我、我们)替换指向性明确的 Ich(我)(209)。与此同时，小说讲述的虽然是叙述者一战的经历，但期间的几次休假却被完全略去。

由此可见，荣格尔所谓的“内心经历”是经过文学加工的一种战争经历，或者用阿尔特的话说，是战争暴力被转化成“感知——事件”[①]后的结果。在精准细致的描述之中，冲锋的喜悦、杀戮的狂迷于字里行间获得了一种彻底解放的激情，“在令人心醉神迷的狂欢中，真正的人为所有他所错过的东西得到了补偿。那些太长时间遭受社会及它的法则所阻碍的本能，重新变得唯一和神圣，重新成为了最后的理性”。[②] 阿尔特将荣格尔的这种将暴力作

---

① 阿尔特：《恶的美学历程——一种浪漫主义解读》，见前注，第 434 页。

② Ernst Jünger : *Der Kampf als inneres Erlebnis*. Berlin 1922. Hier zitiert nach Kaempfer, *Gewalt und Wohlverhalten. Ernst Jünger und die Revolte der Moderne*, a.a.O., S. 20.

为感知与事件的直接对应从而示范性地显现出来的美学原则与黑色浪漫主义和唯美主义的传统联系了起来，然而不能不看到的是，荣格尔在他的暴力审美化的道路上迈向的却是相反的方向：他的死亡书写并不是建立在暴力想象的基础之上，而是“自传素材不断文学化的结果”①。在此过程中，一战中受到皇帝本人亲自嘉奖的军官荣格尔与作家荣格尔终究是融合在了一起，而这并不是作者用做一个“潇洒的人”的说辞所能辩解得了的。

尽管如此，做一个“潇洒的人”的追求在荣格尔的文学暴力书写中并非没有痕迹。《在枪林弹雨中》的开篇，有这样一段宏大的、节庆式的叙述：

> 战争攥住了我们的心，令人心醉神迷。在花雨之中，在混合了玫瑰与血的酒醉般的心情中，我们奔赴战场。战争要带给我们的是宏伟，强大和庄重，它对我们而言象征着男人的力量，它是一场发生在飘着花香、被鲜血沁润的草地上的快乐的枪战。(7)

显然，只要“花朵”和“鲜血”存在，战争的暴力就永远不缺乏美丽的装饰，人们就能以“迷醉”的状态消化一切战争的恐怖。整个战争经历被荣格尔浸泡在这种充满魔力的药水之中，他将无法靠理性把握的瞬间转化为可以

① 阿尔特：《恶的美学历程——一种浪漫主义解读》，见前注，第434页。

描述并且可以欣赏的画面。对于荣格尔来讲,“潇洒”恰恰也是一种超越理性的状态,是“幸运和魔法的慷慨馈赠”[①],是一种可遇而不可求的面对世界的才华,而他需要的,正是不断地挥洒和证明这种才华。

战争既然成为了一种“迷醉”体验的媒介物,那么所有与它有关的现象必将像七彩的泡沫一样轻盈。在这个意义上,现代战场不再是尸横遍野的沉重之地,机枪、大炮、手榴弹也失去了原本的重量,所有杀戮、对抗、交锋之中包含的情感也变得轻盈起来。在小说后半段的一次高地战中,主人公匍匐在战壕里,他听见炮弹在自己头顶上方炸裂的巨响,他形容道:“此刻我无所畏惧,反倒是体会到一种高度的,几乎是着魔一般的轻松;也是一种突如其来忍也忍不住大笑出来的冲动。”(211)

### (二)“冷酷”[②]的暴力美学书写

暴力带来的幻觉触发了激情的开关,它的前提是一切针对战争事实的反应仅仅停留在感觉的顶端,从而停留在一些非常激烈的情绪表达上。如果说,这一不断烘托氛围的表述手法与“潇洒”不无关联的话,那么,与之形成对照的,则是以“冷酷的人”为标志的叙述策略。[③]这一叙述策略的核心特征是一种保持距离的,具有20

① Ernst Jünger: *Das abenteuliche Herz. Zweite Fassung*, a.a.O., S. 180.
② 阿尔特:《恶的美学历程——一种浪漫主义解读》,见前注,第435页。
③ 同上。

世纪 20 年代美学特征的叙述风格。它建立在一种冷漠而敏锐的感知模式之上，不涉及施暴者或者受暴者的身份，甚至不涉及权力感和无力感，而仅仅是针对单纯的暴力过程的直观再现，它是细致入微的，但却是保持距离的。阿尔特将它形容为对暴力细节的精确描述[①]，而为它提供了限定性的施展场所的，正是“日记”这种文学形式。也就是说，自传素材在文学化之后构成了一种文本的“现实”。在小说的前言中，荣格尔这样表达了他的创作初衷：

> 这本书的目的，是向读者们阐述一个步兵作为一个著名军团的射击手和指挥在一场大战中所经历的那些事以及他的所思所想。我试着将我对此的记忆尽量直观地书写下来，因为我感到它们正如此快速地离我远去，相信不久后就会变了颜色。……我并非一个战地记者，也不是什么英雄。我只是想要将我的故事以它本来的样子，而不是它应该有的样子记录下来。(V)

以它“本来的样子”，像记录日常生活一样详细地记录战争生活，甚至精确到哪一天的几点钟。战争暴力的话语由此获得了一种事实性的限定，以这种限定为前

① 阿尔特：《恶的美学历程——一种浪漫主义解读》，见前注，第 435 页。

提，荣格尔得以将他的战场经历保留在对暴力原则的精确描述之中，这是一种主观化的、作为内心经历的、有意识地接近或者远离。躲在“事实性”的后面，在敏锐的观察力和麻木的感受力的帮助下，荣格尔实现了以“冷酷的人”①为标志的叙述：

> 我在战壕里小睡了一阵，醒来后我独自走过这条前一天刚刚夺取的战壕，它的底部被成堆的给养、弹药、装备品、武器和报纸覆盖。状况与被洗劫之后的旧货店无异。那其中躺着无畏的守军的尸体，他们手中的枪还停在子弹上膛的一刻。一节身体从被击得粉碎的掩体中伸了出来。头和颈子脱落了，白色的骨头夹在黑红色的肉中闪着光。（90）

尸体和残肢同“给养、弹药”一起，在同一个画面中和主人公的目光相遇了，这是一幅毫无生命气息的、冰冷的景象。荣格尔详细地将进入他双眼的每一样东西一一罗列，其中包括人的身体，或者说仅仅是身体的部位。叙述者“我”用一张麻木的战争之脸面对着这个画面，而这种麻木恰恰意味着不避讳任何一个细节。此外，明目张胆地、主动地直视苦难、伤痛和死亡，细致地品味各种肉体

① 关于“冷酷的人”，参见阿尔特：《恶的美学历程——一种浪漫主义解读》，见前注，第434—435页。

受暴的细节，也令主人公越过身体的物质性，抵达了一个新的维度：

> 另一个后脑已经裂成三瓣挂在头上的人爆发出了尖锐、震惊的叫声。巨大的痛苦将他淹没，我也第一次，仿佛透过一个恶魔的裂缝看到了他身体的深处（Tiefe seines Bereichs）。（39）

现代战争的子弹或者炮弹与之前的武器不同，它们除了进入身体之外，火药的力量将同时造成肉体内部瞬间的“爆炸”。在这个意义上，原本包裹一个人、将他与外界隔开的皮肤会被由里向外的力量撕成碎片。主人公的视线透过制造出的缺口获得了一种身体内的视角。由此，“恶魔的裂缝”打开了一扇大门，门中的一切逻辑与价值均是门外世界的错位和颠倒，日常生活不可能具备这种感受的潜力和方式。走进这扇门以后，血腥、杀戮甚至一切不同寻常的暴力体验将同吃饭和睡觉一样不再挑动任何一根神经。正是在这种情况下，由大炮、毒气、机枪营造出的战场氛围通过有距离的描述构成了冷酷的事实，构成了似乎只能从美学上理解战争暴力的立场。

由此，荣格尔通过文学加工的方式将个体的战争经验变成了具有普遍意义的美学体验，他所追求的“崇高”由此展开另外一个维度：在经历暴力带来的心醉神迷的膨胀感和自我解放体验——这种取缔一切道德束缚的暴力激情让人想起索夫斯基所说的"绝对暴力"[①]——之后，作者同时以他独特的叙述方式赋予了这一具有超验意义的"崇高"一种美学的形式，这种不同于纯粹暴力想象，而是以现实暴力体验为基础的"美学崇高"一方面似乎将自己从与意识形态有关的话语中抽离了出来，另一方面却又实际上为战争空间中的暴力寻找到了一种的合法性。

正如前文所述，假如暴力可以通过成为审美的对象而进入叙述空间，那么就难免同时被赋予艺术的崇高性。在20世纪初德国的文学话语中，无论是"为艺术而艺术"(l'art pour l'art)的口号，还是它背后席卷了整个欧洲的唯美主义运动(Der Ästhetizismus)，都赋予了以荣格尔为代表的一批曾经有过战场经历的作家一种"审美暴力"的心理优势甚至是紧迫性。但我们也必须同时看到，在理论上以"毁灭"为开端的20世纪，的确实践了自身要打碎过去、面向新时代的承诺，无论是荣格尔曾经亲身参与的第一次世界大战，还是随之而来的更加具有破坏性的第二次世界大战，两次世界大战彻底终结了这种盲目的、反古式的暴力崇拜，迫使人们重新拿起启蒙之灯，照亮每一张真实的面孔，看到每一个个体在战争中经历的苦难。而德语文学也在两次大战后彻底从暴力迷醉中清醒过来，进入了反思的时代。

---

① 参见本书第一章关于"绝对暴力"的论述。

# 第六章 《柏林，亚历山大广场》——现代城市空间中的教化式的暴力

“暴力”“死亡”和“战争”的元素几乎构成了德国表现主义小说的重要代表作家阿尔弗雷德·德布林文学创作的基础，他借此延续了世纪之交关于“毁灭”与“存在”的思考，在经历了第一次世界大战后的 20 世纪初，给“颓废”的疲惫中注入了新的、具有时代特色的血液。频繁出现的暴力描写令莱奥·克罗伊策尔(Leo Kreutzer)将“编排战斗之舞”(Kampf-Choreographien)的初衷看作贯穿德布林所有作品的纽带[①]。即便如此，“暴力”成为德布林小说研究的切入点却直到 1980 年才由温弗里德·赛巴尔德(Winfried Sebald)明确提出，在其《德布林作品中毁灭的神话》(*Der Mythus der Zerstörung im Werk Döblins*)一文中，赛巴尔德指出，暴力在德布林处获得的

---

① Leo Kreutzer：*Alfred Döblin. Sein Werk bis 1933*. Stuttgart 1970，S. 132.

美学表达直接关系作者的伦理理想，或者换句话说，它以一种“被肯定”的面目参与了德布林心目中“新神话”的书写。在那里，人的暴力倾向不仅是显而易见的，更是无法回避的[①]；赫尔穆特·基泽尔（Helmuth Kiesel）在1986年出版的《文学的哀悼：阿尔弗雷德·德布林的流亡期与晚期作品》（*Literarische Trauerarbeit: das Exil- und Spätwerk Alfred Döblins*）一书中，进一步将德布林作品中的暴力演绎解释为一种“创造性的乐趣”（rekreatives Vergnügen）与致哀人类灾难史（Trauer über die menschliche Unheitsgeschichte）并行的结构[②]，而平衡这种悖论态度的正是暴力指向的最终场所——“死亡”以及它所创造的“牺牲者”（Opfer）。由此可见，德布林的文学暴力想象直面其终极结果——死亡，并试图在人“向死而生”的命运中发掘出暴力崇高的特质（der erhabene Charakter）[③]。

---

① Vgl. Winfred Georg Sebald: *Der Mythus der Zerstörung im Werk Döblins*. Stuutgart 1980, S. 141 – S. 156.

② Helmuth Kiesel: *Literarische Trauerarbeit: das Exil- und Spätwerk Alfred Döblins*. Tübingen 1986, S. 11.

③ 汉斯·艾伦贝尔格（Hans Ehrenberg）谈到德布林作品中暴力的崇高所在：“单纯的词句已经无法让这位作家信服‘死亡之地’（Todesfeld），能救赎他的只有基督本人经历过的肉与血的暴力圣礼（Gewaltakrament）——那企图谋杀他却被他战胜的一切。德布林活于死亡中，他‘存在’于死亡中。这就是属于他的伟大，也是他的恐惧（Furchtbarkeit）所在，因为恐惧才成就了这个男人……”参见 Hans Ehrenberg: *Alfred Döblin im Spiegel der zeitgenössischen Kritik*, Hrsg. v. Schuster/Bode. Frankfurt a.M. 1984, S. 203.

《柏林，亚历山大广场》是阿尔弗雷德·德布林发表于1929年的长篇小说，描写了主人公弗兰茨·毕勃科普夫于1927年秋至1928年底在现代大都市柏林的经历和遭遇。正如作者本人在前言中描述的那样，毕勃科普夫的故事无异于"一场同某种外来的、无常的、且看似命运决定的东西所展开的实实在在的搏斗"[①]。(1)无数散落的碎片组成的城市空间构成了毕勃科普夫的"战场"，与此相对的则是主人公自身始终缺乏认识能力的虚弱的"回击"。在一片混乱和黑暗中，不断消解着他的对抗，牵引着他慢慢走向故事终点的正是一种"令人发指的残暴"(1)规则。这种"残暴的规则"被德布林称作毕勃科普夫的"强制疗法"(Gewaltkur)(2)，它的目的是逐渐掀开遮盖在主人公眼前的那块布，矫正他在"无序"的外部环境中盲目的生存状态，逼迫他直视和理解"事情的真相"(1)。在《柏林，亚历山大广场》中，暴力的"实施"过程正是这样一个"揭露"的过程，它不仅以不同的面目介入了毕勃科普夫的人生，更以不断升级的形式完成了对他的"再造"，直至"这个男人重新站在了亚历山大广场，虽然面目全非，一蹶不振，但终归是得到了纠正"(2)。

---

① 以下作品引文仅在括号里给出页码。中文翻译采用罗炜的版本。参见阿尔弗雷德·德布林：《柏林，亚历山大广场》，罗炜译，上海：上海译文出版社，2008年。

## 一、“不合格”的人

### (一) 毕勃科普夫的“动物状态”

“我们知道我们知道什么,我们不得不为此付出了高昂的代价”(436)——这是《柏林,亚历山大广场》结尾处的一句话,它描绘了贯穿全书的“强制疗法”最终的“成果”。重复叠加的动词“知道”(wissen)凸显出一种主动的思维能力,将主人公与此前漫长的“无知”状态分隔开来——此刻的他被赋予了精神存在的可能。精神的力量同样也是德布林眼中“原始自我”(das Ur-Ich)①的本源。“原始自我”或与之并生的“原始意义”在德布林的理论世界中扮演了凌驾于一切之上的角色,或者说,它是一个一切事物之关联的总称。它不仅保障着自然的结构(“自然本身也是具有精神的”②),更是个体与外在世界和解的终极形式。在这个意义上,“存在”不仅获得了形而上的精神内核,以此为出发点的“知道”也凭借一种介入世界的认知能量被推到了至高的位置之上。在《自然之上的我》

---

① 在《自然之上的我》(*Das Ich über Der Natur*)一书中,德布林提出了原始自我(Das Ur-Ich)和原始意义(Der Ur-Sinn)两个同位概念,“一切皆为它所包含之精神。自然中只存在赋有灵魂之物,现实及存在最为普遍的特性既非物理或化学的,也非时空维度的能动的,而是原始意义(der Ur-Sinn)和原始自我”。参见 Alfred Döblin: *Das Ich über Der Natur*. Berlin 1928, S. 7.

② Ebd., S. 9.

(*Das Ich über Der Natur*)一书中，德布林表示“如果这就是世界……我该怎样对待它呢？用这个脑袋，用这个思想”[1]。有意识的经历、打算和计划充盈着永恒自然循环中的“原始自我”，个体以上述姿态进入到社会生活的关联之中，这样的人才是和“生存挂上了钩”的。[2] 在《柏林，亚历山大广场》中，借助天使特拉与另一位天使萨鲁格的对话，德布林道出了他的哲学世界中这种人存在的“理想模型”：“可是，有的人在经历和认识到了很多事情之后，仍然不松懈，不放弃，而是去扩展，去延伸，去感受，不是逃避，而是用他的灵魂去应对，去承受，这种人就很了不起。”(377)

处于“真正的存在”反面的，是小说主人公弗兰茨·毕勃科普夫表现出的“精神缺席”的状态：他不但盲目、无知、缺乏认识能力，而且被动、孤傲又鲁莽草率，他的性格碎片构建起一个趋向于“动物性”的个体形象。首先，他身材魁梧、强壮有力，在文中被比喻为“裹着布片的身材高大的成年野兽”(70)；他迷恋力量并因此沉迷于对自己男性身体绝对的自信之中，他自鸣得意地宣称“我有两只拳头。看哪，我的身上长着什么样的肌肉”(144)；每当外界状况不合他意时，他唯一可以想到的方法就是使用躯体之力，“因为我有肌肉；只要我愿意，我就能够做到”(221)；

---

① Alfred Döblin: *Das Ich über Der Natur*. Berlin 1928, S. 9.

② Ebd., S. 7.

他不断展现出旺盛的食欲，食物则以动物的内脏为主，在进食与饮酒上毫无节制，因为按照他的逻辑，“人就该给自己补充能量，一个有力气的人就得吃”(154)。对自身肉体的关注和体征上的优越感令他忍不住表现出雄性动物的攻击性，小说中他常常不自觉地哼战歌，迈正步，佯装成军人，讲军队里的黑话；他处处想彰显自己的强大，不断给自己做着“我是一个强壮的男人”(76)的心理暗示；他还喜爱向旁人吹嘘女性对自己的迷恋，初识赖因霍尔德时，他企图在对方面前充当“导师”的角色，将其看作“他的教育对象”(176)和“他的弟子”(176)。

与外在的强壮和标榜的自信相对，毕勃科普夫的内心世界空泛且脆弱。褪去伪装之后，他是一个游离于人群之外的“独行侠”；他与身处的时代几乎脱节，即使曾以卖报为生，却从不看那些玩意儿；他居无定所，唯一常常逗留和给予他片刻归属感的地方是罗森塔尔广场旁的小酒馆；遭遇前两次“命运之击”[①]后，他迅速从人群中撤离，躲进城市边缘的角落独自疗伤。小说里多次出现了：

> ……孤零零的弗兰茨·毕勃科普夫，虽然有些摇晃，但毕竟是在走路。你们看哪，那条眼镜蛇，它

① 小说中一共出现过三次针对毕勃科普夫的“命运之击”：第一次是他被吕斯德欺骗；第二次是参与盗窃后被赖因霍尔德及同伙推下车失去了一只手臂；第三次是他被诬陷为杀害米泽的凶手，随后被送进疯人院。

在爬行,它在跑动,它受到了伤害。(216)

……我们的弗兰茨·毕勃科普夫,这条眼镜蛇,这位钢铁般的斗士,孤独地、非常孤独地坐着……(277)

事实上,蛇是最早也是几乎最基本的象征意义上的禽兽,它代表了基督教文化背景下的西方道德传统中邪恶和危险的本能欲望,毕勃科普夫的孤僻与阴暗构成蛇性的本质,携裹着“杀人犯”“盗贼和拉皮条的”(376)人类面具,他被驱逐出普遍的社会道德范畴,成为被躲避和被惧怕的一个“他者”。此外,受古希腊神话的影响,蛇也常作为男性生殖崇拜的隐喻,它印证了毕勃科普夫与异性的关系中极端的自大和受欲望宰制的一面。对自己交往的女性,甚至包括米泽在内,毕勃科普夫所持的不外乎是一种蔑视态度,女性被物化为“所属品”和释放欲望的工具,因此只能获得他以“狂喜”“暴怒”“嫉妒”为形式的直接情绪:他不顾一切将另有所爱的女友伊达殴打致死并为此坐牢;出狱后因“我必须有个女人。女人我必须有”(20)的念头强暴了伊达的妹妹米娜;当米泽单纯和坦率地告诉他自己曾对他人抱有好感时,毕勃科普夫却“猛地转过身来,照着她的脸上打去”(314),接着“他骑在她的身上,他的那只手在她的身上乱抽”(314),直至米泽“坐在那里,身上的衬衫已被撕破,一只眼睛已经睁不开了,血从鼻子里流了出来,左脸和下巴沾满了血”。(314)毕勃科普夫狂怒的施暴仿佛一只迷失在血腥气息中的野兽，除了不受控制的兽性本能之外，对女性的暴力实际上满足了毕勃科普夫成为“征服者”的梦想，他借助自己身体和力量上的优势弥补着身为雄性在权力感上的缺失，这种缺失的根源来自他在以男性为主的竞争丛林中无法挽救的无能和失败。面对男性，毕勃科普夫是怯弱和逃避的，他明明知道是吕德斯欺骗了他，却选择远离和避开此人的消极对抗方式；他被赖因霍尔德害成残疾，却在埃娃和赫尔伯特的追问下闭口不言，面对凶手时他不仅“不住气地点头”，还“浑身情不自禁地颤抖起来”（276）。除此之外，在男性社交的重要领域——政治讨论中，他毫无主见和兴趣，随波逐流地对一切立场浅尝辄止，徘徊在不同团体的边缘。

无论以什么角度、什么截面进入弗兰茨·毕勃科普夫这个人物，都难免感受到他身上架空了精神需求的“动物特征”，以德布林哲学理想中的“原始自我”为参照，只遵循情绪及欲望、缺乏主动思维能力和认知能力的毕勃科普夫构成一种“典型”——他被打上了“不合格”的标签，随即以“必须牺牲”的暗语送进命运般不可抵抗的“强制疗法”当中，成为了一名不折不扣的“牺牲者”（das Opfer）①。

① 德语中 das Opfer 可译为受暴者、牺牲者或献祭品。本章采用小说译本中对该词的翻译。

## (二) 牺牲者的标记

正如前文提到的那样，似乎没有一个时期像 20 世纪初这样迷恋暴力和它的牺牲品们。汉斯·里夏德·布里特纳赫(Hans Richard Brittnacher)将这种执着解释为一种“暂时的抚慰”，它的根源在于对抗绵延的危机意识：牺牲者的独自受难从某种程度上缓解了时代的疲惫和疼痛，他们在被摧毁的超验和信仰废墟中制造出“存在的意义”的幻象，给除他之外的人们送上了喘息的机会和重新启程的希望[①]。德布林在 1955 年《柏林，亚历山大广场》再版的后记中强调，“牺牲者(Opfer)应该是本书的内在主题(das innere Thema)”。[②] 显然，如何理解作者所言的“牺牲”至关重要。那么，是否存在着严格意义上的以死献祭的可能？德布林小说的研究者克劳斯·米勒-萨尔格特(Klaus Müller-Salget)认为，毕勃科普夫最后的“牺牲”的确是毋庸置疑的，但在象征意义上，它以一种归顺于整体规则(eine ganze Welt)的姿态完成了这种“牺牲”。换言之，他的牺牲过程正是一个外部世界逐渐渗透他的过程，在小说的时间框架中，他经历的是一种“自我痉挛的崩裂”(Abbau der Ichverkrampfung)[③]。

---

① Vgl. Hans Richard Brittnacher, *Erschöpfung und Gewalt: Opferphantasien in der Literatur des Fin de Siéle*, a.a.O., S. 24 – 25.

② Alfred Döblin: *Berlin Alexanderplatz. Die Geschichte vom Franz Bieberkopf*. Hrsg. V. Walter Muschg.: Olten u. Freiburg 1980. S. 508.

③ Klaus Müller-Salget: *Neuere Tendenzen in der Döblin-Forschung*. In: *Zeitschrift für deutsche Philologie 103*, Bonn 1984, S. 263.

人遭遇世界,同样遭遇了整个时代,毕勃科普夫成为"被选择的那个人",其原因在于他身上所携带的标记。这种标记一方面可以理解为前文论述的那种与集体价值不符的动物性——这轻而易举地形成了他"他者"的身份。另一方面,它同样也涉及毕勃科普夫与整个时代相符的一种共性——他代表了现代主体普遍的孤独和封闭。正是在这个意义上,小说中一名独特的、脱离传统意义的"牺牲者"被建构起来了,他必须"牺牲",却又不必"牺牲",他会被抛向外界,但最后还是会被抛回自身。以此为前提,毕勃科普夫的"牺牲"实际上是一个积极的置换过程,他的人生因此被一分为二,就如象征着他本人的动物"蛇"一样,将最隐秘的自身向外界敞开,然后经历一次痛苦的蜕皮,"通过完全清除、消灭和摧毁的道路,只有经历这样的牺牲,他才有可能获得新生"。[①]

小说中,约伯和伊撒两位圣经人物的故事构成的蒙太奇篇章同样暗示了毕勃科普夫"牺牲"的实际含义。与其"牺牲"前的状态平行,约伯的故事出现在小说第四章的屠宰场一节之后。他所象征的首先是一种自我封闭的固执和对外界力量的抗拒,"那个声音在他对面:'上帝和撒旦,天使和众人,大家都愿意帮助你,但你却不愿意……'"(127)。因此,"意愿"成为了获得救赎的前提,而表达意愿的能力

① Erwin Kobel: *Alfred Döblin. Erzählkunst im Umbruch*. Berlin, New York 1985, S. 271.

来源于清晰的认识处境和对自我的适当调动。在这个意义上，约伯的受难并非遭受不公，而是失去辨别之力和自我掌控之力，他接受了撒旦的折磨，但是坚信苦难的无意义。小说结尾处，死神于对话之中向毕勃科普夫明示了他与约伯的某种关联：

> 约伯，这个来自乌斯地方的男人，在他得知一切之前，在没有什么东西能够再次落到他的头上之前，受了多少苦啊。……同来自乌斯地方的约伯相比，弗兰茨·毕勃科普夫，你所失去的并没有他多，灾难正在慢慢地降临到你的头上。(361)

死神以约伯的遭遇比喻毕勃科普夫经历的“强制疗法”，因为“事情取决于你”，所以决定一切的并不是施加苦难的一方，而是遭受苦难的一方。主动权的倒转令原本指向结果的原因突然指向了它自身：像屠宰场的动物一样完全被动地接受苦难同样也会成为苦难的源头。在这个意义上，无限苦难循环之中的“牺牲者”实际上永远无法完成“牺牲”的任务。

假如约伯的故事暗示了毕勃科普夫作为“牺牲者”的一种“错误”状态，那么第六章中出现的人物以撒则表征着一种理想的“牺牲者”品质。父与子之间的对话再现了亚伯拉罕听从上帝之意献祭儿子的故事，当父亲决定亲手完成这件事时，以撒对他说：“来吧。我不害怕了，我愿意做。上山，下山，那一条长长的峡谷，来吧，下刀子吧，砍吧，我不会喊的。”(265)这不仅仅是顺从，更是一种自愿和自觉地面对死亡的勇气。这也为以撒的“牺牲者”之名镀上了一层神性的光辉，他因此从原本的规则之中脱颖而出：“主的声音是怎样呼喊的？哈利路亚。穿过高山，穿过峡谷。你们听我的话，哈利路亚。你们应该活着。”(265)

于约伯和以撒之间，“牺牲者”的标签获得了一种概念上的限定：它的前提不是忘记世界，固执地坚守着旧有的“我”，而是主动、自觉、能动地面向世界。毕勃科普夫的命运也因此被赋予了一条可以发生变化的线索，由此到彼的过程正是毕勃科普夫成为真正的“牺牲者”的过程，同时也是一个于外力之中被拆解再重构的过程。

## 二、作为“强制疗法”的暴力

### (一) 城市空间的暴力隐喻

作为牺牲者，毕勃科普夫是现代生活中复杂的、矛盾的一个个体，没有归属感、发现不了自己人生的根基，他像一头野兽一样在急促而混乱的城市中横冲直撞。20世纪20年代的柏林城一方面构成了他故事的背景，另一方面，这个城市空间也以一种饱含攻击性的隐喻式暴力参与了为毕勃科普夫特别准备的“强制疗法”。

柏林是魏玛共和国政治和文化的中心，具有高度发达的现代化城市特点。德布林在柏林长大，并一直在那里工作，德布林在创作中始终将“柏林”一词作为他作品中的重要元素。德布林在《柏林，亚历山大广场》中以影视化的写作方式将柏林方言、广告、流行音乐、科普读物以及新闻报道等各种不同的内容结合在一起，构成了一幅真实的柏林城市氛围。然而，德布林的作品不仅仅描绘柏林，他还通过人物的生命体验，从多个层面展现柏林这座“人类生存的珊瑚礁”。他经常运用时空的蒙太奇手法，把都市中的生活图景和人物角色的内心独白相结合。城市聚集着人群，人们的心理活动常常会折射出城市外部的景象。德布林以意识流的方式揭示了魏玛时代末期小人物的心理状况，揭示了柏林这个城市的邪恶和异化，为我们展示了一个甜蜜与肮脏共存的大都市。

德布林笔下的柏林是一处“罪恶之城”，每日的本地新闻里充斥着酗酒、嫖娼、卖淫、凶杀和斗殴的消息，它的瞬息万变令刚迈出特戈尔监狱大门的毕勃科普夫无比惶恐，“外面万物涌动，可——里面——一片虚空！它——没有——生命活力！”(4)实际上，现代都市人潮涌动、瞬息万变，所以与其说柏林真是一座“死城”，不如说在小说的开头，毕勃科普夫就已经失去了和这座城市之间的联系：他感受不到、也体会不了它。“它们(大城市)是生活之根分崩离析的源头，摧毁了成熟的、自然状态下的集体……，使个体无所依靠，消解了一切联系和规则。”[1]除此之外，这个包罗万象的大都市柏林在小说独特的蒙太奇结构中获得了一种主体性，它不仅是被描述的对象，而且仿佛自己在讲述着自己的故事。正是因为如此，置身其中的毕勃科普夫一方面感到不受任何约束，他随时可以隐藏到这个有机体的某个角落里，轻易地将自己淹没于人群中，就像他因为米泽的死被追捕时突然消失了那样；另一方面，这也让他毫无保留地被暴露在一切潜在的暴力危险中。小说中数次出现的亚历山大广场上的蒸汽打桩机（Dampframme）正是这种危险的象征：

> 在亚历山大广场上的阿辛格尔门前，蒸汽打桩机隆隆作响，干劲十足。它有一层楼那样高，若无其事地把钢轨打进地里。(145)；
>
> 那架打桩机轰轰地向下，咔咔作响，我所向披靡，也不放过一根钢轨，嗡嗡的声音从总局大楼传来，越过广场，他们铆接，一架水泥机把它的货物掀翻在地……满载着沙子的敞篷货车的一边向上升起，等升到那个高度时，扑通一声翻转过来。(149—150)

可以想象，巨大的机器在执行其工作时伴随着骇人

---

① Ulrike Scholvin: *Döblins Metropolen. Über die reale und imaginäre Städte und die Travestie der Wünsche*. Weinheim 1985, S. 10.

的、震耳欲聋的声音，无论是在视觉还是在听觉上都彰显出不容忽视的攻击性，它营造出不安和恐惧的氛围，强调着观看它的人于此时此地的弱小。这种攻击性显然与现代文明和工业化对旧有生存环境的破坏有关，奥托·克莱(Otto Klein)称它是“一切击打的(schlagenden)、不可违抗(unwiderstehbar)之力的象征”[1]。一方面，它随时提醒着生存在柏林的市民们这座城市强大的权力地位，它所代表的喧嚣的现代都市生活不仅摧毁着个性，也摧毁着人性。它强迫人们感受到它，也同时将人置入除此之外不再有其他的闭塞状态之中；另一方面，它也隐喻着这座城市之中无所不在的、人与人之间的力量悬殊——每个人都有可能是施暴者，也有可能是受害者。它像一个被放大数倍的“死神之锤”一样，暗示着弗兰茨·毕勃科普夫终要面对的“命运之击”。

“死神之锤”的另一次出现，是在小说“屠宰场”一章中：

> 这时，那个，那个屠夫，却站在它的后面，手里攥着已经举起的锤子。你可别回头看。那把锤子，被那个强壮的男人用双手握成的拳头举起，先是在它的后面，接着在它的上方，然后就：轰隆隆地向下击来。一个强壮的男人所拥有的肌肉的力量如同铁楔

---

① Otto Klein: *Das Thema Gewalt im Werk Alfred Döblins: Ästhetische, ethische und religöse Sichtweise*. Hamburg 1995, S. 194.

子一般，毫不留情地扎进它的颈部。(122)

原本矗立于亚历山大广场上的“铁锤”转眼握在了一个强壮男人的手中，宏观的象征意义上的暴力随即潜入直观的身体层面，它实战的场所就是被德布林描述为“动物们的死亡法庭”(118)的“柏林屠宰场”。在屠夫和动物的隐喻中，柏林城的暴力潜力和毕勃科普夫被拉扯、宰割的牺牲者命运被推向了最高点。

极度被渲染的暴力场景首先带来了感官上的冲击。德布林反复描述着物体的颜色，其中出现次数最多的、对比最为强烈的是白与鲜红，“它们躺在那里，白白的，胖胖的”(118)；“这厚密的白色蒸气”(119)；“冲洗白色的劈成两半的猪身”(119)；“被掏空了内脏的白白的动物……烫煮它们，再把变得白汪汪的它们抽拉出来”(119)；“这些猪成排地躺在加工台上，案板上，非常柔顺和洁白……它们被裹在崭新、洁白的衬衫里”(119)；“一头高大的白色公牛”(122)。而与白色的静止的常态不同，鲜红的血液在叙述中则总是以动态出现，“胳膊一般粗壮的血柱飞溅四射，乌黑而美丽的鲜血欢呼雀跃”(123)；“一股洪流，热气腾腾的乌黑，鲜血，欢呼雀跃的鲜血，滚烫的鲜血乌红地喷射而出，越过这把屠刀，越过屠夫的手臂，当人们走来，变形的仪式开始，你的鲜血是从太阳之中而来，太阳藏进了你的身体之内，它现在重新走了出来”(123)；“鲜血四溅，一股翻着气泡的暗红色的黏稠液体”(129)。

白与红一方面形成了视觉上的强烈对比，触发惊心动魄的感受，形成绚丽的画面从而满足审美的乐趣；另一方面，尸体之静和血液之动直接指向了生命消逝的瞬间，它凸显出屠宰场中，那条生与死之间极其鲜明却也极易被跨越的界限。

除了明显的视觉对比之外，屠宰场的暴力显然纯粹是为针对和消灭肉体而存在的。动物在这里被屠杀，然后被切割，它们的身体不是以完整的面目出现，而是作为散落各处的残片，“剁下的猪脚整齐地堆放在一起”(119)；“一根铁梁上有一只被开膛取出了内脏的动物”(119)，“这座血淋淋的大厅的门是敞开着的，出现在它的面前的是高悬着的、劈成两半、四瓣的身子，被剁碎的骨头”(122)。暴力之下，生命瞬间消失，“向那只喉管推进、推进，‘哧’的一声拉开一道长长的口子，一道很长的进入喉管的口子，这只动物就像一只口袋似的被打开了”(120—121)；“他用刀在深处探寻和摸索，从两节脊椎骨之间捅过，那里的组织非常幼嫩、柔软”。(117)身体的暴力是暴力最原始、最显性的一种形式，它直接指向了肉体，造成伤害和疼痛，它的最高级别就是取消受暴者的生存权利。当生存权消失，身体作为主体的意义也随之被消解，屠宰场中的暴力因此体现出了一种彻底的毁灭性。在小说中，外视角的叙述架空了暴力双方的心理活动，它逼迫着我们直视受暴者的身体或者说身体部位，暴力描写开始倾向于回归到一种原初的“身体性”上。这种对“原初”(das Primitive)的渴望孕育于萎靡、消沉的末世情绪中,延续至世纪初,成长为对颓废的世纪末情结的一种积极反抗。恩斯特·施塔德勒(Ernst Stadler)将其概括为一种“时代意识”,“强烈地盼望重新向前,而不是后退,重新描写而不是诉苦”。[①] 它在美学表达上更倾向于质朴、直接、不加修饰,甚至于粗暴、血腥的暴力场面也不再笼罩于“唯美”的薄纱之下,而是赤裸裸地被描写为它本身。

将被屠宰后用于贩卖的动物看作受暴的牺牲者,从根本上来讲也许并不贴切。处于暴力的另一端,它们表现出的始终是感受和理解的无能。也正因如此,它们被拜尔多夫(Hans-Perters Bayerdörfer)称作“错误的牺牲者”(falsches Opfer)[②]。然而,正是这种面对死亡的盲目和无意识印证了主人公毕勃科普夫的动物状态,屠宰场一章因此与紧随其后的约伯一章一起,组成了小说叙述层面有关“错误的牺牲者”的话语。与此同时,以“屠宰场”的隐喻为载体,随后降临在毕勃科普夫身上的暴力不仅不可抵抗,更谋得了一种合法性,就如这一章的标题那样“因为人和畜生一样;它怎么死,他也怎么死”。(117)

---

① 转引自 Hans Richard Brittnacher: *Erschöpfung der Gewalt — Opferphantasien in der Literatur des Fin de Siécle*, a.a.O., S. 22.

② Hans-Perters Bayerdörfer: *Der Wissende und die Gewalt. Alfred Döblins Therorie des epischen Werkes und der Schluss von 'Berlin Alexanderplatz'*. In: PRANGEL, Matthias (Hrsg.): *Materiallien zu Alfred Döblin 'Berlin Alexanderplatz'*. Frankfurt a. M. 1975. S. 164.

### (二) 揭开“真相”的施暴者

恶与战争的暴力——赖因霍尔德

在毕勃科普夫故事线上，赖因霍尔德作为一个“反面人物”，和毕勃科普夫是朋友。此人具有两副面孔。对于赖因霍尔德，毕勃科普夫的第一印象就是他是一个憨厚的人，除了说话有点结巴之外，还算得上是一个很体面的人。不过，当两人关系走得更近时，赖因霍尔德就露出了另外一副面孔。德布林采用意识流的方式来展示赖因霍尔德的内心想法，对赖因霍尔德的形象进行刻画。

从情节发展来说，毕勃科普夫的残疾，就是赖因霍尔德一手造成的。在与毕勃科普夫认识不久后，赖因霍尔德就暴露了自己的真实面目，他和毕勃科普夫开始了对女性的交易，但毕勃科普夫拒绝接受他所要放弃的女人时，他就和毕勃科普夫保持一些距离了。后来，他们两个都参加了普姆斯的偷盗行动，毕勃科普夫担心事情败露，不愿意再干下去，赖因霍尔德觉得毕勃科普夫太愚蠢了，他在心中把毕勃科普夫称为“放肆的肥猪”，毫不留情地把毕勃科普夫推到了正在疾驰的车外，对昏迷的毕勃科普夫不管不顾。赖因霍尔德的内心活动表现出他对毕勃科普夫的轻蔑和厌恶，这种情绪在不知不觉中影响到了他对毕勃科普夫的报复。这塑造了赖因霍尔德自私自利、心胸狭隘、残忍无情的人物形象。

在小说的前言中，德布林提到了弗兰茨·毕勃科普夫同某种“看似命运决定的东西所展开的实实在在的搏斗”(1),在全书的最后一章,他接受了来自命运的最后一击,而这也是整个暴力链条的顶点,当他最终弯下膝盖,放弃“一心只想强大起来”(415)的执念,在死神代言的命运面前臣服时,他得到了这样的昭示:

> 我说的是,你没有睁开眼睛,你这个狗杂种!……赖因霍尔德抓住了你,把你扔到汽车底下,你的那条胳膊被车轧断了……。她来到你的身边,她很可爱,她保护着你,她喜欢你,而你呢?那是一个什么样的人儿哟,跟花儿似的,可你却把她拿到赖因霍尔德面前去炫耀。……她是为你才死的呀,不是你又是谁呢。(414—415)

在毕勃科普夫“强制疗法”的另一端,赖因霍尔德始终以一个施暴者的面目出现。在命运的规则中,他代表了拳拳到肉的直接暴力,他的每一次出击都以对方的残废或者死亡为结局。小说中,他被描述为“那种冷酷的、今生今世也不会改变的暴力,正因为如此,他的冷漠无情和铁石心肠将持续到最后一刻”。(395)在这个意义上,赖因霍尔德之名获得了一种与“战争”等同的内涵,即毫无人性和毫无差别的暴力最大化[1]。他的首次出场即伴

---

① Vgl. Hans-Peter Bayerdörfer: *Der Wissende und die Gewalt. Alfred Döblins Therorie des epischen Werkes und der Schluss von 'Berlin Alexanderplatz'*, a.a.O., S. 160.

随着一段士兵整队的口令："全体立定。排列成行。向右转，齐步走。"(177)该章预言式的标题提示毕勃科普夫结识赖因霍尔德的行为背后隐藏的巨大危险："弗兰茨作出一个毁灭性的决定。他不知道自己已经引火烧身。"(173)实际上，以赖因霍尔德为"触发器"，毕勃科普夫"无意识"状态下对"战争暴力"的倾向也是造成他"必须牺牲"的一个重要原因。他对赖因霍尔德从始至终抱有不顾一切并且毫无根据的好感，即使在失去手臂之后，他依然感到最为真切地爱着这个人。这种战争倾向进入主人公的潜意识，以有声化行军的方式穿插于二者交往的叙述之中，于是，只要赖茵霍尔德出现时，毕勃科普夫的脑海里便不断回响起这样的声音："齐步走，一、二，一、二，左右，左右，左右。"(272)"隆得咚，大炮、长号。"(277)"前进，前进。"(278)

由军歌和行军口令所象征的不断闪回的战争场面以一种蒙太奇的方式构成了与城市空间不断相交的另一条战场线索。除此之外，小说中对战争创伤的再现也成为了毕勃科普夫承受命运暴力的一种形式：被赖因霍尔德推下车失去右臂后的残疾模样令人回想起毕勃科普夫在酒馆里结识的伤兵的样子，"他的整个右臂从肩关节处被锯掉，肩部的几块骨头被切除"。(200—201)实际上，身体的残缺并不是"战场"留给毕勃科普夫唯一的印记，按照米歇尔·奥斯特海姆(Micheal Ostheimer)的观点，自打从特格尔监狱的大门中走出的那一刻起，他已经表现出一种"战争神经官能症"的症状，"他所体验过的心理创伤会得到重复式的体会，带来再度创伤化的后果”。[①] 前文中提到的毕勃科普夫居无定所的动物状态也可以理解为这种创伤的一类表现，他不信任封闭的空间，恐惧屋顶或者坍塌便会致命的一切固定建筑物，“屋顶在房子的上面，它们悬在房子的上面，他的双眼向上乱看：屋顶可千万别滑下来，但房子立得很直”(5)；他感到一切轻微的声响都犹如“雷鸣”(88)；在给破门行窃的赖因霍尔德团伙望风的时候，“他的身体有点发抖”。(190)虽然，小说中的“战争”并没有作为一个施暴者的实体而存在，它甚至极少出现在人们的话语当中，但在现实中，它不久前曾经以极具毁灭性的力量击碎过一种完整的生活。在小说中，这种认识对象的整体显然被拆解为无数象征性的片段和瞬间。对于以毕勃科普夫为代表的、经历过第一次世界大战的一代人来讲，战争创伤已经成为思维的碎片遗留在了所有“受暴者”的意识当中，或者说，正是战争本身造成了思维的碎片化，而这就是一种独特的“受暴者”体验，“在具有威胁性的处境因素和个人的征服可能性之间的活力化矛盾，与无助感和得不到保护的敞露感并行，由此造成一种持续的对自我理解和世界理解的动摇”。[②]

自我的碎片化导致了毕勃科普夫与作为认识对象的

---

① 米歇尔·奥斯特海姆、李双志：《创伤、城市与回忆——以阿尔弗雷德·德布林的〈柏林亚历山大广场〉和 W. G.泽巴尔德的〈奥斯特里尔茨〉为例》，《德语人文研究》2013 年第 2 期。

② 对于创伤体验的定义，参见米歇尔·奥斯特海姆引用的《心理学创伤学教科书》。参见同上，第 10 页。

外部环境之间的脱节,缺乏反思其源头的能力并且无限地被其吸引,从而构成了他的一种"罪责"。小说中,深陷于"罪责"之中等待着暴力的来临贯穿毕勃科普夫与赖因霍尔德的相处过程。后者作为施暴者,除了指向"战争"的可能性之外,更表征着一种"恶"。小说结尾处,主人公于"濒死"的幻觉中见到了这位他曾经的"朋友","他走了,地狱之火在他的眼睛里闪烁,他的头上长出犄角,他尖声叫道:'来吧,来和我斗吧,显示一下你的能耐'"。(420)赖因霍尔德以魔鬼之身出现在小说中并不是第一次,早在毕勃科普夫遭遇"断手之击"时,一幕突然闪入的情节叙述当中的恐怖画面似乎已经暗示了这个人物所象征的身份:

> 这个世界姓铁,你是无能为力的,它像碾子一样向你轧来,你无能为力,它来了,它冲过来了,他们坐在里面,这就是一辆坦克,里面载着头上长角、两眼喷火的恶魔,他们把你碎尸万段,他们坐在那里,用他们的链条和牙齿把你撕成碎片。(183)

头上长角和猩红的双眼皆是传统魔鬼形象的一部分,"在背弃和引诱的双重角色中,魔鬼是不可替代的,因为他把本来没有具体样子,只是抽象地停留在他的躯体里的恶,形象地表现了出来"。[1] 除了以魔鬼的样子现身

---

① 阿尔特:《恶的美学历程——一种浪漫主义解读》,见前注,第94页。

之外，赖因霍尔德同样具备那种纯粹的魔鬼之“恶”：在将毕勃科普夫推下汽车和杀死米泽这两件事情中，作为施暴者的他，动机是不完整的，也就是说，它们是原本不至于发生的一种暴力。这让人联想到索夫斯基关于“绝对暴力”的论述：这种具有僭越特性的暴力取缔了一切理性、目标、价值等人类社会的基本原则。①

特别是在米泽之死一章中，赖因霍尔德表现出了超出人性范围之外的残暴和冷血。在毕勃科普夫授意后，米泽接受了赖因霍尔德出游的邀请，二人散步至森林深处时发生争执，冲突迅速升级，米泽预感到危险发声呼救，赖因霍尔德匆忙制止，将事件推向高潮，“他跪在她的背上，他的一双手掐住了她的脖子，两只拇指陷进脖颈子里……”(333)。随后，叙述者的目光迅速由施暴者转移至受暴者，他描述道：“她的身体开始发紧，开始发紧，她的身体开始发紧。”(333)重复的句法形成了一种“长—短—长”的节奏感，将施暴的时间线条铺展开来，仿佛是施加在颈部的力量逐渐进入米泽身体，最终凝固在那里的一个过程。在这个过程的两端，“掐颈”与“发紫”形成了直接的因果关系，赖因霍尔德的残暴和米泽的无助于这种张力中被推向了极致。紧接着，小说前文中已经数次出现过的死亡隐喻依次穿插进入叙述。首先是所罗门传道书《箴言》的节选，“每一样东西都有它的时日。扼杀

① 参见 Wolfgang Sofsky：*Traktat über die Gewalt*. a.a.O.，S. 45ff.

与治愈,打碎与建造,撕碎与缝合,它的时日”①(333);接着是死神之歌,“威力,威力,有个割草人,他拥有来自至高无上的上帝的威力”(334);最后是屠宰场一章的片段,“接着再用一根木棒击打这只动物的脖颈儿,用刀割开脖子两边的动脉。流出的血用金属盆来接”。(334)这三次叠加的隐喻线索毫无疑问地指向了米泽生命的终结,但更为重要的是,它们赋予了现实层面的米泽之死一种神谕式的力量——米泽以“受难”的形式启动了为毕勃科普夫带来觉醒的最后一次“命运之击”。描述完凶杀细节之后,叙述者的目光从赖因霍尔德处慢慢撤退,对这次事件的情绪渲染最后结束在整片森林的全景之中。杀人犯擦擦手后离开了,已经成为尸体的米泽则留在了这里。即使让尘归尘,让土归土,她仍然并没有获得安宁。风暴袭来之前的巨大风声打破了原本属于死亡的沉静:“呼,哗,呼——呜——呜”,“她的躯干被打死了,她的眼睛,她的舌头,她的嘴巴……”;这风声随后被叙述者比作“一条被关禁闭的狗在嚎叫,尖叫,哀鸣”(335)。一种极度的悲伤似乎已经瞬间抵达了谋杀的现场,米泽的“受难”烘托出了悲剧的氛围:永远身着白衣的米泽象征着纯真和无辜,她

---

① 《箴言》中该段传道文的原文为:“凡事都有定期,天下万务都有定时。生有时,死有时;栽种有时,拔出所栽种的也有时;杀戮有时,医治有时;拆毁有时,建造有时;哭有时,笑有时;哀恸有时,跳舞有时;抛掷石头有时,堆聚石头有时;怀抱有时,不怀抱有时;寻找有时,失落有时;保守有时,舍弃有时;撕裂有时,缝补有时;静默有时,言语有时;喜爱有时,恨恶有时;争战有时,和好有时。”

是毕勃科普夫“用糖、龌龊和所有的东西混合而成”(416)的世界中几乎唯一的甜味。然而她的美和独特同时也构成了她“必须要死”的理由。在这个意义上,恶的暴力彻底毁灭了“美好的、有价值的东西”,它放大了善恶对抗中的力量悬殊,也为主人公承受的爱人之死增添了神话式的悲剧色彩。“它是弗兰茨的命运,而且——它现在——也是你的命运。”(305)死神曾经这样向米泽宣告。一对情侣的“受暴者”身份其实早已融为了一体——赖因霍尔德杀死了米泽,同时也“杀死”了毕勃科普夫。

最高级别的暴力——死神

可以说,赖因霍尔德的暴力是“强制疗法”以残暴的肉身攻击进入毕勃科普夫的尘世生活。他以“恶”的面貌承载了魔鬼的肉身,以“恶”的惩罚形式向毕勃科普夫揭示了现实空间中包含的地狱属性,他连接了“命运之击”的经验和超验两个层面,推动了小说中暴力的升级。当情节进入“弗兰茨的尘世之路现在就走完了”(393)的第九章,赖因霍尔德与即将登场的死神完成了施暴者之间的衔接,因此,叙述者宣告道:“这个赖因霍尔德所扮演的角色就到此为止了。”(395)随后,毕勃科普夫在疯人院的病房中见到了死神。

也就是说,在《柏林,亚历山大广场》中,命运的暴力正是以赖因霍尔德为前奏,面向“死”,不断向主人公毕勃科普夫显现的,死亡的意象化身为割草人(死神)和拿着斧头的屠夫穿梭于叙述当中,构成了可被感知的具体形象[①]。除此之外，作为《创世纪》中将“死”带入了尘世的动物，毕勃科普夫身上的“蛇”之烙印，也是如影随形的死亡象征。

显而易见，“死神”其实一直陪伴着毕勃科普夫，守候在其身边，只是后者要么对他视而不见，要么在他面前逃走，就像死神指责的那样：“你没有一刻想到过死神，我把一切都给你送来，你却没有认出我来，而当你猜出是我的时候，你就变得越来越狂野和惊恐——竟然当着我的面逃跑了。”(411—412)死神声称自己才是最具威力和“真正”的力量(412)。他掌握着揭示真相的权力，这个真相以他自身为内容，也以他自身为目的，他逼迫在“性、酒精、权力争斗或者自恋情绪”[②]的烟幕弹中横冲直撞的毕勃科普夫停顿下来，直视他的双眼。事实上，他的首次出场就在主人公的意识中，虽然后者并没有意识到：

> “谁？谁在说话？”
>
> “我不告诉你。你会看见的。你会感觉到的。武装好你的心。然后我再对你说话。然后你就会看见我了。你的双眼将满是泪水。”
>
> “你还可以这样说上一百年。我只需付之一笑。”

---

① 德布林与海德格尔“向死而生”的观点于此处发生了关联，二者均强调对死的认识和接纳是构成完整生命的前提。

② Otto Keller: *Döblins 'Berlin Alexanderplatz'. Die Großstadt im Spiegel ihrer Diskurse*. Bern, Frankfurt. a.M. 1990, S. 118.

“别笑。别笑。”(144)

预言式的言语和立足于未来的目光彰显了“死亡”全知全能的“绝对权力”，按照他所昭示的结果，经历了欺骗、断手和爱人之死的毕勃科普夫终于来到了他漫长的“牺牲”之路的末端。曾经什么也不看、什么也不听的他现在听见了死神“慢悠悠的歌唱”。(411)这歌声令人难受，它就像拉锯一样，“慢慢地启动，然后锯进肉里”。(410)

“听见”和“看见”死神的一瞬间同样意味着毕勃科普夫感受暴力的模式发生了变化，攻击由现实层面完全进入了象征层面：“斧子在空中闪动，白光闪闪”(412)，“又有一把在嗖嗖作响”(413)——这些架空了攻击对象的暴力准备以不断重复并且愈发密集的形式将“致命一击”到来前的紧张感推向极致。在死神“把你的心交过来，好叫你彻底完蛋”(416)的指令中，空中的武器“挥起来，落下去，砍，挥起来，杀下去，砍，挥，落，砍，挥落砍、挥砍、挥砍”。(413)毕勃科普夫以喊叫作为对痛苦的回应，伴随着他的哀号，挥砍仍在继续，“他将被一厘米一厘米地剁成肉酱”。(413)受暴者本人这样描述这个过程：“我在受苦，我在受苦。”(414)而他得到的回应是“你在受苦，这是再好不过的事情了”。(414)

这也就是说，就在毕勃科普夫彻底放弃了生的欲望、故意挑衅警察遭到逮捕之后又拒绝进食的时候，在他的

“尘世之路现在就走完了”(393)的时候，死神却出面干涉了，“我要在你的面前出现，现在是时候了……我之所以要来到这里，是因为由我出面保护的时候到了”。(411)

## 三、毕勃科普夫的“新生”

“弗兰茨·毕勃科普夫的故事”是作品的副标题。小说以毕勃科普夫为中心，以他在柏林的生活经历为背景，讲述了他的种种遭遇。作者不仅直接描述了毕勃科普夫的行为活动，还运用了意识流的写作手法，通过展示毕勃科普夫的内心世界表现人物特点。在《柏林，亚历山大广场》中，作者经常将毕勃科普夫的意识描写插入事情叙述和场景描写中，这就形成了一种复杂而破碎的片段特征。例如，对毕勃科普夫从特格尔监狱离开，坐上电车到柏林的情节描写，其内心世界是熙熙攘攘的人行道和海洋大街。

> 热闹的人行道出现了，海洋大街，人们上车下车。他的心里有个声音在惊恐地叫喊：注意，注意，开始了……他又悄悄地下了车，融入人流……拥挤，真是拥挤。叫人动弹不得……混在人群里，一切都淹没了，你什么也看不出来，伙计。橱窗里的模特穿着西服，大衣，还有裙子，长筒袜和鞋。外面万物涌动，可——里面——一片虚空！它——没有——生

> 命活力！一张张欢乐的面孔，一阵阵纵声长笑，人们三三两两地在阿辛格尔对面马路的安全岛上等候，抽烟，翻看报纸。那景象就像伫立的路灯一样——而且——变得更加僵硬。(4)

小说场景伴随毕勃科普夫的动作变化而发生转变，毕勃科普夫的思想意识也随之变化。当电车驶入柏林繁忙的街道时，毕勃科普夫并没有对新的起点抱有任何希望，他“惊恐”地下了车，走进了熙熙攘攘的人群，他开始抱怨这里太拥挤了；当他看见橱窗中的服装模特时，他又为其缺乏生命力而感叹；一张张欢快的脸庞和一串纵声长笑交织在一起，让他觉得这一幕就像是僵硬的路灯。他有一种从监狱走进更大监狱的幻觉。毕勃科普夫对刚从熟悉的监狱里出来而感到迷惘，并对喧闹的都市生活存在恐惧，这些都使他感到不安。短短几句话，就塑造了一位与大都市格格不入的人物角色，这使读者不禁想知道毕勃科普夫将来会以何种面貌出现在柏林，会有何种生存或死亡方式。

人之所以有生，是因为有死。正因为生与死的这种相依关系，人类从诞生的那一日起就不断地思考着死亡问题。这一思考涉及的，却不可能是死亡本身，因为死亡是死者才能经历的。人类学家托马斯·H.马霍(Thomas H. Macho)持有这样的观点：“死亡”实际是一个空洞的概念(ein leerer Begriff)，它无法包含任何经验和感受，当它被提及时，它只能作为隐喻式的修辞，指向一种“言说不可言说之物”[①]的行为。从这个意义上，死亡的历史，其实是“人与死亡关系的历史”。[②] 死亡是绝对的，这取决于人的身体所具有的短暂性。但在死亡之后会发生什么却是未知的，这给了想象以很大的空间，这大概也是为什么“彼岸想象”(Jenseits-Vorstellungen)[③]层出不穷的原因。在史前文明对死亡的想象中，死亡并非自然的规律，也就是说，它不是生物学范畴的，而是一种社会现象，它生发于外部世界，自敌人或魔鬼处而来[④]。彼岸的诞生让此岸得以延伸，在这个意义上，死是终结，又是新的开始。且不说宗教意义上的形形色色的“彼岸”说，考古学的诸多发现也告诉我们，人类在其早期就已经相信人死后会“重生”。[⑤]

有关“彼岸”和“重生”的想象让人的生命获得一种面向未来的姿态，它意味着新的可能性。如果说这一点也

---

① Thomas H. Macho: *Todesmetaphern. Zur Logik der Grenzerfahrung*. Frankfurt a. M. 1987, S. 183.

② Thomas Macho: *Tod*. In: Chriostoph Wulf: *Der Mensch und seine Kultur. Hundert Beiträge zur Geschichte, Gegenwart und Zukunft des menschlichen Lebens*. Köln 2010, S. 939.

③ Christoph Wulf: *Anthropologie. Geschichte, Kultur, Philosophie*. Reinbek bei Hamburg 2004, S. 251.

④ Ebd.,S. 185.

⑤ 西安半坡村遗址展出的用于安葬夭折儿童的瓦罐上的出气孔被解释为人死后灵魂的出口，与之相比，德国尼安德特人在埋葬死人时将尸体摆放成胎儿在子宫中的姿势更能说明旧石器时代的人已经相信人死后会重生。参见 Ebd., S. 250.

适用于《柏林，亚历山大广场》中主人公毕勃科普夫所经历的“毁灭”的话，那么，他的“重生”则是在死神的暴力驱动下发生的：死神不仅要用“白光闪闪”的斧子弄出光亮来，让他看到自己“正躺在一个深渊里”(412)，更重要的是，死神要求对话。他几乎是在用强力撬开毕勃科普夫的嘴，“就像个屠夫和刽子手”，“掐住”后者的脖子。(414)他毫不留情地把毕勃科普夫所犯下的所有罪过讲给他听，他挖苦他，训斥他，却也教导着他。

在与死神的对话中，毕勃科普夫的死亡延缓成为一个过程。这一过程首先从他肉体上的变化开始。以前以强壮为荣的他如今瘦得皮包骨头，连恶的代理人，那个“骑在一头猩红动物身上”的妓女巴比伦都觉得“为这个男人并不是很值得”，因为他“要肉没有肉，要膘没有膘”。(404)即使这样，死神还在不断地击打着他。而他，如今作为一个纯粹的受难者，则别无选择地把身体伸向前去，等待着在“砧板上被人大解八块”。(413)身体的解体导致他的灵魂达到了最低点，意识只是偶然还在闪烁。只是到了此时，只是在他的身体和意识都彻底解体之后，他才获得了向世界开放的可能：

> 在死亡的过程中……毕勃科普夫走进世界，他的自我解体引导着他以一种从未有过的方式在城市里游荡。毕勃科普夫从来没有这样熟悉，这样专注，这样清醒地穿过柏林，像他的生物有机部分所做的

那样：它们在与世界交往。[1]

这也就是说，在原有的一切击打之下，身体统统变为碎片，于无意识之中反而生出一种新的能量。弥留中的他开始行动，搜寻散落在各个角落里原本属于他的东西，“他在呼唤、行走和漫游。他使出了浑身的解数。他穿过窗户，来到田野，他摇晃着草丛，他爬进了老鼠洞：‘出来，出来，这里是什么，这是我的什么东西吗？’”(417)死亡在这里不仅既意味着自我的解体，同时也意味着新的自我的重新组合，死亡与重生在德布林那里构成一个整体，它们是一个事物的两个方面：人只有经历过了毁灭，走过了灭绝之路，他才能解除僵硬，走上一条德布林意义上的“全面自然化”的道路。[2]

死亡之神在这里反而充当起了“生命和那真正的力量”(412)，就像他自己表白的那样：“我不单单只是收割者，我也不单单只是播种者”(411)毕勃科普夫于“死”的节点上同时也完成了自我的“重生”，他的起始与终结此时融为了一体，“新”的生命形式覆盖了“旧”生命的消逝。在死神惩罚性的砍杀中，毕勃科普夫沿着死神递给他的梯子摸索着向上爬行，他痛苦地叫喊着，却“没有退缩”。

---

① Harald Jähner: *Stadtraum — Textraum. Die Stadt als Megaphon des Unbewußten*. In: Thomas Steinfeld, Heidrun Suhr (Hrsg.): *In der großen Stadt*. Frankfurt a. M. 1990, S. 98.

② Vgl. Peter Bekes: *Alfred Döblin. Berlin Alexanderplatz*. München 1997, S. 88.

(413)在这个意义上,死亡于毕勃科普夫而言成为了一个学习和灵魂"净化"[①]的过程。他名副其实地成了"死神的学生"。[②] 而他从死神那里学到的,与其说是消极地放弃抵抗,不如说是一个不同于巴比伦暴力原则的生存之道:面对暴力世界的各种诱惑,保持"清醒","少一些狂妄"(416),在对抗暴力的同时不要受其诱惑走上一条不顾一切只求达到目的的暴力之路。因为恰恰是这种自我维护(sich behaupten)的欲望不仅让他失手打死了伊达,还让他认不清赖因霍尔德的魔鬼面目,更让他因为在赖因霍尔德面前炫耀而失去了米泽。毕勃科普夫终于开始认罪:"弗兰茨哭啊,哭啊,我有罪,我不是人,我是畜生,是野兽。"(424)。在放弃了以暴力维护自我的意愿之后,在悔恨和罪责的炼狱里,一种"良知觉醒"意义上的意识转变得以完成。[③] 就这样,毕勃科普夫,这个"从前的运输工人,罪犯,无赖,打人致死者,死了",床上躺着的是另外一个人,一个"有着和弗兰茨一样的证件,模样也和弗兰茨一样"的人。(424)死神逼退了"恶毒妓女"(424)巴比伦,完成了其教化任务,毕勃科普夫身上的兽性被释放了出去,他"成人"了(Menschwerdung)。小说结尾处,他走出

---

① Vgl. Peter Bekes: *Alfred Döblin. Berlin Alexanderplatz*. München 1997, S. 89.

② Hans-Peter Bayerdörfer, *Der Wissende und die Gewalt. Alfred Döblins Theorie des epischen Werkes und der Schluß von "Berlin Alexanderplatz"*, a.a.O., S. 322.

③ Ebd., S. 330.

疯人院，第二次离开一座囚禁过他的房子，身体虚弱无力，但城市对于他不再危险，他对于城市也不再危险。即使城市充满诱惑，也难以在他内心掀起丝毫波澜：

> 经常有人群、旗帜、音乐和歌声从他的窗前经过，毕勃科普夫漠然地瞅着门外，依然长时间地静静地待在屋里……我要是跟着一起前进的话，我事后就得为人家的想法掉脑袋。所以，凡事我都会首先好好地合计合计，如果时机成熟，并且也适合我的话，我是会去看齐的。人被赋予了理智，那些傻瓜却用拉帮结伙来替代它。(435—436)

毫无疑问，毕勃科普夫的死是只是一种类似死亡的体验。被送进布赫疯人院时，毕勃科普夫几乎已到了弥留之际，他感到生命即将结束了，这时死神来为他唱歌，要他悔改。在实际生活中，人们通过与人或物的接触而感受到自己的存在，也感受到死亡是不可避免的。死亡如诅咒一般如影随形地飘浮在毕勃科普夫的周围，但是他对此视若无睹。没有人可以避免死亡，因此，毕勃科普夫在小说的第九章中，终于到了无处可逃的一刻，必须面对这个他一直在逃避的问题。他甚至发问："什么？什么！你怎么看我，你想把我怎么办？"(412)他知道，死亡是必然的。他没有再逃走，当他说出"我们都是一根绳上的蚂蚱"(427)时的想法就是，他与其他人一样，都需要面临死亡。到了结尾，毕勃科普夫体验了死亡后，又回到了这个世界上。他完全变了个人，连姓名都改成了弗兰茨·卡尔·毕博科普夫。除此之外，毕勃科普夫在面对死亡时的想法也发生了变化，他去墓园祭拜了米泽，承认米泽已经去世，但他并没有流泪，而是将一把郁金香放在地上，抚摸着十字架，然后便离开了。毕勃科普夫再也不逃避死亡，他接受了死亡，为了表达对米泽的思念，他和朋友去品尝米泽最喜欢的蜂蜜蛋糕，通过对死亡的思考，他找到了面对生活的勇气，他带着和米泽的美好回忆，开始了新的生活。此外，这时的毕勃科普夫还有一个突出特点，就是他不再把责任推到别人身上，也不把过错推给命运。随着死亡进程的发展，毕勃科普夫生活中的各种关键人物一个接一个地浮现出来，他发现自己犯的错误，再也不愿与赖因霍尔德有任何瓜葛。他向米泽道歉，表示忏悔，意识到米泽的死是他一手造成的："要是我不把她拿到赖因霍尔德面前去炫耀的话……我都做了什么呀。"(459)通过死亡，毕勃科普夫重新审视了自己过往的经历，用一种完全不同的态度面对自己的过去。他没有再逃避，而是听从了死神的劝告，坦然面对周遭的一切，认清真相，坦白悔过。至此，毕勃科普夫的肉身虽在，但他的精神已被置换。

正如前文所述，无论以什么角度、什么截面进入弗兰茨·毕勃科普夫这个人物，都能看到他身上缺乏所谓的人性的一面，小说中无数次出现的有关"蛇"的比喻正是他身上"动物特征"的体现：只遵循情绪及欲望，脱离团体，缺乏主动思维的能力和认知的能力，毕勃科普夫在这个意义上成为了以“精神”为核心的“存在”的反面，是一个“不合格”的人，更是一次对文明的反叛。因此，暴力以各种形式进入了他的故事，让他在柏林这个大都市无处躲藏，时刻提醒着他作为一个现代人的身份。另一方面，混乱无序、瞬息万变的现代都市柏林同样是等待毕勃科普夫去认识和感受的作为外部环境的客体，它处在主人公牺牲命运的两端：一端是他毫不理解的诱惑和随时准备吞噬他的危险，另一端则是“冷静”和“理智”的目光中这个“城市空间”真正意义上的客体化。

# 结　语

本书探讨的三部小说仅仅是20世纪初德语文学话语中暴力演示的典型文本，比较集中地反映了当时德语文学文本中的暴力主题。从作品产生的时间节点看，三部小说均诞生于20世纪20年代前后，分别以第一次世界大战的战前①、战中和战后作为背景。从小说的文本样式和叙述方式上来看，三者有着明显的区别：《失踪的人》以卡尔·罗斯曼在美国社会的堕落式发展历程为叙述线索，体现出修养小说传统框架内反修养小说的诸多特征；荣格尔的《在枪林弹雨中》以日记为载体，用一种“内心经历”的方式再现了主人公“我”参加一战前线作战的亲身经历；德布林的《柏林，亚历山大广场》则采用了内心独白、意识流、蒙太奇等典型的现代小说的叙述技巧，用拼

① 1927年出版的《失踪的人》，其主体部分完成于1912至1913年间，1914年卡夫卡再补叙了一些片段。参见谢莹莹：《〈美国〉简析》，载于高年生(编)，卡夫卡(著)：《卡夫卡文集·第2卷》，孙坤荣、黄明嘉译，北京：作家出版社，2011年，第150页。

贴手法描绘出一个迷宫般的现代大都市以及生活在其中东跌西撞的人的命运。

在论述方法上，本书借鉴文化学的跨学科理念，从讨论暴力概念的内涵入手，进而分别从思想史和文学史的角度梳理暴力理论和暴力想象的延展和交错，着重勾勒出暴力与现代危机的密切联系，为三个文本在20世纪20年代暴力话语中所处的位置做了理论上的铺垫。在此基础之上，本书通过文本细读，深入挖掘三部小说中的暴力主题，探究它们各具特色的暴力书写形式，尤其关注暴力与权力、身体、死亡之间错综复杂的关系，以期透视特定历史截面上暴力书写的审美意义和现实意义。

值得注意的是，在详细阐释的三部作品中，暴力发生的空间和它所依附的对象各不相同。《失踪的人》的主人公卡尔·罗斯曼作为一个无知的少年被推出家门后，走进了一个以“美国”这个现代资本主义国家为大背景，以等级化的、散发着强制力的权力结构为标识的“社会空间”。此处，暴力的目标在于规训、征服和控制，它致力于将规则写入身体，致力于“生产”出符合这个社会空间要求的对象。它是现代社会规训权力伸向个体身份的魔爪，它的形式“是矫正和改造，是产出和造就”。[①] 为了达到这个目的，伤害肉体的“直接暴力”以及以“训练”“标记”为特征，产生于权力结构中的“间接暴力”或“结构暴

① 汪民安：《现代性》，见前注，第97页。

力”构成了一种对于个体具有强制功能的社会权力关系。

小说《在枪林弹雨中》里，荣格尔以自身一战前线的战争经历为素材，以一种“保持距离”的、具有“新实际”特色的写作手法，搭建起一个形象化的“战争空间”，在把个体经历文学化的过程中，将暴力当作摆脱市民文化束缚、通向“崇高”和“非凡”的途径。首先，小说彰显的显然是一种“反启蒙、反文明”的世界观，它用“自然法则”替代了文明法则，暴力由此摆脱了道德的束缚，爆发出一种回归原始的、嗜血的激情。其次，“战争空间”使得现代技术得以凸显，而个体则遭到了隐匿。其科技属性不仅强行拉开了施暴和受暴双方的距离，导致“士兵”作为主体在战场上的“不可见”。而且，现代武器强大的毁灭力量也令这种“不可见”成为身处前线的士兵主动选择的一种求生策略。最后，“战场空间”集中并浓缩了暴力的破坏性，同时放大了它被感知的强度，无限延伸了与它相遇的主体的感官能量。小说中的暴力体验被转化为令人迷醉的、几近欣喜若狂的冒险经历，从而获得了一种巨大的、逾越式的“崇高”美学再现。

在《柏林，亚历山大广场》中，柏林这个“城市空间”是主人公毕勃科普夫承受命运击打的“擂台”。一方面，小说的蒙太奇结构赋予了它一种鲜活的主体性，仿佛是城市自己在讲述自己的故事。无论是亚历山大广场上日夜轰鸣的巨型打桩机，还是柏林屠宰场里每日被肢解后贩卖的动物，都构成了这个“城市空间”饱含攻击性的暴力隐喻，它指向隐藏于现代生活背后的那种强制力，并从象征意义上将其推向了毁灭性的高度。因此，它像一个隐形的却又随处可见的施暴者主体一样，参与了为毕勃科普夫特别准备的“强制疗法”。另一方面，混乱无序、瞬息万变的现代都市同样是等待毕勃科普夫去认识和感受的作为外部环境的客体，它处在主人公牺牲命运的两端：一端是他毫不理解的诱惑和随时准备吞噬他的危险，另一端则是“冷静”和“理智”的目光中这个“城市空间”真正意义上的客体化。

虽然三部小说分别选择了三种极具代表性的现代空间作为暴力“施展”的场所，但是它们的共同之处都是“人”在其中的核心位置。在三部作品中，暴力均显现为一种不可抵抗的、导致人发生变化的力量，也就是说，这里呈现的是经历暴力之前的“人”和经历暴力之后的“人”之间的区别。在《失踪的人》中，暴力在主人公卡尔坠落式的逆向发展中发挥了至关重要的作用。对于他来讲，暴力的强制和施虐过程就是他不断失去的过程：失去家乡，失去工作，乃至失去自由。伴随着这一过程的则是人的负面变化：一开始的单纯和无知逐渐被麻木和无力取代。也就是说，卡尔不仅在社会的权力秩序中坠入最底层，他作为个体在丧失了身份之后，也丧失了个人意志和尊严，最后当他连名字也丢掉了的时候，他就沦为了一个真正“失踪的人”。

在荣格尔的《在枪林弹雨中》里，战争暴力被赋予了

"成人礼"的象征意义。主人公"我"期待伟大的激情,期待走出狭隘的市民日常生活。他走进了战场的硝烟,也走进了一个燃烧着熊熊战火的炙热的熔炉,战火的锻造之力"熔化"的是市民阶层出身的青年书生,"生产"出来的是一个冷酷的士兵。在小说的末尾,当主人公接到皇帝颁发的蓝马克斯功勋勋章的那一刻,他显然已经完成了这一转变。这一转变的争议性在于,它以反叛市民社会为起点,试图在战争暴力的极端状态下释放个性,从而达到一种超越,但由此传达出对战争暴力的热衷却在现实生活中让作者本人不可避免地成为了纳粹青睐的铁血英雄。

在《柏林,亚历山大广场》中,暴力以"强制疗法"的形式贯穿了毕勃科普夫"成人"(Menschwerdung)的过程:它的起点是主人公精神缺席的"动物状态",终点则是象征性地直面死神的"牺牲"。在这个意义上,暴力的"实施"过程正是一个"揭露"的过程,它以不同的面目介入了毕勃科普夫的人生,更以不断升级的形式完成了对他的"再造"。它最终掀开了遮盖在毕勃科普夫眼前的那块布,最后,他在与命运的代言人"死神"的对话中,终于认识到了人生以"死"为目的的终极"真相"。暴力的作用并非仅仅是解构和破坏性的,这一点在此暴露无遗。

因此,假如将"现代"看作自启蒙延续至今的一个宏大的概念体系,它不仅包罗万象,内核也极其复杂。而其中,暴力作为一种体现着这种复杂和矛盾的特殊现象,自始至终伴随着“现代”的成长。这不仅仅源于暴力同“人之所以为人”的人性之间的某种本质上的联系，也源于它作为概念而言极其流动的边界。它几乎溶解在所有与“现代”和“现代人”有关的讨论之中，参与了所有进入这个概念的视角。在这个过程里，对暴力的讨论和思辨本身就构成了一整套话语体系，也使暴力研究在各个理论空间中谋求到了一条发展的线索。

与之相应的是文学暴力书写，在文学史的框架之中，暴力想象与每个时期的范式特征总是会形成某种张力，或显性或隐匿，或展现或表达，或唯美或质朴。到了20世纪初，现代主义的危机意识愈发明显，人们已经跨过了“初识”它时惊慌失措随之又顾影自怜的阶段，文学的情绪也发生了变化，它开始“强烈地盼望重新向前，而不是后退，重新描写而不是诉苦”。[①] 在此文化背景中，文学的暴力想象逐渐走出了绵延整个世纪之交的“颓废”“疲惫”和“阴郁”，结束了缥渺和内向基调中的想象方式，寻找到一种更为积极、能动的表达方式。换言之，世纪末“死气沉沉”的枯槁慢慢结痂之后，暴力作为一种涌动的能量在新纪元开始的时候送上了一丝“生的机会”——这一丝生气进入文学世界，除了延续美学自治的前提下对暴力现象的那种“本能”的青睐之外，又明显地回转至现实，将目

① Hans Richard Brittnacher: *Erschöpfung der Gewalt — Opferphantasien in der Literatur des Fin de Siécle*, a.a.O., S. 22.

光投向与时代紧密相连的“暴力的可能”。

最后，不管是实际生活中的暴力问题，还是文学作品中的暴力展演，都是人们不能逃避、需要面对的问题，对暴力现象的探索和研究不能简单地等同于对暴力的寻求或者歌颂，而是一种尽可能客观、科学和全面的观察，是为无数疑问寻到答案的尝试，而解决我们的困惑和无助的唯一方法，大概只有询问下去。

# 参考文献


Abraham,Ulf: Der verhörte Held — Verhöre. Urteile und die Rede von Recht und Schuld im Werk Franz Kafkas. München 1985.

Adams, Willi Paul: Die USA im 20. Jahrhundert. Band 29. München 2000.

Arendt, Hannah: Macht und Gewalt. München 1981.

Arnold, Heinz Ludwig (Hg.): Ernst Jünger. Text + Kritik. Zeitschrift für Literatur. 105/106, 1990.

Bayerdörfer, Hans-Perters: Der Wissende und die Gewalt. Alfred Döblins Therorie des epischen Werkes und der Schluss von "Berlin Alexanderplatz". In: PRANGEL, Matthias (hg.): Materiallien zu Alfred Döblin "Berlin Alexanderplatz". Stuttgart 1970. S. 150 - 185.

Bauman, Zygmunt: Flaneure, Spieler, Touristen. Essays zu Postmodernen Lebensformen. Hamburg 1997.

Peter Beicken: Franz Kafka — eine kritische Einführung in die Forschung. Frankfurt a. M. 1974.

Bekes, Peter: Alfred Döblin. Berlin Alexanderplatz. München 1997.

Benjamin, Walter: Zur Kritik der Gewalt und andere Aufsätze — Mit einem Nachwort versehen von Herbert Marcuse. Frankfurt a. M. 1965.

Bergengruen, Maximilian / Borgards, Roland (hg.): Bann der Gewalt: Studien zur Literatur- und Wissensgeschichte. Göttingen 2009 .

Brecht, Bertolt: Kalendergeschichten. Hamburg 1994.

Binder, Hartmut: Einführung. In: Kafka — Kommentar — zu den Romanen, Rezentionen, Aphorismen und zum Brief an den Vater. München 1976.

Brittnacher, Hans Richard: Erschöpfung der Gewalt — Opferphantasien in der Literatur des Fin de Siécle. Köln 2001.

Brix, Emil / Werkner, Patrick (hg.): Die Wiener Moderne. Ergebnisse eines Forschungsgespräches der Arbeitsgemeinschaft Wien um 1900 zum Thema „Aktualität und Moderne". Wien und München 1990.

Böhme, Ulrich: Fassungen bei Ernst Jünger. Meisenheim am Glan 1972.

Brittnacher, Hans Richard: Erschöpfung der Gewalt — Opferphantasien in der Literatur des Fin de Siécle. Köln 2000.

Colli, Georg und Montinari, Mazinno (hg.): Friedrich Nietzsche, Menschliches, Allzumenschliches I und II, Kritische Studienausgabe. Berlin/ New York 1988.

Defert, Daniel und Ewald, Francios unter Mitarbeit von Jacques Lagrange (hg.): Michael Foucault — Analytik der Macht. Frankfurt a. M.: Suhrkamp 1981.

Denker, Horst und Prümm, Karl (hg.): Die deutsche Literatur im Dritten Reich. Stuttgart 1976.

Döblin, Alfred: Das Ich über Der Natur. Berlin 1928.

Döblin, Alfred: Berlin Alexanderplatz. Die Geschichte vom Franz Bieberkopf. Hrsg. von Walter Muschg. Olten u. Freiburg 1980.

Ehrenberg, Hans: Alfred Döblin im Spiegel der zeitgenössischen Kritik, Hrsg. von Schuster/Bode. Frankfurt a.M. 1984.

Feger, Hans / Pott, Hans-Georg / Wolf, Norbert Christian (hg.): Terror und Erlösung. Robert Musil und der Gewaltdiskurs der Zwischenkriegszeit. München 2009.

Foucault, Michel: Überwachen und Strafen: Die Geburt des Gefängnisses. Aus dem Französichen übersetzt von Walter Seitter. Frankfurt am Main 1994.

Foucault, Michel: Analytik der Macht. Frankfurt a. M. 2008.

Freud, Sigmund: Triebverzicht als Voraussetzung. In: Ute Wirth (hg.): Kulturwissenschaft. Eine Auswahl grundlegender Texte. Frankfurt a. M. 2008.

Fuhrmann, Manfred (hg.): Aristoteles. Poetik. Griechisch/Deutsch. Stuttgart 1976.

Galtung, Johan: Strukturelle Gewalt — Beiträge zur Friedens-und Konfliktforschung. Hamburg 1975.

Grimminger, Rolf (hg.): Kunst — Macht — Gewalt. Der ästhetische Ort der Aggressivität. München 2000.

Han, Byung-Chul: Topologie der Gewalt. Zweite Auflage. Berlin 2012.

Hansen Volkmar: Thomas Mann: Der Zauberberg. Hans Castorps Weg ins Freie oder Der Zauberberg als Zeitroman. Stuttgart 2005.

Heidegger, Martin: Nietzsche I und II.. Stuttgart 2008.

Heitmeyer, Wilhelm: Gewalt, Kultur und Konflikt. Frankfurt am Main 2004.

Heitmeyer, Wilhelm / Hagan, John (hg.): Internationales Handbuch der Gewaltforschung. Wiesbaden 2002.

Heitmeyer, Wilhelm / Soeffner, Hans-Georg (hg.): Gewalt. Frankfurt a.M. 2004.

Heitmeyer, Wilhelm / Soeffner, Hans-Georg: Gewalt: Entwicklungen, Strukturen, Analyseprobleme. Frankfurt am Main 2004.

Hermsdorf, Klaus: Kafka, Weltbild und Roman. Berlin 1997.

Hoffmannstahl, von Hugo: Gesammtlte Werke Bd. 8. Reden und Aufsätze 1. Hrsg.von Bernd Schoeller. Frankfurt a. M. 1979.

Imbusch, Peter: Moderne und Gewalt. Zivillisationstheoretische Perspektiven auf das 20. Jahrhundert. Wiebaden 2005.

Interpretationen. Romane im 20. Jahrhundert. Band 2. Stuttgart 1993.

Jacobs, Jürgen: Wilhelm Meister und seine Brüder. Untersuchungen zum deutschen Bildungsroman. München 1989.

Jähner, Harald : *Stadtraum — Textraum. Die Stadt als Megaphon des Unbewußten*. In: Thomas Steinfeld, Heidrun Suhr (Hrsg.): *In der großen Stadt*. Frankfurt a. M. 1990.

Jahn, Wolfgang: Kafkas Roman „Der Verschollene" („Amerika"). Stuttgart 1965.

Jünger, Ernst: Sämtliche Werke. Stuttgart 1978.

Jünger, Ernst: Politische Publizistik: 1919 – 1933. Hrsg. v.: Sven O. Berggötz. Stuttgart 2001.

Jünger, Ernst: In Stahgewittern. Stuttgart 2014.

Jünger, Ernst: Auf den Marmorklippen. Stuttgart 2014.

Kamper, Dietmar / Wulf, Christoph (hg): Transfigurationen des Körpers. Spuren der Gewalt in der Geschichte. Berlin 1989.

Keller, Otto: Döblins 'Berlin Alexanderplatz'. Die Großstade im Spiegel ihrer Diskurse. Bern, Frankfurt. a.M. 1990.

Kiesel, Helmut: Literarische Trauerarbeit: das Exil- und Spätwerk Alfred Döblins. Tübingen 1986.

Kiesel, Helmuth: Ernst Jünger. Die Biographie. München 2009.

Klein, Otto: Das Thema Gewalt im Werk Alfred Döblins: Ästhetische, ethische und religöse Sichtweise. Hamburg 1995.

Kluge, Friedrich: Etymologisches Wörterbuch der deutschen Sprache. Berlin/New York 2008.

Kobel, Erwin: Alfred Döblin. Erzählkunst im Umbruch. Berlin, New York 1985.

Koehler, Jan: Anthropologie der Gerwalt. Chancen und Grenzen der sozialwissenschaftlichen Forschung. Berlin 1998.

Kreutzer, Leo: Alfred Döblin. Sein Werk bis 1933. Stuttgart 1970.

Klaus Kunißen: Kampfbeschreibung — Melancholische Konflikte im literarischen Werk Franz Kafka. Dünau 1985.

Lemke, Thomas: Eine Kritik der politischen Vernunft. Foucaults Analyse der modernen Gouvernementalität. Berlin und Hamburg 1997.

Macho, Thomas H.: Todesmetaphern. Zur Logik der Grenzerfahrung. Frankfurt a. M: 1987.

Mayer, Mathias: Der Erste Weltkrieg und die literarische Ethik. Historische und systematische Perspektiven. München 2010.

Metz, Karl Heinz: Geschichte der Gewalt. Krieg, Revoltion, Terror. Darmstadt 2010.

Möbus, Franz: Sünden-Fälle. Die Geschlechtlichkeit in Erzählungen Franz Kafkas. Göttingen 1994.

Müller, Hans-Harald: Der Krieg und die Schriftsteller. Der Kriegsroman der Weimarer Republik. Stuttgart 1986.

Müller-Salget, Klaus: Neuere Tendenzen in der Döblin-Forschung. In: Zeitschrift für deutsche Philologie 103, Bonn 1984.

Musil, Robert: Das unrettbare Ich. In: Die Wiener Moderne. Hrsg. von Andreas Thomasberger und Eugene Weber. Frankfurt a. M., 1988.

Nicolai, Ralf R.: Kafkas Amerika-Roman "Der Verschollene". Würzburg 1981.

Nieraad, Jürgen: Die Spur der Gewalt: Zur Geschichte des Schrecklichen in der Literatur und ihrer Theorie. Lüneburg 1994.

Northey, Anthony: Franz Kafkas Verbindung zu Amerika. In: Franz Kafka Symposium. Darmstadt: 1978.

Pinker, Steven: Gewalt — eine neue Geschichte der Menschheit. Frankfurt a. M. 2011.

Plachta, Boda: Der Verschollene — Verschollen in Amerika. In: Interpretationen. Franz Kafka. Romane und Erzählungen. Stuttgart 1994.

Platt, Kristin (hg.): Reden von Gewalt. München 2002.

Pütz, Jürgen: Kafkas Verschollener — ein Bildungsroman? Die Sonderstellung von Kafkas Romanfragment *Der Verschollene* in der Tradition des Bildungsromans. Frankfurt a.M., Bern, New York 1983.

Raulf, Ulrich: Einleitung. In: Das normale Leben — Michel Foucaults Theorie der Normalisierungsmacht. Margurg 1977.

Rosenkranz, Karl: Ästhetik des Häßlichen. Stuttgart 2015.

Schillenmeit, Jost: Nachbemerkung: In: Kafka, Franz: Der Verschollene. Frankfurt a. M. 1994.

Schneider, Thomas F./Wagner, Hans (hg.): Von Richthofen bin Remarque. Amsterdam, New York 2003.

Schlößer, Franziska: Literaturwissenschaft als Kulturwissenschaft. Tübingen und Basel 2006.

Scholvin, Ulrike: Döblins Metropolen. Über die reale und imaginäre Städte und die Travestie der Wünsche. Weinheim 1985.

Sebald, Winfreid Georg: Der Mythus der Zerstörung im Werk Döblins. Stuttgart 1980.

Schröter, Klaus: Heinrich Mann. Reinbek bei Hamburg 1967.

Seindenstick, Bernd/Vöhle, Martin (Hrsg.): Gewalt und Ästhetik — Zur Gewalt und Ihrer Darstellung in der griechischen Klassik. Berlin 2006.

Sell, Robert: Bewegung und Beugung des Sinns — Zur Poetologie des menschlichen Körpers in den Romanen Franz Kafkas. Stuttgart 2002.

Sofsky, Wolfgang: Traktat über die Gewalt. Frankfurt am Main 1996.

Sofsky, Wolfgang: Zeiten des Schreckens. Amok — Terror — Krieg. Frankfurt a.M. 2000.

Weber, Alfred: Der Dritte und der vierte Mensch. Vom Sinn des geschichtlichen Dasein, in: Alfred Weber Gesamtausgabe, Bd. 3. Marburg 1997.

Weber, Max: Wirtschaft und Gesellschaft — Grundriss der verstehenden Soziologie. Tübingen 1985.

Wertheimer, Jürgen (hg.): Ästhetik der Gewalt — Ihre Darstellung in Literatur und Kunst. Frankfurt a. M. 1986.

Wimmer, Michael / Wulf, Christoph / Dieckmann, Bernhard (hg.): Das zivilisierte Tier. Zur historischen Anthropologie der Gewalt. Frankfurt am Main 1996.

Wulf, Chriostoph: Der Mensch und seine Kultur. Hundert Beiträge zur Geschichte, Gegenwart und Zukunft des menschlichen Lebens. Köln 2010.

Wulf, Chriostoph: Anthropologie. Geschichte, Kultur, Philosophie. Reinbek bei Hamburg 2004.

Wulf, Christoph (hg.): Vom Menschen. Handbuch Historische

Anthropologie. Weinheim und Basel 1997.

Wulf, Christoph / Weigand, Gabriele: Der Mensch in der globalisierten Welt. Anthropologische Reflexionen zum Verständnis unserer Zeit. Christoph Wulf im Gespräch mit Gabriele Weigand. Münster. New York, München, Berlin 2011.

阿·德布林,2008.柏林,亚历山大广场[M].罗炜,译.上海：上海译文出版社.

彼得安德雷·阿尔特,2014.恶的美学历程——种浪漫主义解读[M].宁瑛,王德峰,钟长盛,译.北京：中央编译出版社.

彼得·盖伊,2005.魏玛文化：一则短暂而璀璨的文化传奇[M].刘森尧,译.合肥：安徽教育出版社.

柏拉图,2008.理想国[M].郭斌和,张竹明,译.北京：商务印书馆.

陈恕林,2016.论德国浪漫派[M].上海：上海社会科学院出版社.

戴维·哈维,2013.后现代的状况——对文化变迁之缘起的探究[M].阎嘉,译.北京：商务印书馆.

道格拉斯·C.诺思,约翰·约瑟夫·瓦利斯,巴里·R.温格斯特,2013.暴力与社会秩序——诠释有文字记载的人类社会的一个概念性框架[M].杭行,王亮,译.上海：格致出版社.

丁建弘,李霞,2003.德国文化：普鲁士精神和文化[M].上海：上海社会科学院出版社.

范大灿(主编),安书祉(著),2006.德国文学史 第1卷[M].南京：译林出版社.

范大灿,2006.德国文学史 第2卷[M].南京：译林出版社.

范大灿(主编),任卫东,刘慧儒,范大灿(著),2007.德国文学史 第3卷[M].南京：译林出版社.

范大灿(主编),韩耀成(著),2008.德国文学史 第4卷[M].南京：译林出版社.

范大灿(主编),李昌珂(著),2008.德国文学史 第5卷[M].南京：译林出版社.

弗朗斯·德瓦尔,2015.猿形毕露：从猩猩看人类权力、暴力、爱与性

[M].陈信宏,译.北京：生活·读书·新知三联书店.

弗朗兹·法农,2005.全世界受苦的人[M].万冰,译.南京：译林出版社.

盖尔特·斯图尔特,2013.小说暴力：维多利亚小说的形义叙事学解读[M].陈晞,杨春,译.上海：上海外语教育出版社.

谷裕,2013.德语修养小说研究[M].北京：北京大学出版社.

汉娜·阿伦特等,2013.暴力与文明：喧嚣时代的独特声音[M].王晓娜,译.北京：新世界出版社.

汉娜·阿伦特,2012.启迪：本雅明文选(修订译本)[M].张旭东,王斑,译.北京：生活·读书·新知三联书店.

卡夫卡,2013.卡夫卡小说全集：全3卷[M].高年生,韩瑞祥等,译.北京：人民文学出版社.

拉塞尔·雅各比,2013.杀戮欲：西方文化中的暴力根源[M].姚建彬,译.北京：商务印书馆.

刘波,尹丽,2013.波德莱尔十论[M].北京：中国社会科学出版社.

罗洛·梅,2013.权力与无知——寻求暴力的根源[M].郭本禹,方红,译.北京：中国人民大学出版社.

马克斯·霍克海默,西奥多·阿道尔诺,2006.启蒙辩证法[M].梁敬东,曹卫东,译.上海：上海人民出版社.

马克思·韦伯,2006.新教伦理与资本主义精神[M].于晓,陈维纲,译.西安：陕西师范大学出版社.

马歇尔·伯曼,2003.一切坚固的东西都烟消云散了[M].徐大建,张辑,译.北京：商务印书馆.

米歇尔·奥斯特海姆,李双志,2013.创伤、城市与回忆——以阿尔弗雷德·德布林的《柏林亚历山大广场》和W·G·泽巴尔德的《奥斯特尔里茨》为例[J].德语人文研究(02)：6-11.

尼采,2015.尼采著作全集 第5卷 善恶的彼岸、论道德的谱系[M].赵千帆,译.北京：商务印书馆.

尼采,2007.查拉图斯特拉如是说[M].钱春绮,译.北京：生活·读书·新知三联书店.

尼采,1991.权力意志——重估一切价值的尝试[M].张念东,凌素心,译.北京：商务印书馆.

尼采，2009.悲剧的诞生：尼采美学文选[M].周国平，译.上海：上海人民出版社.

皮埃尔·布尔迪约，J.C.帕斯隆，2000.再生产——一种教育系统的理论要点[M].邢克超，译.北京：商务印书馆.

乔治·奥威尔，2011.一九八四[M].董乐山，译.上海：上海译文出版社.

乔治·巴塔耶，2019.色情[M].张璐，译.南京：南京大学出版社.

斯·茨威格，2015.昨日世界——一个欧洲人的回忆[M].张玉书，译.北京：人民文学出版社.

斯拉沃热·齐泽克，2012.暴力：六个侧面的反思[M].北京：中国法制出版社.

托马斯·曼，2006.魔山[M].钱鸿嘉，译.上海：上海译文出版社.

瓦尔特·本雅明，2014.作为生产者的作者[M].王炳钧，陈永国等，译.郑州：河南大学出版社.

瓦尔特·本雅明，2012.发达资本主义时代的抒情诗人：修订译本[M].张旭东，魏文生，译.北京：生活·读书·新知三联书店.

汪民安，2005.身体、空间与后现代性[M].南京：江苏人民出版社.

汪民安，2012.现代性[M].南京：南京大学出版社.

西格蒙德·弗洛伊德，2010.自我与本我[M].林尘等，译.上海：上海译文出版社.

杨劲，2015.深沉隐藏在表面：霍夫曼斯塔尔的文学世界[M].北京：北京师范大学出版社.

袁可嘉，1993.欧美现代派文学概论[M].上海：上海文艺出版社.

张玉书等，2010.德语文学与文学批评(第四卷)[M].北京：人民文学出版社.